아름다운 애너벨 리
싸늘하게 죽다

ROTASHI ANNABEL LEE SOKEDACHITSU MIMAKARITSU
by OE Kenzaburo

Copyright © OE Kenzaburo, 2007
Korean translation copyright ⓒ MUNHAKDONGNE Publishing Corp., 2009
All rights reserved.
Originally published in Japan by SHINCHOSHA Publishing Co., Ltd., Tokyo.
Korean translation rights by arrangement with OE Kenzaburo Japan
through THE SAKAI AGENCY and ERIC YANG AGENCY.

이 책의 한국어판 저작권은 THE SAKAI AGENCY와 에릭양 에이전시를 통해
SHINCHOSHA와 독점 계약한 (주)문학동네에 있습니다.
저작권법에 의해 한국 내에서 보호를 받는 저작물이므로 무단 전재와 무단 복제를 금합니다.

세계문학전집
008

臈たしアナベル・リイ総毛立ちつ身まかりつ

아름다운 애너벨 리
싸늘하게 죽다

오에 겐자부로 장편소설

박유하 옮김

문학동네

서장

뭐야, 자네는 이런 곳에 있었나?

1

살집이 많은 몸으로 노인이 묵직해 보이는 붉은색 플라스틱제 휘는 봉을 왼손에 들고 잰걸음으로 걸어간다. 그 오른쪽 옆을 역시 살집이 많은 몸의 중년 남자가 푸른색 휘는 봉을 잡고 따라 걷고 있다. 노인이 오른손을 자유롭게 놔두는 것은 걸음이 자유롭지 못한 중년 남자가 중심을 잃었을 때 부축하기 위해서다. 좁은 산책길에서 스쳐 지나가는 사람들이 흘끗흘끗 그들을 쳐다보지만 휘는 봉을 짚은 두 사람은 곁눈질도 하지 않은 채 내처 걷는다……

부정맥이 발견되어 노인이(나다) 수영을 할 수 없게 되자, 수영 클럽 코치는 많이 걸으라고 조언했다. 다리를 바닥에 끌며 걷는 아들의 습관도 바로잡을 겸 좋은 방법이라고 나는 생각했다. 코치는 커다란 플라스틱 봉 두 개를 선물했다. 이것을 짚고 걸으면 아드님도 자연스럽게 다리를 들어 올리게 될 겁니다. 선생님도, 수영장 옆에서 넘어져 꽈당 쓰러지는 모습을 보았습니다……

나와 아들 히카리는 지금 살고 있는 고지대 집에서 대체로 해가 질 때를 기다렸다가 언덕을 내려와, 이용자가 드물어진 운하 옆 산책길을 걷는다. 오랫동안 버려져 있던 습지대에 아파트들이 새로 들어서면서 예전의 제방도 말끔하게 정리되어 늘어난 주민들을 위해 개방되었다.

붉은색 푸른색의 휘는 봉을 휘휘 저으며 걷는 두 사람에게 간혹 말을 걸어오는 사람이 있었다. 지적 장애가 걸음걸이에도 그늘을 드리웠지만, 말을 배우기 시작하면서부터 정중한 문장어(文章語)를 고수하는 히카리가 걷기 훈련을 끝내고 언덕을 오르기 전 잠시 쉬어가는 벤치에서 어느 날 이렇게 말했다.

"아까 질문한 학생은 아빠가 백 살은 된 줄 알았다고 했습니다."

"너무 젊어서 놀랐을라나?"

"아직 소설을 쓰느냐고 묻는 사람이 있었습니다."

"아직도 살아 있느냐고 묻는 것보단 낫다고 생각했지."

"나이가 많은 사람이었습니다."

소설을 쓰기 시작하고 몇 년 동안, 아직 텔레비전에 얼굴을 내비친 적도 없었지만 낯선 사람이 말을 걸어오는 일이 간혹 있었다. 나는 시코쿠 산골의 말투와 불분명한 발음을 드러내기 싫어서 곧바로 응대하지 못하곤 했다. 편집자와 함께 간 술집에서 나의 그런 태도 때문에 생긴 오해로 시비가 붙기도 했다.

나이가 들어가면서 저항하는 힘이 감퇴했음을 감안해서 대부분의 질문들을 무시하지는 않았지만, 무언가를 골똘히 생각하다가 뜻밖의 대화에 휩쓸리게 되면, 그 후에 방금 전 하던 생각으로 되돌아가는 데 많은 시간이 걸렸다. 충분히 그럴 나이가 된 것이다. 이야기를 복잡하게 하지 않으려면 '진실'을 말하는 것이 가장 좋다.

"아직 백 살까지는 시간이 있지. 소설도 주제보다는 새로운 형식을 발견하면 쓸 생각이야."

"끝까지 못 찾을 수도, 있습니까?"

"그럴 수도 있겠지."

"그래도 소설가로 살겠다는……"

"그렇게 생의 마지막을 맞이할 거다."

그런데 이날 새로운 인물이 등장했다. 우리 뒤에서 발소리를 크게 내며 걷는 사람이 있어서 히카리를 길옆 마른 풀숲 쪽으로 비키도록 하고 뒤돌아보니 마치 소년처럼 보이는 사람이, 곧바로 노인의 목소리로 말했다.

"What! are *you* here?"

영국식 발음의 일본인 영어로 말하면서 다가오는 상대방을 다시 살펴보니 그는 뜻밖의 인물이었다. 며칠 전, 우리 부자가 사람들 앞에서 곤경에 처했을 때 지켜보던 군중 사이에 이 사내가 있었고, 나는 그가 누군지 기억해내지 못한 채 그 자리를 떠났던 사실을 떠올렸다. 마치 환영인가 싶을 만큼 그는 완전히 변한 모습이면서도, 어딘가 묘하게 옛날 그대로의 모습이었다는 것도 떠올렸다.

"뭐야, 자네는 이런 곳에 있었나…… 라는 건가?"

"바로 그 대사가 되돌아올 줄 알고서 한번 말해본 거야."

"여전하군, 여러 가지 의미에서 말이야. 이게 몇 년 만이지?"

"30년 만이군." 하얀 얼굴에 주름을 지으며(이것도 예전 그대로였다) 그는 입을 다물고 우리를 탐색하듯 살펴보았다.

그러더니 불쑥 이야기를 꺼냈다.

"자네한테 마땅히 말을 걸 방법이 없어서 말이지. 그때 그런 일이 있고, 1년 가까이 헛수고를 시킨 꼴이 됐으니…… 정직하게 말하면 그렇다네. 그래도 내가 최선을 다했다는 걸 인정해주겠지? 그때 자네를…… 치카시 씨와 히카리 군까지 스캔들에 휘말려들게 할 뻔했지. 한참 시간이 흐른 후에 하나와 고로가 투신자살을 했지만, 그것보다 지독한 스캔들이 될 뻔했는데 나는 자네와 자네 가족이 휘말리지 않도록 애썼어. 그건 사실이잖나? 물론 자네들을 그렇게 곤경에 빠뜨린 것도 결국 나였지만……

사건으로 확대되면서 사건 당사자인 소녀들은 차치하고라도 누구보다 큰 상처를 받고 정신병원 신세까지 진 사쿠라 씨가, 병문안 때마다 상태가 호전될 때면 늘 자네와 자네 부인이랑 히카리 군 이야기를 했지. 물론 나는 책임감을 느낀다네. 사쿠라 씨에 대해서도 마찬가지고."

"어쨌든 그 사태를 초래한 사람들과 계약을 하고 '미하엘 콜하스 영화'의 일원으로 나를 들여보낸 건 자네지만……

나는 사건 직후 멕시코시티에서 일자리를 얻어, 어수선한 사건에서 서둘러 피난한 셈이니까. 사쿠라 씨는 정면에서 사건에 휘말린 피해자지만, 자네는…… 나는 그 일에서 자네가 어떤 책임을 져야 하는지를 추궁하는 일은 보류해 남겨둔 셈이지."

다시 입을 다문 상대방의 털이 긴 회청색 벨벳(그가 "자네들은 이것을 플러시 천이라 하지만, 나는 plush라고 하지"라며 둘을 구분했던 기억이 있다) 재킷 깃 사이로 부드러운 라인으로 처리된 하얀 실크 칼라가 보였다. 지금과 똑같다고 할 수는 없지만 패션 감각은 비슷했던 그의 옷차림은 반세기를 거슬러 올라간 대학 시절의 교양학부에서도 이채적이었다. 그러나 그의 이야기 속에도 등장한 30년 전, 대학을 졸업한 뒤로 한 번도 만나지 않았던 우리가 갑자기 친밀해졌던 그 시절에는, 그는 국제적인 영화제작자다운 옷차림을 하고 있었다.

그래서 그 시절을 건너뛴 채로 느껴지는 그의 옷차림에 대한 일관성은 어쩌면 몽롱한 내 기억 탓일지도 모른다. 그러나 이 사내, 고모리 다모쓰의 독특하다고밖에 표현할 길이 없는 풍모와 자세가 현재의 (그리고 청년 시절의) 스타일 이외의 모든 인상을 지워버렸다. 지금 그의 육체에 뚜렷하게 드러난 노년의 기미는 자연스러운 노화에서 (그거라면 나도 피차일반이다) 벗어난 격렬함이 있었다. 가령 실크 셔츠 칼라 위에 둘러져 있는 것은 스카프가 아니라 늘어진 그의 목살이다. 그런데도 자그마한 얼굴의 윤기, 시원스러운 눈매는 곧바로 열여덟아홉 살 때의 그를 연상시킨다. 그렇지만 잘 보니 그는 화장한 얼굴이었다.

"전체적인 이야기는 자네만 좋다면 앞으로 차근차근 나누도록 하지.

……그리고 그거하고는 다른 이야기네만, 방금 내가 던진 인사에 자네는 예전처럼 곧바로 일본어로 번역해서 대답하더군. 니시와키 준자부로가 번역한 문장이지? 그리고 자네 가슴속에서는 곧이어 엘리엇

의 시 한 구절도 떠올랐겠지. 「리틀 기딩Little Gidding」 말일세. 영문
으로라면 나도 몇 줄은 떠올릴 수 있지. 하지만 그것과 예전처럼 자네
가 애착을 갖고 있는 일본어 번역문은, 다음에 차분하게 듣도록 하지.
자네가 앞으로 나와 종종 만나는 데 동의해준다면 말이야.

그런데 오늘의 자네와 히카리 군의 걷기 훈련은 이제 막 시작한 거
아닌가? 히카리 군, 시간을 뺏어서 미안하군. (히카리는 30년 전 고모
리에게 안기곤 했던 친근감을 얼마간 되살린 모습으로 '천만에요!'라
고 대답했다.)

고맙네. 어른이 다 됐군. 건강해 보여서 다행이야. 자네 CD는 뉴욕
에서도 살 수 있어서 자주 들었다네. 특히 사쿠라 씨는 그 CD를 듣고
처음으로 편안한 상태에서 자연스럽게 잠들 수 있었다네. 히카리 군,
잠시만이라도 같이 걷세. 드디어 난 자네 아버지와 만났거든. 오늘만
이라도 그간 쌓인 이야기를 하고 싶다네!"

2

그렇게 해서 우리는 같이 걷기 시작했다. 대학 시절 고마바 캠퍼스
에서도 그랬는데, 졸업 후 처음으로 만났을 무렵인 장년 시절의 그에
게서도 신기하게 느꼈던 것은, 고모리는 겉보기엔 몸집이 작고 많이
마른 체형인데도 나란히 걸으면 키는 물론 보폭도 나와 거의 다르지
않다는 점이다. 그런데 지금 그는 애써 휘는 봉을 짚은 히카리의 걸음
에 맞추어 걸었다. 그런 점이 그가 자주 우리 집을 드나들던 시절 히

카리와 내 아내의 호감을 이끌어냈던 부분이었다.

우리는 잠시 말없이 걸었다. 고모리가 내 가슴속에 살아 있다고 했던 니시와키 준자부로가 번역한 엘리엇의 시는 다음과 같다.

나는 그 수그린 얼굴을/저녁의 엷은 어둠 속에서 처음 만난/낯선 사람을 날카롭게 바라보듯/빤히 쳐다보았을 때/내가 알고 지내던 이제는 고인이 된 선생님을/닮았다는 것을 불현듯 깨달았다./(중략)/햇빛에 그을린 그 갈색 얼굴 속에/친근감과 함께 확인할 수 없으나/유령의 친밀한 복합적 눈빛이 있었다./그래서 나는 일인이역이 되어, 소리쳤다,/그리고 상대방이 외치는 소리를 들었다―/"뭐야, 자네는 이런 곳에 있었나?"/우리는 없었지만.

나는, 맞다, 고 생각했다. 우리는, 자신들을 우리라 부를 수 있는 감정적 관계와 지리적 위치에 있지 않았다, 30년이라는 긴 시간 동안.

"내가 불쑥 자네와 히카리 군 앞에 나타나서 자네도 당황했을 거야. 나는 자네를 만나려고 작정하고서 그길로 달려왔지만, 자네한테는 갑작스러운 일이겠지⋯⋯

더구나 나는 자네에게 30년 동안이나 완전히 없는 존재였으니, 말하자면 'Although we were not'이었던 셈이지만, 나처럼 먼 곳에 있는 사람에게도 자네는 언제나 존재했지. 이번에 오랜만에 도쿄의 서점에 들렀는데, 한복판에 놓인 평면 진열대에는 놓여 있지 않았지만 문고판 서가에는 자네의 책이 반드시 꽂혀 있더군. 호텔에서 읽는 신문에도 매달 연재하는 칼럼이 있었어. 이를테면 자네는 아직도 현역이더군.

오늘 내가 이쪽으로 내려와서 어떻게 이렇게 쉽게 자네를 찾아내 기습할 수 있었느냐고? 세이조는 몰라볼 만큼 변한 듯했지만, 오직 그곳만 30년 전과 다름없는 자네 집 앞에 나는 서 있었지. 아닌 게 아니라 염치가 없더군. (너도 그런 단어를 쓰느냐고 쏘아붙일 것 같네만 말일세.) 인터폰을 눌렀을 때 자네가 직접 나오든 치카시 씨가 나오든, 이야기를 어떻게 꺼내야 할지 아주 막막하더군……

그렇게 멍하니 서 있을 때, 개를 산책시키던 한 부인이 다가와 자네가 히카리 군과 보행 훈련을 하러 갔다고 가르쳐주더군. 자네는 아직 사람들에게 잊히지 않고 있었어. 아무튼 자네를 만나 가장 먼저 필요한 조치를 취했다는 내용의 이메일을 사쿠라 씨에게 보낼 거야."

"자네는 그 사람하고…… 병원을 나와서도 계속 연락하고 지냈던 모양이지?"

"무엇보다 재판이 있었잖은가. 사쿠라 씨 재판과 내 재판이. 우리는 변호사 팀을 공동으로 꾸렸지. 재판이 끝나고 나서도 사쿠라 씨와 나의 관계는 완전히 끊기진 않았어……

하지만 30년 세월 동안 그렇게 자주 만나지는 못했지. 그러다가 작년 크리스마스 때 얼마 후 내가 도쿄에 가게 될 것 같다는 카드를 보냈더니, 자네를 만나 이야기할 수 있겠느냐고 물어왔어.

사쿠라 씨는 그 일이 있고 나서 생활에 커다란 변화가 있었지. 여배우 일은 완전히 그만두었어. 죽은 남편이 근무했던 대학과 관계된 일로 여전히 워싱턴에 살고 있지만…… 그런데 사쿠라 씨의 조용한 생활에 30년 전의 그 사건이 다시 한 번 수면 위로 떠오른 거야. 그 계기는 최근에 자네가 한 작업들과 관련이 있어.

그게 무슨 일인지 궁금할 거야. 최근 자네가 발표한 두 편의 작품…… 그리 큰 작품은 아니야. 그것이 그녀의 눈에 띄었다는 것이 오히려 더 기이한 우연인데…… 사쿠라 씨가 그 작품을 읽었다네. 그녀는 남편이 지도하던 일본 연구학과를 위해 오랫동안 연구비를 조성하고 있었지. 그래서 매년 일본에서 온 연구자를 초청하여 만찬회를 갖는데, 연구자들은 그 보답으로 자신들의 연구 분야 주제들에 대해 들려주는 모양이야.

작년 연말 모임에 나온 사람 중에 자네 소설을 연구하는 사람이 있었지. 사쿠라 씨는 그에게 여러 가지 이야기들을 묻더군. 그게 그녀의 성격이지. 그는 사쿠라 씨가 자네와 함께 영화를 제작하려고 했다는 이야기에 관심을 표하면서, 그 후 다시 한 번 그녀를 만나러 온 거야. 생각해보면 그건 아주 위험한 일이었어. 그 연구자가 30년 전에 일어난 사건을 인터넷으로 검색했다면, 사쿠라 씨는 절대로 떠올리고 싶지 않은 일에 대한 질문을 받아야 했을 테지.

다행히도 그 연구자는 30년 전엔 아직 학교도 들어가지 않은 세대였지. 자네의 작품 연구에 관한 수준도 문학사적인 차원의 것이었던 모양이야. 그래서 화제가 활발히 이루어지지는 못했다고 해. 사쿠라 씨는 '미하엘 콜하스 영화'라는 것을 자네의 시나리오로 찍으려고 했고, 자신이 주연으로 출연할 예정이었다는 것 정도만 이야기한 것 같아. 사쿠라 씨 쪽에서 도쿄에서의 자네 동향을 물었더니, 그는 인터넷으로 자네 팬클럽에 접속해 가장 최신 문헌을 주문해주었지. 그리고 그 작은 선물이 자신에게 충격을 주었다고 사쿠라 씨는 말했어. 하나는 작년 연말 출간된 문예지에 자네가 처음으로 썼다는 비교적 긴 두 편의 시 「유품의 노래」라는 것이고 다른 하나는 역시 작년 11월에 새로운 번역으로 나온 문고판 『롤리타』에 대한 자네의 해설이라네."

나와 히카리가 휘는 봉을 들고 있는 것처럼 고모리는 수수한 빛깔의 가죽 가방을 들고 있었다. 가방을 능숙하게 뒤적이더니, 크림색 잡지와 두꺼운 문고본을 꺼냈다. 그 모습을 보면서 나는 대학 시절 섬세한 손길을 지니고 있던 소년의 모습을 떠올렸다.

"사쿠라 씨는 이메일 말고도 팩스로도 그것들을 보내줬는데, 나는 실물이 보고 싶어 도쿄에 도착하자마자 곧바로 출판사로 달려가 문제의 문예지를 구입했다네. 같은 출판사에서 나온 문고본도 샀지. 그게 이건데, 자네가 사쿠라 씨를 처음 만나는 부분, 기억에 남아 있겠지?

30년 전 자네는 작품을 쓰고 나서 반년 이내라면, 어떤 부분이든 외워서 인용할 수 있다고 했지."

"아니, 일흔을 넘기면서 지적 능력의 쇠퇴는…… 자네는 어떤지 모르지만, 내 경우는 거의 완전 파괴 상태에 가깝지"라고 나는 말했다. (히카리가 우리 쪽으로 고개를 돌렸다.)

"그래도 방금 자네가 엘리엇의 문장으로 곧바로 대답했듯 입속으로 중얼거리는 정도라면 가능하겠지. 사쿠라 씨는 우선 「유품의 노래」에 대해 이렇게 말하더군. 자네가 노년의 곤경을 고통스러울 만큼 적나라하게 고백하고 있다고……

나도 그렇게 생각했어. 「유품의 노래」의 시 두 편 중에서 첫번째가 특히 그랬지. 떠올려보게나."

나는 그러려고 노력했다. 시였던 만큼 다 완성한 다음에도 두 번 세

번 고쳐 썼기 때문에 기억은 서서히 떠올랐다. 아마도 다음 구절이 사쿠라 씨의 시선을 붙들고, 고모리의 공감을 불렀을 것이다.

문득 정신을 차리고 보니, / 나는 다름 아닌 노년의 곤경에 빠져 / 괴팍하게 고립되어 있다. / 부정적인 감정 쪽이 익숙하다. / 나의 세기가 쌓아올린, / 세계 파괴의 장치에 대해서라면, / 부정해도 이상할 바 없으나, / 그 장치의 해체에 관한 대부분의 시도에 대해서도, / 의심을 품고 있다. / 나의 상상력의 작업 따위가 / 해낸 것이 뭐 있었나 싶어 / 흔들리는 땅바닥에 웅크리고 있다.

"생각나나? 그리고 또 하나, 『롤리타』의 해설에서 자네가 쓴 글은 너무 길어서, 사쿠라 씨는 자신에게 충격을 가한 중요한 대목만 가르쳐주라고 하더군. 밑줄을 그어 팩스로 보내온 부분을 빨간 연필로 표시해두었으니 읽어주겠네. (문고본을 펼친 다음 고모리는 작은 얼굴에 은테 돋보기를 걸쳤다.)

나는 열일곱 살 때 소겐선서(創元選書) 『포 시집』에서 이 시를 발견하고(실재하는, 꼭 시 속의 소녀 같은 소녀를 내가 만난 적이 없다고는 하지 않겠다), 점령군의 미국 뮤화센터 두서관에서 원시를 베껴 적었다. 히나쓰 고노스케의 번역은 다음과 같다.

'바닷가 왕국에 / 사랑 이상의 사랑이 있었네 / 애너벨 리와 나는 / 둘 다 아직 철부지였지만 / 황제가 사는 궁궐의 천사에게도 / 부러움과 질투의 대상이었네.

사쿠라 씨는 이 두 편의 글을 읽고서, 역시 자네가 시에 쓴 '어느 예술가가 죽음을 앞두고 선택한/표현과 삶의 스타일'의 그 절실함을 자네가 자타 상관없이 진실로 애처롭게 느낀다면, 막 소녀기로 접어들 무렵의 자신이 아무것도 모르는 채 시키는 대로…… 그것도 미국 군인의 끔찍한…… 강요로 만들어진 것에 대해 오래 생각하고 내린 결론으로 늙은 여자가 계획하는 일에, 분명히 협력해줄 것이라고 했네. 자네가 시에서 노래한 대로 곤경에 처해 있다면 자기에게 협력하는 일 말고는 마땅한 다른 일을 찾지 못하는 것 아니겠느냐고도 했지……

그리고 만약 자네의 태도에 자신의 계획을 수락하려는 뜻이 전혀 없어 보이면, 자네가 포의 애너벨 리를 '실재하는, 꼭 시 속의 소녀 같은 소녀를 내가 만난 적이 없다고는 하지 않겠다'라고 쓴 건 거짓말이었느냐고 추궁해달라고도 했단 말일세!"

3

"어떻게 하겠나? 이삼 일 후에 내가 전화를 하겠네. 그때 다시 만나서 차후 이야기를 할 생각이 있는지 어떤지 대답해주겠나?"

나는 그러마고 대답했다. 고모리 다모쓰는 그렇게 이야기를 마무리지으려 하면서도 내친김이라는 듯 다른 이야기를 하나 더 꺼냈다.

"솔직히 말해 나는 사쿠라 씨의 제안을 받아들이고 귀국했지만, 자네가 승낙하리라고 기대하는 근거를, 의심하지 않은 건 아니야. 자네는 나이 들어 눈에 띄게 약해졌을 것이고, 그런 노인에게 반드시 해야 할 일이란 없을 테니, 그 시점에서 제안을 하면 승낙할 거라고 사쿠라 씨는 멋대로 믿고 있는 것 같아. 그걸 곧이곧대로 받아들이지 말았어야 했어.

까놓고 말하는데 자넨 노벨상 수상 작가야. (그렇게 말하는 고모리의 눈빛은 히카리가 나를 흘끗 쳐다볼 때와는 달랐다.) ……어쨌든 문장 표현의 전문가니까, 자네가 「유품의 노래」에서 시적으로 고백한 것을 자네의 진짜 심정으로 받아들여도 되는 건지 의심스러웠지.

그런데 우연한 일이 일어났어. 나는 30년 전에 헤어진 뒤, 여기서 처음으로 자네와 (그리고 히카리 군과!) 만난 게 아니야. 나는 며칠 전 자네가 말 그대로 노년의 곤경에 처해 있던 모습을 목격했지. 지금의 나이에 걸맞은 풍모와 태도를 지닌 자네를. 자네가 혼자 사람들 속에서 땅바닥에 쓰러진 히카리 군을 열심히 돌보려 했지만…… 아무것도 못 하고 웅크리고 앉아 있는 모습을 본 거라네.”

“며칠 전이라면 신주쿠에서 말이군. 콘서트를 보고 돌아가는 길이었지. ('스타니슬라프 스크로바체브스키의 콘서트였습니다', 귀 밝은 히카리가 말했다.) 응, 베토벤을 연주했었지. 이발을 하고 나서 연주회장으로 갔으니 무리한 거지…… 간질 발작을 일으킨 기야.”

“자네는 경황이 없어서 남들을 살펴볼 겨를 같은 것은 없었겠지만, 나는 자네들을 둘러싼 사람들 사이로 세심하게 관찰했다네.

여러 노선의 전철과 지하철, JR선이 교차하는 역과 백화점이 들어선 복합건물의 에스컬레이터에서 막 내려서는 공간에서였어. 히카리 군은 바닥에 기다랗게 쓰러져 있었지. 구경꾼이라고 하면 미안하지만, 자네를 어느 정도 아는 듯한 부인네들이 걱정하는 말들을 건넸어. 함께 콘서트를 들었다는 동지의식도 작용했을 테지. 자네는 괴팍한 노인의 모습인 데다 아주 무뚝뚝한 태도였지…… 고개를 홱 옆으로 젓기도 하고 퉁명스럽게 한두 마디 하더군.

그때 역무원, 아니 경비회사의 파견 사원으로 보이는 두세 사람이 나타나 구급차를 부르자고 하는데, 자네는 5분만 지나면 발작이 진정될 거라고 말했어. 그중 나이가 지긋해 보이는 경비원이 자기 말은 그런 뜻이 아니라고 했지. 여기 이렇게 누워 있으면 다른 사람들에게 피해를 주기 때문이라고 했어. 그러자 자네 태도는 딱딱하게 굳어버리더군.

그때 공무원으로 보이는 여성이 젊은 남자를 데리고 나서더니, 경비원에게 자신은 이런 일을 처리하는 데 익숙하다고 말했어. 그 여성은 자네를 무시하고서 히카리 군의 어깨에 손을 얹었지. 자네는 가까이 다가오던 부인들이 깜짝 놀랄 만큼 거칠게 그 손을 쳐내더군. 내가 나서서 중재할까 생각하고 있을 때…… 5분이 지난 거지…… 히카리 군이 눈을 뜨고 자네를 올려다보았어. 히카리 군이 '안녕!' 하니까, 자네도 '안녕!' 하고 대답하더군. 그리고 자네는 히카리 군을 부축하고 그대로 택시 승강장으로 향하는 계단을 내려가더군……

가기 직전, 한순간 나와 자네의 시선이 마주친 듯했어. 자네의 표정이 의심스럽다는 듯 흔들렸던 것 같기도 했지……

자네들은 그대로 사라져갔으니, 인사도 제대로 못 했지만……

내 눈 언저리가 뜨겁게 달아오르고 있었을 거야."

"맞아. 나는 자네의 얼굴을, 사람들 속에서…… 모든 얼굴들이 우리 쪽을 바라보고 있었지…… 찾아냈어. 그렇다고 내가 그 얼굴을 곧바로 고모리 다모쓰라고 알아본 건 아니야. 뭔가 마음에 걸리는 얼굴을 얼핏 봤다는 느낌이었을 뿐이었네. 그 후 사나흘 동안 몇 번이나 되짚어 생각했지. 어쩌면 내가 환영을 봤는지도 모른다고 생각하면서……

나는 땅바닥에 쓰러진 아들 옆에 쭈그리고 앉아 있었지. 사람들이 나와 내 아들을 내려다보고 있었어. 말을 거는 사람들에게 무어라 답을 해야 하는데, 원을 그리며 몰려든 사람들 틈새로 환영처럼 아름다운 소년이 우리를 바라보고 있는 거야. 그것도 어린아이답지 않은 눈초리로…… 지극히 노인다운 눈빛이라 할 수도 있을 눈으로 물끄러미 바라보고 있었지……

그 후 히카리가 택시 안에서 회복, 아니 평소 상태로 되돌아오는 동안, 소년이면서 노인…… 노인이면서 소년처럼 보였던 남자가 누굴까 생각에 잠겼지. 그러다가 소설의 한 부분이 떠올랐어. 얼마 전에 읽었던, 한 권을 다 읽은 건 아니지만, 내 오랜 친구인 미국 문화이론가의 만년 작품이었는데, 사후에 한 권으로 묶여 나온 책에 나오는 구절로 토머스 하디의 『미천한 사람 주드』에서 인용한 부분이었지.

노인이면서 소년, 소년이면서 노인의 인상을 지닌 특별한 인물을 묘사한 구절…… 그 남자와 비슷하다고 생각했지. 그 구절이 머릿속에 남아 있어 환영을 본 것인지도 모른다는 생각도 했어. 그리고 오늘 자네가 내 앞에 나타난 순간, 눈앞의 자네는 30년 전의 고모리 다모쓰를 떠올리게 했지만, 한편으론 대학 시절의 자네가 되살아나면서 고모리도 나이가 들었구나 생각했다네.

어쨌든 우리가 처음 만났던 대학에서는, 가장 아름다운 소년의 모습으로 청년이 된 사람이라는 것이 자네에 대한 주변 사람들의 감상이 아니었을까? 자네는 스타였지. 게다가 자네는 교양학과로 진학했지. 도쿄 대학의 고마바 캠퍼스에 갓 신설된 커트라인 점수가 가장 높은 학과로 말이야. 2년 동안 성적이 우수했던 친구들은 모두 그곳으로 갔지. 나는 불문과여서 혼고 캠퍼스에 있었으니, 대학 시절 내내…… 그리고 졸업 후에도 자네를 만날 일은 없었지.

자네를 다시 만난 건 지금부터 30년 전인가? 당시 자네는 신문의 문화면에 국제적인 활약이 소개될 정도로 유명한 TV프로듀서이자 영화감독이었지. 그 때문에 우리는 하나의 작업으로 뭉쳤었지……

며칠 전 자네를 우연히 마주쳤으면서도, 30년 전 그 시절의 자네를 떠올리지 못했던 건, 당시의 자네가 대학 시절의 아름다운 소년과는 사뭇 다른 수완 좋은 현역 프로듀서였기 때문이었을 거야. 그런데 지금의 자네는 노인이면서도, 30년 전에는 사라져 있던 대학 시절 미소년의 모습으로 보이는 순간이 있다네. 지금 다시 보니, 자네가 의식적으로 열여덟아홉 시절의 옷차림을…… 하고 있기 때문인 것도 같군.

그러고 보니 그 시절 여학생들은 자네를 Petit prince라고 불렀었지?"

"무슨 쓸데없는 소리를!" 고모리는 미간에 주름을 만들면서 말했다. (대학 시절 그가 이렇게 고풍스러운 말투를 즐겨 썼던 이유는 '아름다운 소년'으로 취급받는 것이 싫어서였기 때문이 아니었을까 생각했다.) "하지만 요 10년 동안…… 환갑을 넘긴 내 옷차림이 젊었을 때의 옷차림으로 되돌아간 느낌이야. 사쿠라 씨가 그랬지. 이번 일 때문에 오랜만에 사쿠라 씨를 만났더니, 요즘 가끔 만날 때마다 내 옷차림이 달라졌다고 느꼈는데 지금 모습이 가장 자기 취향이라고 하더군. 이게 지금의 내 트레이드마크인지도 몰라.

나는 본업에서 은퇴한 지 오래됐어. 어떤 차림을 하고 다니든 나무라는 사람은 없지. 게다가 마음이 맞는 사람들과 팀을 이루어 작업할 때, 혹은 동료가 새로 들어와도 금세 날 기억해주지. 또 마무리한 작업을 매스컴에 선보일 때도 편리해.

그런데 자네가 방금 전에 말한 죽은 문화이론가란 「유품의 노래」에도 인용한 에드워드 W. 사이드를 가리키는 거지? 그가 마지막 책에서 언급했다는 토머스 하디의 구절은 어떤 건가?"

나는 눈앞에서 고모리를 바라보고 있었기 때문에 어렵지 않게 사이드가 인용한 『미천한 사람 주드』의 한 부분을 떠올릴 수 있었지만, 원문으로도 번역문으로도 대답하지 않았다. 그것은 이를테면 노인다운 분별심이 내게 형성되어 있음을 뜻하는 것이리라. 그 구절은 기억을 더듬어 일본어로 번역하면 다음과 같은 내용이니까.

연령이 테마인 가장무도회에서 '소년'으로 분장한 노인 같았다. 그러나 연기가 너무 엉성해서 그의 진짜 모습이 곳곳에서 드러났다.

이미 날씨는 차가웠고, 작은 운하 끝에서는 둔중한 안개가 피어오르고 있었다. 나는 히카리에게 산책로의 휴게소 벤치에서 일어나라고 한 후, 우익들의 협박 때문에 바꾼 우리 집 전화번호를 고모리에게 가르쳐주었다. 그리고 나와 아들은 걷기 훈련의 끝마무리인 긴 언덕길을 천천히 (하지만 각자 휘는 봉을 내저으면서) 걸어가는 단계로 접어들었다. 언덕의 중간쯤, 차량 통행이 시작되는 지점에서 뒤를 돌아보니 멀리서 보면 소년으로밖에 보이지 않는, 세련된 사람의 걸음걸이가 보였다.

제1장

미하엘 콜하스 계획

1

30년 전 그해는 봄부터 내가 답답한 심정으로 뛰어다녔지만 실질적인 효과를 올리지 못한 일에…… 고모리의 말을 빌리면 헛수고에…… 분주했던 해다. 작가 생활을 시작한 지 18년, 현재 나의 문고판 소설에 첨부된 간단한 연보를 살펴보면, 이 해부터 이듬해까지 전에 없이 분주히 뛰어다녔으면서도(이듬해 후반에는 멕시코시티에 가서 교사 생활을 했다), 문학적 성과로 이어지는 일은 아무것도 하지 않았다는 사실을 알 수 있다.

1974년, 소련의 관헌에게 체포된 작가 솔제니친의 석방을 위해, 나도 젊은 일본 작가의 한 사람으로서 성명을 발표했다. 서방의 많은 나라들 사이에서 광범위하게 벌어진 집회와 연관되는 일을 도쿄에서도 조직하게 되었고, 나는 그 사무국에서 일했다. 그 이듬해에는 한국에서 체포되어 사형 판결을 받은 시인 김지하가 석방된 후 다시 체포되어 5월에 일차 공판이 열릴 예정이었다. 병든 몸으로 수감된 그의 무죄 석방을 요구하는 지식인들의 단식투쟁이, 아직 운하가 남아 있던 스키야바시 근처의 작은 공원에서 이루어졌다. 나는 그 투쟁에도 참가했다.

이 사회적 행동 하나하나를 관통하는 문제점은 모두 심각한 것들이었다. 그러나 정작 나 자신의 내면이 늘 그것들로 채워져 있었는가 하면, 그렇지는 않았다. 나는 더 심각하게 가슴을 짓누르는 무언가에 사로잡혀 있었고, 그것이 다른 사건들에도 영향을 미쳤다.

나는 고등학교 2학년 때 전학한 지방 도시 마쓰야마에서 처음으로 신간 도서가 중앙보다 늦지 않게 들어오는 서점에 드나들게 되었다. 그리고 우연히 집어든 『프랑스 르네상스 단편』을 읽고 깊은 감명을 받았다. 그래서 도쿄 대학 프랑스 문학과에 진학했다. (솔직히 산골짜기 숲속 마을에서 태어나 자란 사람으로서 생각지도 못했던 일이었다.)

그 이와나미 신서(岩波新書)의 저자였던 와타나베 가즈오 교수가 그해 초봄 암으로 입원했다. 5월에 선생님은 세상을 떠났고, 나는 장례식 때문에 분주하게 뛰어다녔다. 그 일을 전후해서 나는 집에서 차분히 일을 하거나 책을 읽을 수 없었다. 그리고 장례식이 치러진 주말에는 긴자 대로변의 시끄러운 곳에 텐트를 친 단식투쟁 철야농성에 무겁게 가라앉은 가슴으로 참가했다.

저녁 무렵부터 내린 많은 빗물이 고여 텐트의 천장이 그 무게를 이기지 못하고 축 처진 모습을 어두운 등불 속에서 바라보고 있었다. 한밤중에 나는 신문사에서 칼럼을 썼다는 전후 일미역사가의 인사를 받고 몸을 일으켰다. 화장실에 다녀오자 내가 누워 있던 장소는 이미 다른 사람의 차지가 되어 있었다. 내가 머뭇거리자 재일 한국인 시인이 옆에 있던 수학자와 머리와 발의 위치를 맞바꾸어 내가 누울 수 있는 공간을 마련해주었다.

꾸벅꾸벅 선잠으로 밤을 지새운 다음날 아침(하룻밤이 더 남았다), 도심에 근무하는 사람들을 위한 차량들이 점차 한산해질 무렵, 텐트 입구 쪽에서 내 이름을 부르며 내가 실제로 단식투쟁을 계속하고 있는지를 확인하는 소리가 들렸다.

자원봉사로 경비를 담당하는 학생들은 단식투쟁에 참가하는 사람들을 면회하려는 방문자들을 차별하지 않고 모두 받아들였다. 여기저기서 유쾌하게 담소하는 모습도 보였지만, 아침부터 논쟁이 벌어지기도 했다. 거친 활기를 띤 무리들 속을 겨우 뚫고 안내해준 학생에게 짐을 부릴 공간을 마련토록 한 어떤 두 사람이 나란히 앉으려고 애쓰고 있었다.

몸집은 작았지만 활달한 동작으로, (장소가 좁은데도) 잘나가는 비즈니스맨의 위엄마저 풍기는 남자가, 텐트 안의 분위기에 압도된 체격이 큰 여성을 먼저 앉게 한 다음, 그 옆에 쭈그리고 앉았다. 고마바 캠퍼스에서 만난 이후 처음으로 보는 고모리 다모쓰였다

"제국 호텔에 묵고 있는데, 근처에서 자네가 큰일을 하고 있다는 조간 뉴스를 읽고 만나러 왔지. 자네처럼 불문과를 졸업하고 NHK에 들어간 친구도…… 자신이 담당했던 프랑스 여배우와의 연애사를 기사로 쓰고 해고당한…… 그 친구도 단식투쟁에 참가하고 있다더군. 그

이야길 듣고 그 도시파가 웬일로 촌스러운 짓을 한다고 생각했지. 텐트 입구에서 이름을 불렀는데 찾을 수가 없군……"

"그는 요즘 한창 잘나가는 동료 작가의 파티에 얼굴만 비추고 온다더니, 마시다가 곧바로 몰려나갔다더군…… 이곳이 다름 아닌 긴자잖나."

"그런데 자네는 아주 성실하게 하고 있네……"

"난 도시파가 아니니까."

"자네가 그런 식으로 와타나베 교수의 죽음을 애도하는 마음을 이해 못 하는 것도 아니야…… 실은 나도 자네가 이렇게 성의를 표하고 있는 김지하와 아주 관계가 없지는 않아. 작년에 그 시인이 체포되어 재판이 열리는 바람에, 우리가 진행하려던 계획이 허사가 되고 말았거든. 그 사후 처리 문제로 한국을 방문했는데, 그 계획을 일본에서 대신 진행하지 않겠느냐고 해서, 여주인공으로 발탁한 사람과 함께 도쿄에 들른 참이지. 그런데 자네들의 단식투쟁 기사를 읽으면서, 유럽쪽에서 우리 계획을 논의할 때 자네 이름이 거론되었다는 걸 기억해냈지.

자네는 2년 전 일본을 방문한 서독의 시인이자 비평가인 한스 뭐라는 사람하고……"

"한스 마그누스 엔첸스베르거라면, 잡지에서 대담을 한 적이 있지."

"그 엔첸스베르거가 자네에 대해 이야기했던 내용을 이번 기회에 확인하고 싶어서 말이야."

고모리는 주위의 떠들썩한 분위기로부터 의지로 거리를 둘 수 있다는 듯 초연한 태도였지만, 텐트 안 시선이 함께 온 여성에게 집중되는 것을 여유롭게 훑어보더니 화제를 바꿨다.

"이 여성은 나뿐만 아니라 우리 세대에게는 잊을 수 없는 청춘스타지. (나를 향한 것이기도 했지만, 이쪽을 바라보고 있는 단식투쟁 참가자들과 지원 가족들을 의식한 말투였다.)

자네야 대학 들어오기 전에는 오로지 입시 공부만 했으니, 대학에 들어와서도…… 고작 만화나 야쿠자 영화가 젊은이들의 지적 만족을 채워주는 대상이었지만…… 서브컬처 따위에 관심을 가질 만한 여유는 없었겠지? 그런 자네는 모르겠지만, 지금 세계의 영화광들에게 널리 알려진 문화 영웅이지. 일본에서 은퇴하기 전 이름을 거론하는 건 촌스러운 일이니, 현재 외국에서 알려진 이름을 소개하지, 사쿠라 오기 마거색 씨야.

자네에 대해서는, 대학에서 처음 자네와 이야기를 나누었을 때부터 자네가 소설가가 되리라는 걸 알아봤다고, 아침 먹을 때 이야기했네. 사쿠라 씨도 자네 소설을 읽었다는데."

텐트 바로 옆에서 길거리를 오가는 사람들에게 마이크로 전하는 (그러나 스피커 반대쪽 목소리는 이쪽으로 새나왔다) 자원봉사자의 연설이 시작되었다. "시인이, 그저 시를 썼다는 이유로 사형이나 무기 징역이라는 탄압을 받습니다. 이렇게 부당하고 부조리한 일이 어디 있습니까? 이 나라에는 왜 그 같은 문학인이 한 사람도 없을까요? 그것이 훨씬 더 큰 문제입니다!"

"말 되는군." 고모리가 말했다.

그리고 고모리는 TV보도 완장을 찬 청년을 손짓으로 부르더니, 업계의 권위자다운 목소리로 연설자의 위치를 조금 바꾸라고 지시했다.

그때 비로소 나는 여성과 정면으로 얼굴을 마주 보고 눈빛으로 인사를 나누었는데, 그때 나는 숨이 멎을 듯했다!

다시 텐트가 정리되고, 단식투쟁에 참가하는 사람이 줄어든 덕분에 잠자리 확보에 수고할 필요가 없어진 우리가, 체력 유지를 위해 텐트의 조명을 낮추고 누웠을 때였다. 나는 와타나베 교수가 세상을 떠난 후로 줄곧 사라지지 않던 슬픔의 증거랄 수 있는 왼쪽 가슴의 가벼운 통증이 사라져 있음을 깨달았다……

그로부터 30년 지난 지금도 나는 늘 머릿속으로 외국어 시를 반추하고 있다는 식으로 고모리에게 놀림 받고 있지만, 이 무렵엔 진심으로 마음 깊이 밀물처럼 밀려와 자신을 채워주던 언어, 그것도 에드거 앨런 포의 원시와 히나쓰 고노스케 번역시의 회오리 속에 빠져 있었다.

It was many and many a year ago,
  In a Kingdom by the sea,
That a maiden there lived whom you may know
  By the name of ANNABEL LEE;
And this maiden she lived with no other thought
  Than to love and be loved by me.

아주 오랜 옛날/바닷가 왕국에/한 소녀가 살고 있었네/그 이름은 애너벨 리/소녀는 오로지 이 나와의 사랑만을 생각했다네.

이미 아침이라기보다는 낮에 가까워져 있었지만, 텐트 조명을 몇 개 켜고도 충분히 어두웠던 덕분에 나의 빨개진 얼굴과 눈시울을 감출 수 있었던 것이 무척 다행스러웠다.

여성은 나의 눈인사를 받고 보일 듯 말 듯 얼굴을 갸우뚱했다. 어쩌면 옅은 어둠 속의 이쪽을 크고 어두운 물웅덩이 같은 눈으로 확인하려고 했을 뿐일지도 모른다. 그러나 어느 쪽이든 예의를 벗어난 느낌은 아니었다. 수수하지만 짙은 와인색 투피스를 입은 그녀는 옆에 놓여 있는, 지방에서 올라와 그 길로 단식투쟁에 참가한 사람의 트렁크에, 한쪽 팔을 올린 채 상체를 기대고 있었는데, 그렇게 해야만 겨우 비닐시트를 깐 지면에 앉을 수 있다는 느낌을 주었다. 넓고 반듯한, 너무 튀어나오지 않은 이마 아래의 눈에는 부드러운 비애가 서려 있었다. 그러면서도 흥미롭게 나를 바라보고 있는 것도 분명했다.

말없는 나에게 고모리가 말을 건넸다.

"오늘은 자네와 사쿠라 씨의 만남을 주선하는 것만으로 충분하겠군. 지금 당장 이곳을 벗어나지 않으면 사쿠라 씨가 산소결핍증을 일으킬 것만 같아. 그리고 솔직히 말해서 여기는 너무 냄새가 나는군.

하지만 확인하고 싶은 것이 있어 왔으니 한 가지만 물어보겠네. 엔첸스베르거는 자네가 클라이스트의 『미하엘 콜하스의 운명』에…… 제목 밑에 어느 옛 기록에서라는 말이 있는데, 저 왜, 이와나미 문고에서 나온…… 푹 빠져 있는 아주 특이한 일본인이라고 했는데, 그게 정말인가?"

"사실이야." 나는 대답했다. "엔첸스베르거하고 1986년 애들레이드*에서 만났을 때도, 그전에 도쿄에서 만났을 때도 그 이야기를 했지. 그는 그걸 영화 시나리오로 구상하고 있다고 했어……"

"좋아! 맞군. 사쿠라 씨, 겐산로한테(대학 시절의 내 호칭이었지만, 그가 나를 그렇게 부른 것은 처음이었다) 콜하스를 어떤 식으로 읽고 있는지, 둘이서 이야기를 한번 들어봅시다.

정치 행동인지 진보 동창회인지…… 이건 내일 끝나는 건가? 그럼 이번 주 토요일에 일본 외국 특파원 협회 클럽에서 만나지, 오후 두 시에.

단식투쟁에서 48시간, 아무것도 먹지 않는 일 정도라면 그렇게 힘들지 않을걸. 하지만 그 후에 보통 식생활로 돌아가는 게 더 어려울 거야. 이제 끝났다, 사회적 양심은 충분히 지켰다, 이제부터는 폭음과 폭식…… 부디 이런 유의 무분별한 행동은 하지 않길 바라네.

그러면 사쿠라 씨, 나갑시다. 여기서는 의자 하나 권하질 않으니 당신이 오래 있는 건 무리입니다."

2

토요일 정오부터 스키야바시 공원에 참가자들이 모여 시작된 단식투쟁은 월요일 정오를 기해 텐트를 철수하고 기자회견을 함으로써 종

---
* 오스트레일리아 사우스오스트레일리아 주의 주도.

료되었다. 그 주말에 나는 상당히 고조된 기분으로 고모리가 지정한 약속 장소로 나갔다.

단식투쟁 종료를 기념해서 회식을 하자고도 했지만, 나는 고모리의 충고에 따라 집으로 곧장 돌아갔다. 그런데 그날 밤, 서고의 침대에 누워 있을 때(열일곱 살 때 원시를 적어두었던, 소겐선서판 히나쓰 고노스케 번역의 『포 시집』을 가슴 위에 얹고 있었다), 마쓰야마 미국 문화 센터의 8밀리 영화에서 봤던 소녀의 모습이 떠올랐다. 영화에 맞추어 「애너벨 리」를 낭송하던 젊은 미국인의 목소리가 정적을 가득 채우는 듯했다. 나는 한밤중까지 그 상태로 꼼짝 않고 있었지만 도저히 견딜 수 없어, 결국 아래층 식당으로 내려갔다. 아침까지 술을 마셨더니 몸은 즉각적인 반응을 보여왔다.

나는 창가 자리를 잡고 기다리고 있던 고모리와 사쿠라 씨 앞에, 누가 봐도 병석에서 막 일어난 모습으로 등장해(앞서 말한 대로 마음은 타오르고 있었지만), 그들에게 충격을 주었다. 특히 사쿠라 씨는 단식투쟁 때문에 그런 것이라고 받아들이는 듯했다.

일본인의 관습보다 훨씬 긴 점심시간이 끝날 즈음, 넓은 실내에는 띄엄띄엄 서너 사람씩 그룹을 이룬 외국인 보도 관계자들과, 책과 서류를 가득 쌓아올린 채 혼자 앉아 있는 일본인들이 있었고, 그나마 따로따로 앉아 있는 그들을 제외하고는 무척이나 한산했다. 애초에 고모리는 나에게 「애너벨 리」와의 오랜 정서적 관계를 듣기 위해 나를 기다린 것은 아니었다. 그는 곧바로 미국, 독일, 중남미, 아시아의 제작 팀이 『미하엘 콜하스의 운명』을 각각 영화로 제작해서, 클라이스트 탄생 200주년에 맞추어 동시에 상영할 계획이라는 이야기를 했다.

미국판은 이미 완성되었고, 독일판은 엔첸스베르거를 중심으로 촬영에 들어갔다고 했다. 중남미판은 멕시코에서 만들고, 아시아판은 지금 경제 발전에 박차를 가하고 있는 한국에서 담당하기로 했는데, 작년에 김지하 투옥 사건 때문에 실패로 돌아갔다고 한다. 그래서 도쿄의 종합건설사를 주축으로 자금 마련을 위한 조직이 만들어졌는데, 자신은 그 조직과 뉴욕에 본부를 둔 'M계획', 즉 미하엘 콜하스 계획의 가교 역할을 담당하고 있다고 했다.

고모리는 그 후 사쿠라 씨에게 그와 내가 만났던 날에 대해 다시 한번 자세히 이야기했다. 나도 그의 이야기를 거들었다. 나와 고모리는 대학에 들어가서 바로, 고마바 캠퍼스의 프랑스어 미수강반(학부에 진학하면 제1, 또는 제2외국어로 프랑스어를 수강하는데, 고등학교에서 프랑스어를 배우지 않은 사람들로 이루어진 반이었다)의 동급생이 되었다. 그렇다고 특별히 친한 사이는 아니었다.

나는 『프랑스 르네상스 단편』에 감명을 받아 프랑스 문학과에 진학하길 원했던 지방 출신의 학생일 뿐이었다. 한편 고모리는 도쿄의 고등학교 연극계에서는 유명한 리더였고, 그를 중심으로 연극 활동을 했던 상급생들이 한 발 앞서 고마바 캠퍼스에 입학한 후, 그를 기다리고 있다는 소문은 나처럼 연극에 무관심했던 사람들에게까지 들려왔다. 아직 검은 학생복 차림이 대부분이던 학생들 속에서 유난히 눈에 띄는 옷차림에, 눈길을 끄는 미소년의 모습을 지니고 있으면서도 한편으론 어른스럽고 냉소적인 얼굴로, 벌써부터 무리를 이룬 추종자들 한가운데에서 말이 없던…… 이를테면 스타였던 셈이다.

그와 내가 처음으로 대화를 나누게 된 것은 반의 '친목과 자치'를 주장하던 (곧바로 자치회의 활동가가 된) 동급생이, 자유로운 반 운영을 위해 독자적인 학급 명단을 만들자고 제안한 것이 계기였다.

프랑스어 초보 문법 수업이 시작되기 전, 조그맣게 자른 종이를 나누어주고 이름, 출신 학교, 지망 학부 따위를 적게 한 다음 그것을 회수해서 한 사람씩 본인임을 확인했다.

"기마모리(木守)*? 감나무 가지에 하나 남겨놓는 잘 익은 감인가?"

그 말을 들은 학생이 헐렁한 검은 스웨터에서 섬세한 옆모습을 거만하게 내밀며 대꾸했다.

"그거랑은 달라, 내 이름은 고모리라고 읽지."

"그렇게 읽는 거야? 그러니까 연극 활동에서 네 개성을 강조하려고……"

"교양이 없군."

그때 내가 "교양 있는 사람은 아니지만"이라고 말하면서 둘 사이에 끼어들었다. "「마쿠라노소시(枕草子)」의 87단 '고모리(木守)**가 흙담장에 나무쪽을 걸쳐놓고 지붕 삼아 살았다'라는 대목에 나오는 것이겠지."

명단을 만들자던 남학생은 이미 내 이름과 취미란에 적은 '사전 읽기'를 확인한 다음이라, "그럼 너는『고지엔』*** 출판이 무척 기다려지겠구나" 했다.

나는 그런 새로운 출판 기획과는 다른 손때 묻은 옛 사전을 매일 밤

---

* 나무를 지킨다는 뜻이 있음.
** 나무를 다루는 사람, 즉 정원사.
*** 広辞苑, 일본 국어사전. 당시 가장 많은 양의 단어가 수록된 사전으로 유명했음.

읽고 있었다. 그때 발견한 '고모리'라는 단어를 보고, 수험 공부를 할 때 문제집에 나오는 단편으로만 읽었던 「마쿠라노소시」에 마음이 끌렸다. 나는 어머니에게 입학 선물로 받은 유호토(有朋堂) 문고의 낙장본으로, 「마쿠라노소시」 87단을 읽었다. 그리고 지금까지 관심을 가진 적이 없었던 고전의 소설적인 구성과 다양한 인물상, 그리고 배경으로 등장하는 중궁(中宮)과 천황의 관계 등을 마치 단편소설처럼 느꼈다……

문법 수업이 끝난 후, 내가 옛 일고(一高)의 기숙사 입구 매점에서 파는 쿠페 빵과 우유로 점심을 때우고 있을 때, 내가 지금까지 본 적이 없는 '샌드위치 종이상자'를 손에 든 고모리가 멈춰 서서 "'고모리' 이야기 좀 해줘"라고 했다. 그래서 우리는 다시 한 번 이야기를 나누었다. 우리 두 사람의 교제는 그 정도에 불과했지만, 프랑스 문학과에 진학하고 소설을 쓰기 시작한 후 내가 아쿠타가와상을 받았을 때, 교양학과 대학원으로 진학한 고모리가 (나는 1년 유급한 상태였다) 신문에 담화문을 실었다.

"「마쿠라노소시」 한 단락에서 소설을 읽어내는 사람이라면 언젠간 작가가 될 거라고 생각했죠."

고모리는 사쿠라 씨가 이미 알고 있는 이야기를 다시 한 번 되풀이한 다음, 어떤 소설이든 개성적으로 재미있게 읽어서 풀어낼 줄 아는 사람이니, 『미하엘 콜하스의 운명』을 자신의 방식대로 해석해 들려주면 좋겠다고 했다.

나는 이야기했다. 예전부터 이 중편소설에 매료당했고, 내가 태어나서 자란 지방에서 일어난 농민 봉기의 역사적 사실과 구전을 결합해

소설로 쓰려고 한 적도 있었다. 그렇기 때문에 아주 상세히 이야기할 수 있었다. 그러나 이날, 나의 몸 상태가 나빠서이기도 했지만, 책을 찾아서 지참한 것도 아니었으니 영화 시나리오 작업에 내가 참여하게 되리라고는 생각지 않았음을 알 수 있다.

어쨌든 나는 내 이야기를 열심히 듣는 사쿠라 씨에게(단식투쟁 텐트에서 본, 특별한 눈빛의 주인에게) 열성을 다해 이야기했다. 그리고 또 하나의 눈빛, 사쿠라 씨 곁에서 귀를 기울이고 있는 고모리의 적막이 담긴 까만 점 같은 눈은, 대학 시절 이후의 냉소적인 오만함과는 전혀 다른 인격체를 드러내는 듯했음을 적어두고 싶다. 기억을 더듬어보니 대학 시절 내가 발견한 「마쿠라노소시」 87단의 재미를 이야기했을 때의 고모리의 눈빛도 이런 표정이었다.

나는 끊임없이 이야기했다. 잠시 후 넓고 높은 창밖이 어두워지도록 세찬 비가 내렸다. 빗줄기가 약해지고(그치지는 않았다), 구름 사이로 햇빛이 얼굴을 내밀었다. 내가 이야기를 계속하는 사이, 비에 젖은 풍경 속에 가득 차 있던 햇살이 점차 저녁 빛을 띠기 시작했다……

고모리가 조용히 식사할 곳으로 장소를 옮기자고 제안했다. 전쟁 후 점령군 정보장교로 사쿠라 씨를 보호해주었던 마거색 씨가 점령기 말 군대에서 퇴역하고 와세다 대학 특별연구원으로 있었을 때, 역시 도쿄로 올라와 배우 수업에 열중하던 시절 사쿠라 씨의 수소 요리사였던 사람이 경영하고 있다는 레스토랑으로 갔다.

개천가를 거닐고 싶다는 사쿠라 씨의 제안에 따라 클럽의 단골인 고모리가 우산을 빌려왔지만, 조용히 내리는 비는 오히려 풍경 속을 산책하기에 안성맞춤이었다.

"비가 오는데 청명한 날씨라고 하면 이상하게 들리겠지만, 고교 시절 이런 날씨를 청명한 비 오는 날이라 생각하며 걷곤 했죠." 나는 처음으로 사쿠라 씨만을 상대로 말을 건넸다.

"학교를 마치고 곧장 미국 문화센터로 공부를 하러 가곤 했는데, 저녁 무렵 비가 내리기 시작하면 우산도 없었고, 그러면 오히려 신이 나서 빗줄기 속을 걸었어요. 이곳과는 비교할 수 없을 정도로 작은 개천이었지만……"

"……당신이 다니던 고등학교가 마쓰야마에 있었나요? 거기 개천으로 둘러싸인 미국 문화센터라면 나도 어렸을 때 자주 가던 곳이에요."

"알고 있습니다. 그건 눈부신 전설이니까요."

"눈부셨는지 어땠는지는 모르겠어요. 그땐 너무 어렸어요. 어쨌든 내 기억 속에 있는 것도, 비가 갠 청명한 풍경이에요. 그런 날씨에 내 보호자는 밖에서 8밀리 영화로 나를 찍었어요. 실내는 어두워서 안 된다면서. 일본 영화계의 어떤 이가 그 필름을 보고 나를 스카우트했다고 해요.

당신이 고교생 신분으로 센터에…… 센터의 도서관이겠죠…… 공부하러 왔던 건 언제였나요? 그때 이미 우리는 만난 적이 있는지도 모르겠군요."

"아니, 그렇지는 않아요. 당신이 도쿄로 가서 영화 스타가 된 다음이었죠. 저는 산골 마을에서 마쓰야마로 전학을 갔어요. 그래도 문화센터에 갈 때마다 도서관 로비 벽에 걸린 당신 사진을 봤어요."

"이런, 사쿠라 씨와 자네가 그런 인연으로 맺어졌더란 말이야?" 고모리는 우리 둘 사이로 머리를 들이밀면서 말했다. "그러고 보니 오늘 자네의 이야기하는 태도가 어쩐지 열정적이더군.

일이 이렇게 된 마당에 자네에게 더 적극적으로 일을 제안해도 좋을 듯싶군. 우선 시간을 두고 더 상세하게 텍스트를 해석해주길 바라네."

고모리의 웅변적인 말투는 나에게도, 어쩌면 사쿠라 씨에게도, 가슴속에서부터 복받쳐 오르는 느낌으로, 대학 시절 교실 앞 복도를 걸을 때처럼 아름다운 소년을 동반해 걷고 있는 듯한 감정을 되살려주었다.

그러나 이날 저녁식사 때 나눈 대화를 기점으로 시작된 나와 고모리 다모쓰, 그리고 사쿠라 씨와의 새로운 관계 속에서 고모리는 베테랑 프로듀서다운 모습을 되찾았다. 옛 시절을 떠올리게 하는 아스라한 감정은 보슬비가 내리던 개천 옆에서만 솟아났을 뿐이었다.

3

나는 여기서 우리의 협력 관계가 형성되면서 그들에게 연속적으로 들려준 『미하엘 콜하스의 운명』에 대해 정리해둘까 한다.

고모리와 내가 느슨하게 주고받은 약속은, 사쿠라 씨에게 설명하는 일이었지만, 다른 한편으로 그것은 그가 끌어 모으고 있는 일본 영화계의 재능 있는 신진들에게 『미하엘 콜하스의 운명』을 설명하기 위한 준비 작업이기도 했다. 내가 오랫동안 읽어온 텍스트와 메모해온 노트를 바탕으로 이야기하겠다. 이것은 사쿠라 씨의 연기 구상을 위한 참고서가 되고, 고모리가 해야 할 강의의 참고자료가 될 것이다.

내가 텍스트로 삼은 클라이스트 작, 요시다 지로 역의 『미하엘 콜하스의 운명—어느 옛 기록에서』는 이렇게 시작된다. "16세기 중엽, 하펠 강* 부근에 미하엘 콜하스라는 이름의 말 거간꾼이 살았다."

고등학생인 나는 당시의 독일은 신성 로마 제국이라 불렸다는 사실이 쓰인, 이와나미 문고의 '후기'를 노트에 요약하면서 복잡한 시대적 배경을 이해하고자 노력했다. 황제는 빈의 합스부르크 왕가 출신이었지만, 제국의 내부는 300명이나 되는 성직자와 속인의 공후국(公侯國)으로 분열되어 있었다. 당시 근대 민족국가의 중앙집권적 통일은 아직 존재하지 않은 상태였다. 대제후(大諸侯)는 황제의 권력에서 독립해 있었다. 이를테면 작은 절대주의 국가가 할거하는 상태였다.

콜하스는 브란덴부르크**에서 태어나, 그곳을 정주지로 삼았다. 이웃하는 작센 지방에서 장사를 하면 '외국인'으로 간주되었다. 주권을 가진 선제후(選帝侯)가 발령한 대사령(大赦令)은 황제를 구속하지 않았지만, 황제는 제국의 치안을 침해한 신민에 대한 고소를, 그 신민이 속한 제후국의 법정에 제기해야 했다.

내가 이 번역본을 읽은 전후(戰後)에도(문고본은 태평양 전쟁이 시작된 해에 출간되었다), 시골에는 말 거간꾼이라는 단어가 살아 있었다. 나는 구체적인 이미지를 떠올릴 수도 있었지만, 미하엘 콜하스는 말을 거래하는 점에서 거간꾼이었을지라도, 출생지인 콜하젠브뤼크

* 독일 북부를 흐르는 강.
** 독일 브란덴부르크 주 포츠담의 중심 도시.

가 그의 이름을 따고 있는 점이라든가, 무엇보다 묘사된 생활 모습을 보면 내가 알고 있는 시골의 말 거간꾼과는 전혀 달랐다.

콜하스는 하인 헤르제와 함께 말 몇 필을 끌고 엘베 강*을 건너 이웃나라인 작센령으로 들어간다. 그런데 멋진 성 옆에는 지금까지 본 적이 없었던 통행 금지 현수막이 걸려 있었다. 옛 성주가 죽고, 벤첼 폰 트론카라는 젊은 성주가 그 뒤를 이었는데, 그의 명령으로 성문을 통과하려면 통행증이 필요하게 되었다고 관문지기가 말해주었다.

콜하스가 젊은 성주에게 직접 상황 이야기를 하자, 마침 농경에 필요한 말이 부족한 참이던 젊은 성주는 집사가 추천하는 튼튼한 검은 말에 관심을 표한다. 그러나 거래는 성립되지 않는다. 콜하스는 다시 드레스덴을 통과할 때 통행증을 가져오겠다는 약속과 함께, 검은 말을 저당으로 잡히고 하인을 남겨둔 채 큰 마시장이 서는 라이프치히로 떠난다.

그러나 가는 곳마다 콜하스는 통행증 이야기가 거짓말이라는 소리를 듣는다. 트론켄부르크에서 여행자들에 대한 부정이 횡행한다는 소문도 접한다. 돌아오는 길에 콜하스가 성에 들렀을 때는 하인 헤르제는 쫓겨난 상태였고, 검은 말은 혹사당해 본래의 모습을 찾아볼 길이 없었다……

콜하스는 작센 지방의 드레스덴 법정에 성주 트론카에 대한 수송을 제기하지만, 귀족들 중에 친인척이 많은 트론카의 공작으로 소송은 기각당한다.

---

* 북해로 흘러드는 독일의 강.

트론카의 거듭되는 부정부패를 접하고 콜하스는 브란덴부르크령과 작센령에 있는 모든 재산을 팔아 자금을 마련해 무력으로 저항할 결의를 다진다. 콜하스를 말리면서 아내 리스베트는 자신이 직접 탄원서를 가지고 브란덴부르크 선제후를 찾아가겠다고 한다. 그러나 그 일을 실행에 옮긴 리스베트는 국왕에 대한 접근을 막는 호위대에게 부상을 당해 죽고 만다. 리스베트의 장례식 날에 무자비한 결재서가 당도한다.

이렇게 콜하스의 복수가 시작되기까지의 설명을 마치자, 사쿠라 씨는 커다란 눈에 부드러운 비애를 담은 채 열중해서 들었다. 부상을 당해 죽음을 맞이하는 리스베트가 콜하스에게 성서의 한 구절을 가르쳐준다. "너의 적을 용서하고 너에게 대항하는 자에게도 선을 베풀라." 사쿠라 씨는 검고 숱이 많아 무거워 보이는 머리를 숙이고 있었다. 그리고 내가 다음 구절을 다 읽었을 때 들어 올린 새하얀 얼굴이 귀밑 언저리서부터 서서히 붉게 물들었다. "─그때 그녀는 깊은 마음이 담긴 눈빛으로 남편의 손을 꼭 잡고 그대로 숨을 거두었다. ─콜하스는 마음속으로 '신의 이름을 걸고 시골 귀족 놈을 결단코 용서하지 않겠다'고 생각하면서, 눈물을 뚝뚝 흘리며 아내에게 입맞춤한 뒤 눈을 감겨주고 방에서 나갔다."

한편 고모리는 영화 프로듀서로서 한층 다면적으로 생각하는 듯 이렇게 말했다.

"일본의 막부 말 동란기의 사회적 분위기하고 유사하군. 황제가 통제할 수 없는 내란으로 발전하는 식으로 말이네. 그렇다면 시작과 전개 부분을 막부 말 일본의 이야기로 바꾸어놓을 수 있지 않을까?"

"일본에서 일어난 이 같은 무력 반란은 하나의 번(藩)을 무너뜨리기보다는 번들의 커다란 통합력이 국가 권력 자체를 아주 교체해버렸지.

그렇지만 하나의 지방에서 번의 권력에 대항해 농민들이 반란을 일으켰는데 막부가 진압하지 못한 예는 얼마든지 있어. 실은 내가 소설을 쓰면서부터 늘 생각해온 주제와 가깝지. 『만엔 원년의 풋볼』에서 묘사한 농민 봉기 이야기는 내게 지방 전체를 묘사할 역량이 없어서, 우리 집안에 전승되던 에피소드로 이야기를 축소해버린 셈이지. 엔첸스베르거와 미하엘 콜하스에 대해 이야기했을 때도 그런 이야기를 꺼냈던 것 같군."

"솔직히 말해 진행 중이던 한국판은 엔첸스베르거의 제안으로 지금 옥중에 있는 김지하에게 부탁했었어. 그것도 엔첸스베르거가 자네한테서 '한국에는 김지하가 있다. 그는 갑오 농민 전쟁이라 하나……동학당이 했던 반란을 주제로 준비하고 있을 것'이라는 얘길 들었다고 했어. 그것이 이 일의 발단이지. 그렇다면 가령 말이지, 자네가 자네 고향의 농민 봉기를 배경으로 해서 콜하스의 이야기를 쓰는 방법도 가능하지 않을까?"

"하지만 나는 시나리오를 써본 경험이 없어."

"구로사와 아키라의 역사극이라면 곧잘 보지 않았나? 그 시나리오 작법을 따르면 농민과 하급 무사들의 투쟁을 어떤 식으로든 정리할 수 있을 것 같은데? 게다가 일본 영화감독들은 역사극이라면 정말 멋지게 영상화할 수 있는 사람들이니까. 그런 영화 제작의 베테랑들을 끌어들이면, 아마추어의 시나리오로도 최고의 영화를 만들어줄 거야.

사실 지금 내가 끌어들이는 젊은 치들은 미하엘 콜하스를 정면으로 다루겠다는 의욕도 기력도 없는 것 같아. 나는 그들을 거의 포기한 상태야. 어때, 여기까지 왔지 않나? 자네가 결단을 내려주지 않겠나? 이건 사쿠라 씨의 희망사항이기도 해. 우선은 시험적으로 우리 둘이서 새로운 계획을 검토하자고!"

4

일이 이렇게 진행되면서 어느새 나는 고모리와 사쿠라 씨의 'M계획'에 끌려 들어갔다. 큰 예산이 걸린 영화 프로듀서로서 고모리는 자신의 속마음을 나에게 시원히 털어놓지는 않은 듯하지만…… 그리고 나는 사쿠라 씨에게 「애너벨 리」에 대한 내 경험을 아직 말하지 못하고 있었지만, 일이 이렇게 되고 보면 굳이 서두를 필요는 없었다. 나와 고모리는 일주일에 두세 번 만났다. 대체로 내가 고모리가 사쿠라 씨와 묵고 있는 제국 호텔로 찾아갔다. 고모리가 머무는 객실은, 내가 딱 한 번 입구에서 들여다본 사쿠라 씨의 스위트룸과 달리 검소한 방이었다.

고모리가 우리 집으로 오는 때도 있었다. 이 시기의 선명한 내 기억은, 대학 시절 연극 청년의 모습과 달리 넥타이 차림의('M계획'의 대리인으로 재계 인물들과도 접촉해야 하는) 고모리가 실크셔츠를 느슨하게 풀어헤치고 내 집 거실에 딱 하나 있던 커다란 팔걸이의자에 앉아, 진지하게 『미하엘 콜하스의 운명』의 시나리오를 쓰기 시작하면서부터 기록한 내 노트를 읽는 모습이다.

아직 젊은 소설가의 작업실 겸 거실에는 어울리지 않는 목각 장식의 의자는 장모님이 간사이 지방에서 올라왔을 때 찾아내주었다. 우리가 사는 지역은 전쟁이 일어나기 전에 주로 관료와 대학 교수들이 살던 집이 많았다. 마침 상속세 문제로 집들이 매각되던 시기여서, 창고를 겸한 고가구점의 수리공장에 나와 있던 의자를 장모님이 사들이자고 했다. 본체는 헐값이나 다름없었지만, 장모님이 겉을 고급 천으로 다시 씌워달라고 하는 바람에 나는 터무니없이 비싼 값을 치러야 했다!

지나치게 크고 장식이 많아 작업용 의자라고 할 수는 없었지만, 앉았을 때의 편안함 때문에 나는 마당 쪽으로 난 유리창 앞에 그것을 놓아두고서, 화판 위에 원고지를 올려놓고 일을 했다. 왼쪽 벽에 놓인 소파는 손님용으로 사용하고, 찾아온 이들과 이야기할 때도 나는 이 팔걸이의자에 앉곤 했다. 그런데 고모리는 처음 방문했을 때부터 당연하다는 듯 팔걸이의자에 앉았다. 거실과 통하는 식당에 앉아 언제나 LP와 FM을 듣고 있던 히카리는 이상하다는 표정을 짓곤 했다. 그러나 아내가 그만 웃어버릴 정도로 고모리가 그 의자에 어울렸기 때문에 우리는 뭐라 할 수가 없었다.

그리고 고모리는 점심 무렵에 방문할 때면 우선 아내에게 브런치를 넉넉하게 주문하고 마치 자기 집처럼 편하게 행동했기 때문에 아내와 히카리는 오히려 그에게 호의적이었다. 고모리는 시나리오의 준비 단계부터 팔걸이의자에 거만하게 몸을 뒤로 젖히고 앉아(의자에 쏙 들어갈 정도의 체구였기 때문이다), 도쿄의 기업가들과 만나 골프를 하느라 보기 좋게 그을린 구릿빛 이마에 주름을 만들면서 내가 쓴 글들에 주문을 달았다. 시나리오의 다음 단계가 일본의 역사극으로 옮겨가야 하기 때문이라는 그의 의도는 잘 이해할 수 있었다.

"콜하스의 근본적인 복수가 시작되는 트론켄부르크 성 공격에서는 트론카 성주를 잡을 수 없지만, 성과 그 부속 건물을 불태우는 데 성공한다. 콜하스는 도망친 성주를 잡기 위해 트론카의 백모가 사는 사원까지 쫓아간 다음, 성주가 마지막까지 도망쳐 숨어 있던 비텐베르크의 시가까지 추격을 단행한다. 따르는 사람은 열 명으로 늘어났지만, 그 수만으로는 마을 전체를 공격할 수 없었다.

콜하스는 자신의 공격이 '착수금 및 다른 전리품으로 보상하겠다는 약속하에' 트론카 성주의 부정부패를 고발하는 것으로, 자신들의 투쟁은 '국가와 세상에서 자유로운, 오로지 신만을 따르는 사람들'에 의한 것이라고 포고한다. 그렇게 해서 30여 명으로 늘어난 군사들은 마을에 불을 놓는데, 이들을 진압하기 위해 대관(代官)은 50명의 부대를 출격시키지만 결국 격퇴당하고 만다. 콜하스의 반격에서 행해진 방화로 수많은 민가와 거의 대부분의 곡물창고가 불타버린다.

다시 150명의 군대가 진격해왔을 때 콜하스는 브란덴부르크령으로 퇴각하는 것처럼 위장한 다음 비텐베르크로 돌아가 대규모 방화 공격을 단행한다. 콜하스에게 속았다는 것을 안 대관의 군대가 되돌아왔을 때, 마을은 완전히 괴멸되어 있어서, '수천의 민중은 기둥과 말뚝으로 가로막힌 성으로 밀려들어 마을에서 콜하스 무리를 쫓아내라고 미친 듯이 울부짖었다.'

이런 내용은 영화에서 아주 효과적으로 연출할 수 있을 거야. 그리고 며칠 사이에 작센 선제후가 2천의 군대를 조직해서, 콜하스를 잡아들이기 위해 자신이 선두에 나서겠다고 선언하는데, 이렇게 되면 거의 내전이 되는 셈이지. 영화는 빠르고, 웅장하게 진행되는 거지. 그런데 그 이후는 어떻게 전개되는 건가? 복잡함, 난해함이 한꺼번에 증대되는 느낌인데."

"나는 아직 클라이스트 소설의 배경을 그대로 두고서 생각하는 중인데, 이 내전에서 민중에게 명성과 인망이 두터운 마르틴 루터가 중재역으로 나서는 거야. 그는 콜하스를 설득할 목적으로 모든 마을과 촌락에 방을 내걸게 하지…… 거기까지라면 영화에서도 소설과 똑같이 전개시킬 수 있을 거야. (나는 『만엔 원년의 풋볼』에서 하지 못했던 구상을 이야기했다.) 자네와 의논했던 대로 나는 콜하스의 봉기를 메이지 유신 전후에 일어난 시코쿠 농민 봉기로 대체할 거야. 번의 지도층은 트론카 성주와 귀족사회인 셈이지. '메이스케'라는 젊은 지도자가 정치적인 요구를 내걸고 농민들의 선봉에 나서지만, 오히려 참가자들 한 사람 한 사람은 오랫동안 쌓인 원한과 울분을 가슴속에 안고 있어. 말하자면 복수심에 불타는 농민들이 봉기에 참가한 셈이지. 번의 군사들이 진압을 위해 출진하지만, 군대는 성하(城下) 마을에서 조금 떨어진 숲속의 소규모 전투에서 패배하고 말아. 그 기세를 타고 농민들은 성하 마을을 포위하고, 시가를 공격한 사람들은 방화를 하기 시작하는 거야. 이런 사태 속에서…… 물론 마르틴 루터에 비견할 만한 명성과 인망이 두터운 인물을 기대하기는 어렵지만, 중재인 한 사람을 내세우고 싶어.

유신 전에 봉기를 일으켰던 농민들이 공격한 우리 지방의 성하 마을에서 이름 높은 학자이면서 정치고문이기도 한 사람이라면 나카에 도주를 꼽을 수 있지. 그의 학문과 정치 구상을 이어받은 인물이면서 번주(藩主)에게 영향력이 있고 민중에게도 신망이 있는 제삼자를 찾아낼 수 있을 거야. 그야 물론 상상의 인물이지. 나는 그와 농민 봉기를 이끄는 젊은 지도자 사이에 벌어지는 심야의 대결에 대해 쓰고 싶어.

제3의 길을 모색하려는 번주와 학자……그는 학문이 깊은 승려일 수도 있지……가 대화를 나눈 다음, 승려는 반역자를 설득하려고 노력해. 승려가 번주와 젊은 지도자 사이를 조정하는 일에 성공한 그날, 루터 박사가 방문(榜文)을 붙인 것처럼 성하 마을과 촌락에 방문이 내걸리는 거지. 작은 번의 성하 마을과 그 주변 촌락에 여러 개 방을 붙이는 장면에서 영화의 1부가 끝나는 거야……"

그리고 나는 루터가 작성한 조정이 성립되었다는 방문을 옮겨 적은 노트를 고모리에게 보여주었다.

"방을 붙인다는 생각은 아주 좋은데…… 물론 이렇게 긴 문장을 관객이 읽을 수 없을 테니 짧게 줄이겠지만, 사극이니까 대자보 같은 건 안 되고 높은 곳에 방문을 걸어야겠지.

사쿠라 씨는 미국으로 건너가 정보장교였다가 학자가 된 사람과 결혼하고 잠시(할리우드 영화를 비롯해 세계 각국에서 신비로운 동양 처녀 역할로 인기를 모으기 전인데), 외롭고 심심해서 남편 연구소와 같은 건물에 있는 중국 연구소에서 탁본을……인쇄된 것과는 다른 거야……빌렸다는군. 그리고 필사라고 하나, 붓글씨 연습을 쭉 해왔대. 그래서 사쿠라 씨는 여류 서예가와는 다른 당당한 필체를 가진 서예가야. 그녀에게 방문의 글씨를 써달라고 하면 좋겠군.

그러나 이야기로서는 그 이후가 훨씬 복잡하던데. 내용을 일본적으로 번안해서 시나리오를 쓴다고 해도……"

"그런 셈이지. 일단 클라이스트가 쓴 부분에서 필요한 곳만을 사용하면서 전체의 논리적 흐름을 이해할 수 있도록 하기는 했지만…… 원래 클라이스트는 상당히 정치적인 인물이었기 때문에, 그의 글은 복잡한 역학관계의 정치극이라 할 수 있지. 그런데 그 부분을 지나서 콜하스에게 내려진 판결과 처형으로 옮겨가면 아주 흥미롭게 극적으로 전개되는데……"

"자네 생각이 'M계획'에서 채택될 수 있도록 애써보지. 어쨌든 우선 자네 시나리오의 1부를 사쿠라 씨에게 전하겠네."

5

고모리는 내게 말한 대로 했다. 그리고 사쿠라 씨가 어떤 측면에서 『미하엘 콜하스의 운명』을 읽어왔는지도 내게 전해주었다.

"그 사람은 말수는 적지만 여배우라서, 이야기를 듣는 태도가 매우 표현적이지. 당연히 자네도 눈치챘겠지만, 사쿠라 씨는 미하엘의 아내에게 몰입해 있다고. 그것도 아주 적극적으로.

리스베트에게 특별한 힘이 있다고 느끼는 것 같아. 콜하스가 드레스덴에서 돌아와 검은 말과 함께 남겨두었던 하인이 심한 매질을 당했다는 사실을 리스베트에게 듣게 되는데, 사쿠라 씨는 그 장면을, 자네처럼 옮겨 적고 소리 내어 내게 읽어주더군. 자네도 그 부분을 빨간 줄을 그어 표시해두었더군……"

나는 그 부분을 다시 한 번 읽었다. "'맞아요, 미하엘, 헤르제예요. 2주 전에 가엾게도 아주 참혹하게 매를 맞고 돌아왔어요. 편안히 숨을 쉴 수도 없을 정도로 맞았더군요. 바닥에 뉘었더니 심하게 피를 토했어요. 그리고 우리가 몇 번이고 물어서 겨우 들은 말은 무슨 내용인지 도무지 알아들을 수가 없었어요. 말들을 못 지나가게 해서 주인님이 말과 함께 자신을 트론켄부르크에 남겨두었다, 심한 매질을 당하고 강제로 성에서 쫓겨났다, 말을 데리고 나올 수 없었다, 그런 말들이었어요.'"

"'M계획'의 아시아판에 그녀가 주연 여배우 후보에 오른 단계에서, 나는 최근 몇 년 동안 사쿠라 씨가 영어와 스페인어로 연기한 작품 목록을 봤는데, 멕시코 영화에서 사파타*의 아내로 연기했던 액션영화에서의 역할과 비슷하게 느껴지는 모양이야. 나는 그 영화를 보지는 않았지만 사쿠라 씨는 정말 흡사한 느낌이라고 했어."

"그리고 리스베트는, 당국에 고소하지 않으면 더 많은 사람들이 성주의 부정부패에 고통 받을 거라고 하는 미하엘을 이해하고, 격려하지. 하지만 한 집안의 여주인으로서, 실제로 콜하스가 자산을 남김없이 매각해서 소송을 준비한다는 것을 알고, 남편이 하려는 일의 실체를 알고는 얼굴이 새파래지고 말아. 리스베트는 미하엘의 행동을 저지하려고 끈질기게 설득하지.

---

* 멕시코 혁명의 농민군 지도자(1879~1919).

그때 콜하스는 이렇게 말하지. '리스베트, 이건 나의 권리를 보호해 주지 않는 나라에 살고 싶지 않기 때문이라오. 이렇게 짓밟힐 거라면 인간이 아니라 차라리 개가 되고 싶소. 나의 아내도 분명히 나와 같은 생각일 것이오.'

그녀는 남편을 대신해서 탄원서를 가지고 국왕을 찾아가겠다고 하는데…… 아까 자네가 이야기했듯 결국 비극을 만나고 말지. 이런 점에서 사쿠라 씨가 여배우로서 연기할 만한 가치는 충분히 있어."

"하지만 그 시점에서 리스베트는 죽게 되는데, 그 후의 사쿠라 씨를 어떻게 해야 하지? 마르틴 루터와 대면하는 장면에서 콜하스가 죽은 아내를 생각하는 말을 하지…… 그 대사가 관객의 마음에 진지하게 다가갈 거라고 생각하는데."

"콜하스가 뺨에 한줄기 눈물을 흘리며 호소하는 부분이지. '나는 아내를 잃었습니다. 선생님, 저는 아내가 결코 부정한 싸움에서 목숨을 잃은 것이 아니라는 것을 세상에 보여주고 싶습니다……'

사쿠라 씨의 생각도 같아. 이 장면을 응시하는 관객이 더 이상 그곳에 존재하지 않는 리스베트의 이미지를 잘 떠올릴 수 있도록, 미리부터 강한 인상을 주고 싶다고 했어. 그 부분에서 사쿠라 씨 나름의 계획이 있는데, 그것에 대해 자네의 의견을 타진해봐달라고 하더군.

사쿠라 씨의 계획이란 후반부에 나오는 집시 여인을 리스베트와 연결시킨다는 생각이야. 영화에서는 사쿠라 씨가 일인이역을 맡게 되는 셈이지. 스페인 영화를 찍을 때 집시 여인 역할에서 몇 번씩 탈락한 경험에서 그런 생각을 한 것 같아."

"클라이스트의 생각도 역시 마찬가지가 아니었을까." 나는 곧바로 사쿠라 씨의 의견에 찬성을 표했다. "이와나미 문고의 해설에서는 클라이스트가 집시 여인의 신비로운 역할에 지나치게 신경을 쓴 나머지 소설 전체를 위태롭게 만들고 있다고 지적할 정도니까. 소설로서는 아주 부자연스러운, 집시 여인과 그녀가 점술로 작센의 멸망을 예언하는 부분에 클라이스트의 증오심이 표현되어 있다고도 했지. 이 부분은 클라이스트의 역사적인 정치 사상과 관련이 있는 곳이야.

마르틴 루터의 개입에 의해 사태는 상당한 진전을 보이는데, 그 후, 지난번에도 이야기했지만, 작센과 브란덴부르크 두 선제후와 2진 귀족들 간의 복잡한 정치적 관계가 표면으로 드러나면서 소설은 아주 복잡해지지…… 영화로 제대로 설명할 수 있을지 어떨지 걱정되는 부분이야.

콜하스는 루터의 중재를 받아들이고 무장한 군대를 해산한 다음, 자신은 약속받은 공정한 재판을 위해 드레스덴으로 들어가는데, 상황은 변화하지. 일찍이 그가 지휘했던 군대를 부활시켜 사리사욕을 채우려고 획책하는 산적 같은 남자가 판 함정에 빠져들 뻔해.

이와나미 문고의 해설자는 그다음으로 이어지는 곳이 부자연스럽다고 지적하는데, 집시 여인이 작센과 브란덴부르크 두 선제후의 운명을 점친 다음, 그들 나라의 미래를 적은 종이를, 두 선제후가 점괘를 기다리는 광장에 함께 있던 콜하스에게 건네는 거야. '부적이랍니다, 말 거간꾼 콜하스 씨. 소중하게 간직해두시오. 언젠가 당신의 목숨을 구해줄 테니.'

콜하스가 판결이 내려질 베를린에 도착하고서도 작센 선제후의 계략에 고통 받고 있을 무렵, 집시 여인이 다시 등장해 점괘가 적힌 종이를 속임수로 빼앗으려는 세력들을 오히려 이용하지.

클라이스트는 그 장면을 이렇게 썼어. '말 거간꾼은 노파가 죽은 아내 리스베트와 신기할 만큼 닮았음을 알아채고, 아내의 할머니가 아니냐고 물어보려고 했을 정도였다. 왜냐하면 얼굴과, 뼈가 앙상하지만 아름다운 손과, 특히 이야기할 때의 손짓 등이 아내를 연상시킬 뿐 아니라, 아내의 목덜미에 있던 점까지 여인에게서 보았기 때문이다.'

그리고 콜하스의 운명은 마침내 마지막을 향해 치닫게 되지. 브란덴부르크 선제후의 법정 판결은 사형이지만, 콜하스는 오래전 루터에게 부탁했다가 거절당했던 성찬을 받은 후에야 공개 처형을 당하게 된다는 흐름이지.

그런 콜하스에게 궁정 집사가 '어떤 노파에게서 받았다는 종이쪽지 한 장'을 전해주는데, 종이에는 이렇게 쓰여 있었어. '작센 선제후가 베를린에 와 있어요. 그는 한 발 먼저 형장으로 갔습니다. 그가 쓴 파란색과 흰색 깃털이 달린 모자를 보면 금방 알아볼 수 있을 겁니다. 무엇 때문에 왔는지는 말할 것도 없겠지요. 그는 당신이 땅에 묻히면 곧장 관을 파내서 그 속에 있는 종이를 꺼내게 할 생각입니다. —당신의 엘리자베트가.'

처형에 앞서 브란덴부르크 선제후가, 콜하스가 군사 행동을 통해 요구했던 모든 조항이 충족되었음을 알려주자 콜하스는 만족스럽게 죽음을 맞이하게 돼. 죽기 직전에 콜하스는 둥그런 군중의 무리 속에서 파란색과 흰색 깃털을 단 인물을 발견하는데, 콜하스는 작센 선제후의 눈앞에서 점괘가 적힌 종잇조각을 입에 넣어 삼키는 걸로 최후의 복수를 달성하는 거지."

"이렇게 해서 영화는 끝나는데, 사쿠라 씨는 트론카 성주를 비호한 작센 선제후에게 멸망을 예언하는 집시 여인의 연기를 충분히 잘해낼 수 있을 거야. 집시 여인은 작센 궁정이 꾸민 계략을 이용해서, '당신의 엘리자베트'라고 서명한 편지를 생전의 리스베트와 똑같은 모습으로 나타나 콜하스에게 전해주기까지 해.

이 이야기를 자네가 막부 말기 시코쿠의 숲속에서 일어난 농민 봉기와 번 권력의 투쟁 구도로 시나리오화한다면, 만들기에 따라서 'M 계획'의 의도에 들어맞는 아시아판을 만들 수 있을 거야.

그렇게만 된다면, 국외에서 오랫동안 별로 눈에 안 띄는 영화 일들을 해온 사쿠라 씨가 국제적인 대여배우로 컴백할 수 있을 거야. 그것도 모국에서 말이지!"

6

그러던 어느 날, 사쿠라 씨가 우리 집을 방문했다. 사쿠라 씨를 안내한 고모리가 언제나 자신이 앉던 팔걸이의자로 사쿠라 씨를 안내했기 때문에, 고모리와 나는 옆에 있는 소파에 앉았다. 사쿠라 씨의 정면에 앉은 아내는, 간사이 지방에서 고등학교를 다닐 때 청춘스타였던 사쿠라 씨의 대표작을 보았다고 했다.

"제가 일본에서 찍은 영화 중에서 제일 좋아하는 작품이에요"라고 사쿠라 씨는 답했다. "당신의 아버님이 감독하시거나 시나리오를 쓰신 작품에 출연하기에는 제가 한 세대, 혹은 두 세대쯤 늦은 세대죠.

그래도 당신 아버님이 쓰신 연기 지도 글을 통해 많은 걸 배웠답니다. 지금도 기억해요. 자신의 대사가 부자연스럽게 들릴 때는 톤을 낮추어라…… 여배우는 입을 다물고 있을 때 아름답게 보인다고 착각하고 있다, 등등……

감독님께서는 그림도 그리셨다면서요? 게다가 그 그림이 굉장히 훌륭하다는 말도 들었어요. 저 오른쪽 위에 있는 당삼채* 항아리에 희고 붉은 국화가 꽂힌 그림도 아버님의 그림인가요? 기시다 류세이**의 분위기가 나는데…… 그렇다고 모방했다는 뜻은 아니에요……"

"맞아요, 아버지의 그림이에요. 젊었을 때 류세이 선생님께 그림을 보여드린 적이 있다고 늘 어머니께 자랑하셨다고 해요. 현관 정면의 응접실은 지금 남편의 책들로 가득 차 있어서 마치 서고처럼 되어버렸지만, 그곳에도 세 점이 걸려 있답니다. 보시겠어요?"

사쿠라 씨는 활기찬 몸짓으로 (그런데 걸음걸이 자체는 무척이나 여유로워 보였다) 아내를 뒤따라갔다. 역시 그녀의 뒷모습을 눈으로 좇던 고모리가 내 눈의 움직임을 보고 이렇게 말했다.

"사쿠라 씨와 최근 반년 정도 워싱턴, 뉴욕, 도쿄를, 쭉 함께는 아니어도 종종 같이 다니곤 했는데, 그녀의 저런 여유로운 태도는 우리와 같은 시기에 태어난 세대로는 참 독특해. 요즘 시대엔 저런 사람을 좀체 볼 수 없지 않나?

---

* 당나라 때 포록색, 황색, 백색 또는 포록색, 황색, 남색의 세 빛깔의 잿물을 써서 만든 도자기.
** 岸田劉生(1891~1929). 섬세한 필치로 근대 일본 미술을 대표하는 서양화가 가운데 한 사람.

지난주, 일본 여성지와 인터뷰를 했는데…… TV프로그램과 제휴해서 〈일본 영화 80년〉이라는 프로젝트 팀이 만들어졌다는 거야. 80년이라니, 할 말을 잃었지. 그런데 사쿠라 씨가 여유롭게 응수하는 걸 듣고 있으려니, 저 사람에게 마침 잘 어울리는 시간 정리법이 아닐까 생각했지.

물론 그때까지야 시간적 여유가 있지만, 사쿠라 씨가 여든 살이 되어 두번째 인터뷰를 하는데……그때 우리는 아마 살아 있지 않겠지만……지금과 변함없이 느긋한 태도로 질문에 답하고 있는 텔레비전 화면을 상상했어.

이상한 이야기지만, 이런 생각도 했지. 사쿠라 씨는 아기 때부터 80년이라는 긴 시간 동안 얼굴, 몸매, 자세가 거의 변하지 않은 채 살아가다가, 아주 천천히 죽음을 맞아 저세상으로 떠나는 거야. 남은 사람들은 사쿠라 씨가 사라진 후에도 그런 사실을 타당한 것으로 받아들이면서 그녀를 그리워하지 않을까 하는 생각.

사실은 유년 시절부터 아주 힘든 일을 겪어온 사람이지만……

언젠가 나는 저 사쿠라 씨에게 이런 질문을 했지. '사쿠라 씨, 당신은 어린아이에서 소녀가 될 즈음 영화계에 입문한 다음, 미국 문화센터의 정보장교를 후견인으로 해서 일했으니 평범하다고 할 수 없는 환경에서 살아왔는데, 당신은 그 시절에도 시간에 쫓긴다든가 정신없이 분주하다거나 시간이 부족하다는…… 그런 초조한 감정을 느낀 적은 없었던 거 아닙니까?'

그랬더니 이렇게 대답하더군.

'당신이 말한 대로예요. 나는 언제나 시간이 충분할 때 준비하고 테스트한 다음, 실제 촬영할 때도 시간이 넉넉하다는 생각으로 연기하다 보면 어느새 끝나는 것…… 그런 것이 일이라고 생각했어요.

일본에서 할리우드로 옮겨간 다음, 홍콩 아가씨 아니면 뉴칼레도니아 아가씨 같은 고정된 배역만 들어왔을 때도, 이후 미국에서는 그런 배역조차 찾아볼 수 없게 되면서 예산도 시간도 빠듯한 멕시코 영화 촬영에 익숙해졌을 때도, 주변 사람들 모두가 정신없이 시간이 없어, 시간이…… 하면서 『이상한 나라의 앨리스』에 나오는 인물처럼 동동거리는 게 이상했어요. 우리는 모두 같은 속도로 흐르는 시간을 살고 있는데, 하는 생각에서요……'"

사쿠라 씨와 아내는 둘 다 평화롭게 어딘가 만족스러운 모습으로 되돌아왔다. 그리고 사쿠라 씨는 지금까지 했던 고모리의 말대로 여유로우면서도, 설득적인 태도로 자신의 감상을 피력했다.

"부인의 수채화도 아주 독특해요. 제가 좋아하는 분위기예요. 그림 그리는 재능은 유전되는가 봐요. 아버님 그림과 전혀 다른데도, 뭐랄까, 공통된 느낌이 있어요. 저는 그림 그리는 재주가 없어 보는 걸 좋아하죠. 히카리 군은 음감이 뛰어나다던데……

당신의 책장 옆에 걸려 있는 에칭 같은 그림…… 개를 그린 거지만 그것도 마음에 들어요."

"시케이로스*와 그의 사인이 있는데, 물론 복제품이지요"라고 나는 말했다. "당신은 멕시코에서 영화 작업을 하셨다면서요. 제 친구인 문화인류학자도 멕시코시티에서 교사 생활을 했는데, 우연히 멕시코에

---

* 멕시코의 화가(1896~1974). 리베라, 오로스코, 타마요와 함께 멕시코 화단의 4대 거장. 멕시코 혁명 운동에 가담하여 사회주의의 투사, 지도자, 예술가가 되었다.

서 영화를 찍던 루이스 부뉴엘 감독과 대담을 했을 때('부뉴엘 씨 영화라면 나도 한 번 출연한 적이 있어요. 남의 집에 몰래 들어가 사는 부랑자 역할이었죠'라고 사쿠라 씨는 지나가는 말처럼 말했다)……선물로 받았답니다. 시케이로스 판화의 복제품이죠."

"저는 진짜 시케이로스 작품을 봤어요. 그가 신문사의 파업을 지원하기 위해 제작한 것이고, 화가 자신을 위해 찍어낸 것인데, 저 복제품처럼 1945년이라는 연도와 사인이 있었어요. 멕시코시티의, 큰 박물관이 아닌 현대 미술관 같은 곳의 매점에 판매용으로 전시되어 있었어요. 점원 아가씨가 이 perro* 좋아해요? 라면서 손님들을 붙잡았어요…… 아마 5천 달러였던 것 같은데, 사고 싶었지만 그림 액자를 상자에 넣어 비행기에 싣는 게 번거로워서……"

"아, 그런 건 저도 사고 싶군요." 나는 진심으로 말했다.

"우리가 커다란 벽화로 알고 있는 시케이로스 판화였죠. 타마요**의 판화라면 채색 석판화를 가지고 있어요. 성난 개를 정면에서 그린 건데…… 당신은 아주 온화한 인상을 지닌 분인데 성난 개를 그린 그림을 좋아하신다니…… 그런 취향도 있으신가요?"

"물론이죠!" 아내가 힘주어 말했기 때문에 사쿠라 씨가 미소를 지었다.

이날 사쿠라 씨가 느긋하고 여유로운 태도로 현관을 나가서도 아내와 이야기를 나누다가, 집 앞에서 차를 대기하고 있던 고모리를 많이

---

* '개'를 의미하는 스페인어.

** 멕시코의 화가(1899~1991). 리베라, 시케이로스, 오로스코와 함께 멕시코 화단의 4대 거장.

기다리게 하고 나서 돌아간 후, 아내는 진지한 표정으로 내게 이런 이야기를 했다.

그녀는 내가 와타나베 교수가 발병한 때부터 돌아가신 후까지, 일을 하지 않는 것은 물론 느긋하게 책을 읽지도 못하고 지내온 데 대해 (지금이야 고모리의 영화 이야기에 빠져 있지만, 그건 일이나 독서와는 별개여서 그다지 오래 지속되지 않는 기분전환이 아닌가?) 걱정하고 있었다. 그리고 내가 얼마 전부터 시케이로스 이야기에서 등장한 문화인류학자의 후임으로 1년, 만약 1년이 너무 길면 반년 동안 멕시코시티의 '콜레히오 데 멕시코'*로부터 초청받았다는 사실도 알고 있었다.

마침 록펠러 재단에서 월급이 나오게 되어 있었고 반년이라 해도 5천 달러를 제시한 상태였다. 그 일을 받아들이면 어떻겠느냐 하는 것이었다.

이날은 그 정도에서 이야기가 마무리됐지만, 나와 고모리, 사쿠라 씨의 영화 계획에 예기치 않은 사건이 터지는 바람에 원래의 울적한 상태로 내면에 침잠해 있던 나는 결국 멕시코시티행을 결심했다. 그리고 그 시케이로스의 판화는 지금 내 서재에 걸려 있다……

물론 고모리와 함께 우리 집을 방문한 사쿠라 씨는 아내의 아버지와 아내의 그림에 대해서만 이야기한 것은 아니었다. 그녀 특유의 느긋한 방식이긴 했지만 '미하엘 콜하스 영화'의 시나리오 구상에 대해 내게 질문을 시작했다.

---

* 중남미 최고 수준인 멕시코의 대학원 중심 대학.

"여기에 고모리 씨도 있으니까, 그가 들려준 이야기를 제가 오해하고 있다면 바로 정정해주세요. 콜하스가 마르틴 루터를 만나러 간 장면을 당신이 얼마나 중요하게 생각하는지 이야기해줬어요."

사쿠라 씨는 자신의 이야기가 어떤 방향으로 향해 갈 것인지 미리 정리해준 다음 이야기를 시작했다.

"당신은 그 장면을 영화의 한가운데에 배치하고 전체적인 흐름을 만들어갈 계획인 거죠?"

"그렇습니다"라고 나는 대답했다. "그러나 그것은 제가 영화에 대해 제 나름으로 알고 있다는 뜻은 아닙니다. 지금까지 소설을 써오는 동안 제가 만들어낸 습관을 새로운 시나리오 작업에 적용하려고 합니다.

말하자면 이런 방식이죠. 저는 제가 쓰려고 하는 작품의 핵심적인 장면 하나를 상상하는 일부터 시작합니다. 그런 다음에 주인공과 주변인물을 구체적으로 움직여가는 사이에 소설이 점차 리얼한 것으로 변해가는 겁니다."

"마르틴 루터라는 이름에서 제가 떠올릴 수 있는 건, 독일의 종교개혁자라는 것뿐이에요. 루카스 크라나흐*가 그린 초상화가 굉장히 멋지게 느껴졌다는 것하고요…… 그는 미하엘 콜하스에게 아주 중요한 인물이었나요?"

"루터가 처음으로 방을 내걸었을 때 콜하스는 뤼첸 성에서 농성 중이었는데, 방은 성문으로 이어지는 길의 기둥에 걸려 있었죠. 그곳을

---

* 독일의 화가(1472~1553). 남부 독일과 오스트리아에 걸쳐 있는 알프스 산기슭의 자연 풍경을 배경으로 종교화를 그렸다.

지날 때 부하들이 잔뜩 겁을 집어먹은 채 콜하스를 주시하죠. 방의 내용도 내용이지만, 그들은 자신들의 우두머리가 루터에게 특별한 감정을 가지고 있다는 것을 잘 알고 있었기 때문이죠.

마침내 콜하스는 방을 보게 되는데, 그 부분을 클라이스트는 이렇게 썼어요. '어떻게 된 서명인지, 그가 지금까지 아는 한 가장 소중하고, 가장 존경할 만한 이름, 마르틴 루터였다.' 그리고 방의 마지막에는 이런 말이 적혀 있습니다. '알아두는 게 좋을 것이다, 네가 손에 들고 있는 검은 약탈과 살인의 검, 너는 반역자일 뿐 정의로운 신의 전사가 아니다, 그래서 네가 당도할 마지막은 이승에서는 거열형 아니면 교수형, 또 저승에서는 악행과 신에 대한 모독죄로 저주를 받을 것이다.'"

뜻밖에도 사쿠라 씨는 천천히 생각에 잠기더니,

"그래서 뭐가 나쁠까 하는 생각이 드는데요"라고 말했다.

"……이걸 읽고 콜하스는 성에 남은 군대의 지휘를 심복에게 맡기고 혼자서 루터가 있는 비텐베르크로 갑니다. 그와 루터가 나누는 한밤중의 대화가 아주 잘 묘사되어 있죠.

우선 루터가 묻습니다. '누가 너에게 네 멋대로의 판단에 따라 폰 트론카 성주를 습격하고, 성에서 그를 찾지 못했다고 해서 그를 비호하는 마을과 촌락을 불과 칼로 범할 권리를 주었느냐?' '누가 너에게 법률 보호를 거부하도록 했느냐?' '너에게 쓰지 않았더냐. 네가 제기한 소송은 그 소송을 당한 국왕이 모르는 일이었다.'

콜하스는 곧바로 대답합니다. '국왕이 나를 쫓아내지 않으신다면, 국왕이 보호하고 있는 세상으로 다시 돌아가겠습니다. 거듭 부탁드립니다. 드레스덴으로 나를 호송해주십시오. 그러면 뤼첸 성에 모인 군사를 해산하고, 기각당한 소송을 다시 한 번 법정에 제기하겠습니다.'

그리고 자신은 다만 다음과 같은 것이 판결되기를 바란다고 말합니다. '법률에 의한 성주의 처벌, 말의 원상회복, 그리고 나와 뮐베르크에서 전사한 하인 헤르제에 대한 폭행으로 입은 손해배상입니다.'

루터로부터 공정한 법정이 열리도록, 그리고 그곳으로 안전하게 호송하도록 선제후와 절충하겠다는 약속을 받아내고 만족해서 돌아가려고 할 때, 콜하스는 '들어주길 바라는 소원이 하나 더 있다'고 말합니다. '이 자리에서 저의 참회를 듣고, 성찬을 베풀어주시지 않겠습니까?'

콜하스는 공정한 법정에서 자신이 원하던 판결이 내려진다고 해도 내란을 일으킨 죄목으로 사형을 피할 수 없음을 각오하고 있었다고 생각됩니다. 루터는, 너는 적을 용서할 것이냐, 주가 용서하시는 것처럼? 하고 묻습니다. 콜하스가 트론카 성주를 용서할 수는 없다고 답하자, 루터는 콜하스의 부탁을 거절합니다.

저는 제가 태어난 지방에서 메이지 유신 전후로 일어난 두 번의 농민 봉기를 배경으로 역사극 시나리오를 쓰려고 하는데, 전체의 분기점에 번주는 물론 그 부하들에게도 존경을 받고 농민들에게도 신뢰받는 고승과 봉기 지도자의 대화 장면을 두고 싶습니다.

이 대화가 이루어지는 장소로는 봉기를 일으킨 농민들이 모여 있는 오가와하라라는 곳을 염두에 두고 있습니다."

"스님하고 대화하는 봉기의 지도자가 말하자면 콜하스인가요?"

"그렇습니다. 두 번의 봉기 중 두번째 일어난 봉기의 지도자는 콜하스처럼 용맹한 무사는 아니지만요……"

"거기에 여자들도 참가하나요?"

"첫번째 봉기의 지도자는 콜하스를 직접적으로 연상시키는 '메이스케'라는 인물입니다. 봉기가 일어난 후 메이스케는 옥사하죠. 두번째 봉기에서는 '환생한 메이스케'가 지도자가 되어 봉기를 이끕니다. 하지만 아직 어린아이이기 때문에 '메이스케 어머니'라 불리는 여성이 언제나 곁을 지키고 있죠. 그녀는 오가와하라에서도 '환생한 메이스케'와 함께 있습니다."

"그 여자는 농민 봉기의 전투에도 참가하나요?"

"참가합니다. 첫번째 봉기를 성공으로 이끈 다음 번의 권력에 의해 홀로 옥사한 메이스케를, 미하엘 콜하스에 근접하는 인물로 만들려고 하는데, 그의 어머니, 혹은 장모님이라고 전승되는 여성이 '메이스케 어머니'이고, 이미 죽은 '메이스케'와도 관련이 있고 '환생한 메이스케'를 낳는 인물이기도 하죠. 저는 그녀를 리스베트이면서 집시 여인이기도 한 역할과 동일시할 생각입니다."

"클라이스트의 글이 그렇지요…… 나는 연기할 준비가 확실히 되어 있어요." 위엄 어린 억양으로 사쿠라 씨가 말했다. "저는 '메이스케 어머니'가 살았던 환경을 제 눈으로 직접 보고…… 물론 백 수십 년 전 일이지만…… 연기 준비를 시작할 생각이에요. 지금 이야기 속에 등장한 오가와하라라는 곳을 보러 갈 수 있나요?"

"강과 오가와하라를 분리하는 둑이 생기는 바람에 주변의 지형에도 변화가 생겼지만, 실제로 보러 가시겠다면 제가 준비할게요. 저에게 '메이스케 어머니' 전승담을 할머니와 함께 들려준 어머니는 아직 그

곳에 살고 계십니다. 어머니와 함께 살고 있는 제 여동생이 사쿠라 씨를 안내해줄 겁니다.

비행기로 하네다에서 마쓰야마까지 가면, 그곳에서 전차로 한 시간 정도니까, 그렇게 변두리는 아니지요."

"마쓰야마…… 저에게는 정말로, 정말로…… 두려울 만큼 그리운 곳이죠." 사쿠라 씨는 이렇게 말했다. "당신은 그 첩첩 산중 뒤쪽의 숲 속 마을에서 자라신 분이군요."

제2장

연극으로 혼령을 위무하다

1

고모리 다모쓰는 당면한 활동을 위한 근거지를 도쿄에 두겠다고 했다. 근거지라는 군사용어는 그가 개인적으로 의미를 부여한 용어인데, 이를테면 전진기지라고 해도 될 것이다. 그는 뉴욕과 베를린을 수차례 왕복하곤 했는데, 근처에서 사무적인 연락을 하는 듯했던 그의 전화가 실은 프랑크푸르트 공항에서 환승 시간을 이용해 건 전화인 적도 있었다.

30년 전에 핸드폰으로 자유롭게 국제전화를 할 수 있었다면, 활동가인 고모리는 전 세계 모든 도시를 활보할 수 있었으리라. 고모리가 부지런히 걸어오는 전화의 내용은 대개 사쿠라 씨의 매니지먼트와 관련된 것이었다.

사쿠라 씨는 1년 전에도 일본을 방문했다. 한국에서 시작된 'M계획' 영화의 아시아판 제작 발표를 감독 및 콜하스 역의 남자 배우와 함께 도쿄에서 개최하고 나서 곧바로 서울로 들어갈 예정이었지만, 김지하 사건으로 계획이 허사로 돌아가자 고모리는 도쿄 쪽에 희망을 걸고 방책을 강구했다. 일은 순조롭게 진행되었고 일본의 종합건설사가 'M계획'에 참여하는 성과를 이끌어냈다.

대략적인 계획이 정해진 후, 고모리는 계획을 변경한 데 대한 사후 처리로 '그쪽이 원하는 예의'를 표하기 위해 여주인공 역할을 맡은 사쿠라 씨와 함께 한국을 방문했다. 그리고 고모리는 영화 제작에 필요한 소프트적인 측면을 도쿄 쪽에서 충당할 결심을 했다. 그러던 무렵 우연히 나와 만나게 된 것이다. 물론 사전에 엔첸스베르거의 가교 역할이 있었다고 하지만, 그런 점에서 고모리의 국제적인 영화 프로듀서로서의 분석력과 행동력은 인정할 수 있었다.

고모리가 나의 구상에 흥미를 느끼고, 사쿠라 씨도 공감하게 되면서 일본을 무대로 하는 영화에 대한 마음 준비를 위해 그들은 한동안 도쿄에 체재하게 되었다. 고모리는 나를 기용하는 새로운 계획을 'M계획'의 본부에 보고한 다음, 일본에서 영화 제작의 출자자를 더 확대할 계획을 가지고 근거지를 도쿄에 둔 것이었다. 고모리는 제국 호텔에 머물면서 미국과 유럽을 빈번하게 오갔지만, 사쿠라 씨는 호텔을 떠나 가마쿠라에 있는 오랜 지인의 집으로 거처를 옮겼다.

그 집은 패전 직후 점령군이 접수한 곳이었다. 그곳을 숙사로 배정받은 것은 GHQ*에서 문화 부문을 담당하던 정보장교 그룹이었다. 그

---

* General headquarters, 연합국 최고사령부.

중 한 사람인 젊은 미국인이 지방으로 혼자 피란해 있다가 도쿄 대공습으로 가족을 모두 잃은 열 살짜리 사쿠라 씨를 보호해주었다.

미군이 접수한 동안에도 저택과 정원이 너무 넓었기 때문에, 집주인 일가는 자신의 집을 떠나지 않아도 되었고, 별관에 기거하면서 정원의 식물들과 GI들의 시중을 들며 생활했다. 집주인은 군수회사 경영자였던 이로 추방 명령*을 받은 상태였다. 어린 사쿠라 씨는 2년 동안 같은 또래의 그 집 딸과 함께 친딸처럼 사랑받으며 생활했다.

이후 사쿠라 씨는 마쓰야마의 미국 문화센터로 이동하게 된 보호자와 함께 그 집을 떠나게 되지만, 그녀가 영화계의 소녀 스타로 활약하면서 실업가로 재출발한 집주인 일가와 친밀한 관계가 다시 이어졌다. 추방 명령에서 벗어난 집주인은 영화계에서도 영향력을 지녀 후원자 역할을 했다. 나중에 사쿠라 씨는 보호자와 함께 미국으로 건너가지만, 귀국할 때마다 이들을 방문했다. 사쿠라 씨와 함께 자란 야나기 가(家)의 외동딸이 지금은 남편과 헤어진 후 저택의 여주인이 되었다. 그래서 가마쿠라의 이 저택은 사쿠라 씨에게 가장 편안한 거처였다.

고모리는 내게 연락을 취하기 전에 먼저 가마쿠라에 있는 사쿠라 씨에게 전화를 걸어 그녀의 의향을 확인했다. 설령 그때 베를린에 있었다고 해도 고모리는 시차 따위는 안중에도 없었을 것이다. 사쿠라 씨 역시 새벽 두세 시까지는 거의 깨어 있었기 때문에, 고모리가 그녀와 전화통화를 하고 나서 나의 번호를 누르면 나는 선잠에서 깨어나

---

* 1946년 일본에서 맥아더는 군부에 협력한 사람들을 공직에서 추방했는데, 이 지령은 정계, 관계, 재계 등 20만 명이 넘는 사람에게 해당되었다.

야 했다. 고모리가 사쿠라 씨를 위해 해야 할 일을 내게 지시하면, 지시에 따라 일이 진행되는 식이었다.

얼마 안 있어, 내 시나리오 구상에 전환점이 된 사태가 일어났다. 애초에 사쿠라 씨가 내게 의향을 타진한 것이기도 했지만, 사쿠라 씨가 (고모리와 함께) 시코쿠 서부의 촌락에 살고 있는 우리 어머니를 방문한 것이다.

어머니를 만나러 간 사쿠라 씨와 고모리는 사흘간 마쓰야마에 머물렀다. 내 여동생에게서 새로 개통한 터널을 통과해 숲을 벗어나면 자동차로 한 시간이 채 걸리지 않는다는 정보를 입수한 고모리가 사쿠라 씨를 위해 설비가 잘 갖추어진 지방 도시의 호텔을 예약한 것이다. 그는 매일 밤 내게 전화를 걸어 사쿠라 씨와 어머니의 대화 내용을 전하면서, 봉기에 참여한 농민들이 행진했다는 강가의 길이 어디인지를 물어왔다. 고모리는 하네다 공항으로 돌아오자마자 그 길로 뉴욕으로 떠났지만, 사쿠라 씨는 가마쿠라에서 하루를 쉰 다음 혼자서 나를 찾아왔다.

사쿠라 씨는 변함없이 우수 어린 커다란 눈을 하고 있었지만, 준비해온 화제에 대해 이야기할 때는 놀라우리만치 활기찬 모습이었다.

"여동생 되시는 분은 참 머리가 좋더군요. 제가 어머님과 이야기할 때는 조용히 듣고만 있었지만, 그분이 한마디만 덧붙이면 이야기가 한층 다양해지는 거예요.

어머님께서는 지금 일흔이시라는데, 전쟁이 끝난 직후에는 꼭 지금의 제 나이셨겠죠. 그분이 할머님과 함께 연극 공연을 하셨다는 사실을 여동생 아사 씨한테 듣고서 깜짝 놀랐어요. 그래서 어머님께 직접 이야기를 듣고 싶었는데, 당신 스스로는 아무 말씀도 안 하시더군요. 어머님께서는 노래나 춤과는 무관하게 사셨다고 아사 씨가 말해줬어요. 할머님께서는 좀 다르게 사셨다는 것 같았는데요…… 아사 씨는 그 일에 대해서는 오빠에게 물어보라고 하더군요. 아사 씨의 말에 어머님께서도 반대는 안 하셨어요."

"연극 공연이라는 말은 마을 사람들의 표현인데, 그렇게 대단한 건 아니에요…… 혹시 강을 따라 난 길에 있는 지붕만 남은 극장을 보셨나요?"

"예, 아사 씨가 안내해줬어요. 지붕만이라고 하시지만 아주 당당한 느낌의 지붕이었어요."

"극장은 제 할머니 소유인데, 전쟁이 시작되면서 중지되는 바람에 제게는 기억이 없지만, 그곳에서 시코쿠와 규슈를 순회하는 극단을 초대해서 마을 사람들에게 연극을 보여주었답니다…… 말하자면 공연을 올리신 거죠. 할머니가 남기신 가방을 열어봤더니, '시코쿠 단주로* 대회'라는 전단지가 들어 있었어요."

사쿠라 씨는 얼굴 표정을 누그러뜨렸지만, 웃지는 않았다. 진지한 관심을, 어머니와 할머니의 연극에 표하고 있었다. 전쟁이 끝나고 2년이 되던 가을, 우리 집안에 뜻밖의 거금이 생겼는데, 할머니와 어머니가 (아버지는 돌아가신 후) 그 돈을 투자해 연극을 올린 것이었다.

내가 태어난 집안의 가업은 지폐의 원료인 삼지닥나무를 내각 인

---

* 団十郎(정식명은 市川団十郎). 17세기부터 이어진 가부키 배우의 세습명이며 오랜 역사와 공적에 의해 가장 권위 있는 이름으로 꼽는다. 시코쿠 단주로 대회는 단주로에 관한 전시 등 시코쿠에서의 이벤트.

쇄국에 납품하는 일이었다. 삼지닥나무 재배를 인근 농가의 부업으로 도입한 것은 할아버지였고, 나무를 베어 솥에 쪄서 벗긴 껍질을 한 번 말린 다음 다시 강물에 담가 벗긴 진피를 화물차에 실어 보내는 포장 작업까지 그에 필요한 각종 기자재를 제작한 것은 아버지였다. 우리는 가업이 일시에 기울 수도 있다는 것은 한 번도 생각해본 적이 없었다. 그러나 나라가 전쟁에서 패하고 새로운 지폐를 만들게 되자, 삼지닥나무를 내각 인쇄국에 납품하는 길이 막혀버리고 말았다.

이 같은 위기를 맞아 할머니와 어머니는 그때까지의 그녀들과는 전혀 다른 과감한 행동에 나섰다. 내가 아주 나중에 어머니에게 들은 것은 다음과 같은 내용뿐이었다. 납품하기 직전의 삼지닥나무 진피는 내각 인쇄국 기술관에게 검사를 받게 된다. 검품에서 '등급 외'가 된 제품은 암묵적인 이해가 이루어져 고급 종이를 만드는 작은 공장으로 돌려도 아무런 제재를 받지 않았다. 그렇게 해서 완성된 종이는 교토의 화가나 서예가들에게 팔렸다. 그 판로는 아버지가 개척해둔 모양이었다.

내각 인쇄국에 삼지닥나무를 납품할 수 없게 되었다는 통지에 이어 삼지닥나무 창고를 봉쇄하고 상부의 지시를 기다리라는 연락이 왔다. 어머니는 납품을 위해 마쓰야마 역에 대기시켜둔 제품이 모두 공습 피해를 입었다고 보고했다. 그리고 그해 겨울, 모든 삼지닥나무를 종이로 만들어 전쟁 전부터 관계를 맺어왔던 고객들에게 연락을 취했다. 고급 종이가 무척이나 귀하던 시절이었다. 그 일을 통해 거액을 손에 넣은 할머니와 어머니는 패전 직후 바로 활동을 재개했던 지방 극단에 협력을 의뢰하여 연극을 올린 것이었다.

"그때 공연했던 〈'메이스케 어머니' 출진〉이라는 연극은 원래 당신이 살던 지방에 있었던 이야기인가요?" 사쿠라 씨가 물었다. "저 역시 혼자서 피란가 있던 지방의 친척집에 있을 때 전쟁터에서 갓 복귀한 젊은 배우들이 공연한 마을 연극을 보러 따라갔던 기억이 있어요……"

"오래전부터 마을에 그런 연극이 전해오고 있었을 것이라고…… 지금은 그렇게 생각해요. 아마도 제목과 등장인물의 이름만 남아 있었겠죠. 아사가 계곡의 경신(庚申)을 모시는 사당에도 안내했을 거예요. 그 건물의 개축 비용을 부담하는 정도가 소설가가 된 제가 어머니께 해드린 일의 전부죠. 예전에는 사당이라기보다 작은 창고 같은 곳이었어요. 그곳을 매년 대청소하는 것이 우리 가족의 일이었고요. 그곳을 청소할 때 가장 중요한 일은 연극 속에서 출진하는 '메이스케 어머니'의 의상을 정리하는 일이었어요. 가부키에서 쓰는 여자 무사의 의상 같은 것인데, 낡았지만 무척 화려한 것이었죠.

어머니와 할머니가 올린 단 하룻밤의 연극은 '시코쿠 가부키 대극장'의 전문 배우들이 주변 인물들을 담당했고, '대극장'이라는 이름하고는 달리 소규모이긴 했지만 가부키로 훈련된 음악 담당자가 있었죠. 하지만 '메이스케 어머니'역을 맡은 사람은 경험이 전무했던 저의 어머니였어요.

할머니께서 가만히 앉아 있는 어머니에게 큰 가발을 씌우고 화장을 해준 다음, 의상을 모두 입히면 어머니의 모습이 자그마한 산처럼 변했죠. 어머니 혼자서는 일어설 수도 없어서 연극을 하는 내내 할머니가 시중을 들었어요."

"할머님께서 전체적인 지도를 하신 거군요. 할머님께서는 그런 능력을 가지고 계셨던 거예요."

"할머니는 특이한 내력을 지닌 여성이셨으니까요…… 젊었을 때 할머니를 '메이스케 어머니'로 해서 연극이 만들어진 것은 아닐까…… 저는 그런 생각도 합니다. 어머니는 아까 말한 의상을 입고 그럴듯한 동작을 하는 것 외엔, 그저 대사를 읊는 정도였지요. 대사도 할머니께서 쓴 것일지 모르죠.

숲속 마을에 재앙이 일어날 때마다, 이것은 부조리하게 죽임을 당하거나 자결할 수밖에 없었던, 위로받지 못한 원혼들이 일으키는 일이다…… 마을 사람들은 그렇게 생각했을 거예요. 그 대표적인 것이 '메이스케 어머니'의 혼령이라 불렸고요. 그래서 그 지방 사람들이 다 함께 혼령들을 위무하는 축제를 행했던 풍속을 재구성한 것이지 않았을까요?

이 일은…… 설명하는 데 시간이 필요한데, 우리 지방에 메이지 유신을 전후로 각각 한 번씩 농민 봉기가 일어났지요. 첫번째 봉기가 일어난 후 지도자였던 '메이스케'가 옥사했습니다. 그것은 지방사(史)에도 기록되어 있고, 다양한 민간 전승으로도 전해오는 이야기지만, 그것과는 다른 차원에서 민중적인 감정이 뿌리를 내린…… 혼령으로서 '메이스케 어머니'가 존재합니다.

그리고 그것이 그 사당에 모셔져 있는 거죠.

유래를 알 수는 없지만, 그 사당을 관리하는 일도 우리 집안의 여인들이 해왔습니다. 먼저 '메이스케 어머니'의 혼령이 마을에 재앙을 가져온다는 신앙이 존재했고, 대대로 그 혼령을 진혼하기 위한 축제가 있어왔던 거죠. 특별히 큰 재앙이 발단이 됐겠지만…… 그런 대규모 축제를 할 수 있을 만큼의 인구 증가와 마을의 부의 축적이 있었을 겁니다. 그때 혼령을 위무하는 연극을 상연하게 되었고, 거기에 사용된 의상들을 넣어둘 공간으로 사당이 세워지고, 그것을 지키고 관리하는 역할을 우리 집안 여인들이 해온 거예요.

맨 처음 연극을 올린 다음에도 재앙은 일어나요. 새로운 재앙이 일어날 때마다…… 마을의 절반을 궤멸시킨 두창, 말하자면 천연두가 유행했다는 이야기도 전하고 있어요…… 혼령을 위로하는 연극을 상연하지 않으면 안 된다고 생각했을 거예요. 그래서 할머니가 관리하던 극장도 세워진 것 아닐까요? 우리 마을에서 강을 따라 내려간 이웃 마을은 한때 목랍(木蠟)을 생산하면서 크게 번영했는데, 옻나무 열매를 채취하는 산민들이 '자이' 사람들이었어요. 그때 큰 재산을 모은 집안의 상속자가 할머니였다고 들었어요. 저희들과 계속 같이 살았지만 할머니는 제 아버지나 어머니와는 피가 섞이지 않은 분이죠."

"샘물처럼, 신비로운 이야기가 솟아나는군요…… 나는 당신 고향 마을에 갔을 때 왜 이런 곳에서 소설을 쓰려는 사람이 태어났을까 생각했는데, 그런 숲속이었기 때문에 더 그랬던 거군요. 당신도 어머님이 공연하신 연극을 보셨겠지만……"

"그런데 저는 못 봤답니다." 나는 사쿠라 씨의 말을 중간에서 끊고 말했다.

"하지만 아주 생생하게 무대에서의 어머니 모습을 떠올리셨잖아요."

"저도 하얀 화장을 하고 머리를 길러 묶은 어린아이의 가발을 쓰고…… 할머니는 갓소 가발이라 하셨죠…… 작았지만 나름대로 무거운 의상을 입고서 짜부라질 것만 같았어요. 저는 '메이스케 어머니'의 아들로 어머니 옆에 서 있었거든요!"

이렇게 말하면서 나는 고모리가 뉴욕에서 일이 있어 이날 사쿠라 씨와 동행하지 않은 것에 깊이 안도했다. 어머니의, 낡았지만 화려한 의상처럼은 아니더라도 같은 소재의 장신구로 꾸민 소년 무사. 어린 시절의 고모리만큼 그 배역에 어울리는 사람이 없었을 테니, 그는 나를 놀릴 정확한 평을 떠올렸을 게 틀림없었다.

사쿠라 씨도 순간적으로 그런 생각이 들었는지, 우수의 그늘이 사라진 눈매로 나를 바라보다가 풋 하고 웃음을 터뜨렸다. 그리고 자신의 결례를 수습하고 싶었던지 이렇게 말했다.

"어쩜, 정말 귀여웠겠어요. 당신을 '환생한 메이스케'로 옆에 거느리고 있으면서 어머님은 어떤 연극을 하셨나요? 저는 시골의 유서 깊은 가문의 노부인이라고 하면 몸집이 자그맣고 얌전한 느낌……이라는 선입견이 있어요. 그런데 몸집이 크고 당당한 체격을 가진 분이시더군요. 무대 위에서라면 눈에 확 띄었을 거예요. 게다가 가부키 의상을 입고 계셨을 거고…… 소가주로*의 애인인 도라고젠** 같았나요?"

"……그 말을 듣고 보니, 우리 마을에도 '소가주로의 목 무덤'이라는 신사가 있었어요……

---

* 曾我十郎, 12세기부터 구전되어 후에 가부키 등으로 만들어진 「소가 이야기(曾我物語)」에 나오는 등장인물. 아버지의 원수를 갚는 「소가 이야기」는 일본인이 좋아하는 3대 전투담 중 하나이기도 하다.
** 虎御前, 소가주로의 애인으로 유녀.

우리 어머니가 연기한 것은 우선 '메이스케 어머니'가 '환생한 메이스케'와 함께 두번째 봉기의 선두에서 출진하는 부분입니다. 당신이 보신 오가와하라가 무대에 만들어졌죠. 그리고 혼령이 되어…… 말하자면 죽은 '메이스케 어머니'가 오가와하라로 돌아와서, 기나긴 이야기를 하는 거지요.

처음의 '메이스케 어머니' 출진 장면에서는 전문 배우들이 연기하는 봉기 장면들이라든지, 번의 관리들이 '메이스케 어머니'에게 이러쿵저러쿵 시비를 거는 장면들이 있습니다. 우리는 이것을 익살극이라고 했는데, 아주 우스꽝스러운 대화가 이어지죠. 그리고 사람들을 이끌고 방해하는 관리들을 쫓아버리고, 자, 이제 출진합시다, 하고 '메이스케 어머니'가 선동하는 부분에서 막이 내립니다. 다음 막에서는……전체는 2막으로 이루어졌죠……지금 말했던 대로 혼령이 된 '메이스케 어머니'가 무대 중앙의 걸상에 걸터앉아, 의상 때문에 풍성해진 무릎 앞에 나를 세워놓고 있어요. '메이스케 어머니'와 '환생한 메이스케'를…… 이렇게 말하면서 생각해보면 '환생한 메이스케'도 결국은 혼령이었다는 느낌이 듭니다. '메이스케' 혼령에게 어울리는 인물과 환생한 인물이 동일시되었던 건 아닐까요……

세 방향, 말하자면 무대의 위쪽과 아래쪽, 관객석의 앞으로 밀려드는 사람들, 그들은 모두 아주 조금씩이지만 분장을 하고 있어요…… 출연자들이자 관객이기도 한 마을 여자들을 향해('그리스 비극에 나오는 코러스네요'라고 사쿠라 씨는 말했다), '메이스케 어머니'가 끊임없이 이야기를 하는 식의 흐름이죠. 극장에는 '환생한 메이스케' 역을 맡은 나 이외의 남자들은 몽땅 쫓겨났죠."

"당신은 어머님이 연기하신 혼령의 독백이 어떤 내용이었는지 들려줄 수 있죠? 아사 씨가 연극 이야기는 오빠에게 들으라고 한 건 그래서겠죠."

"그런데 연극을 했을 때의……열한두 살이었는데……제 기억은 분명하지가 않아요. 첫째, 제가 어머니의 대사를 알아들었는지도 알 수 없어요. 연극을 상연하는 날의 선명한 기억은 기묘한 감촉들에 대한 기억인데…… 저를 가까이에 끌어당겨 놓고 있는 어머니의 하반신이 뜨거운 열을 발산하고 있는 것 같았다는 것과, 시중을 들던 할머니가 제 양쪽 귀에, 그걸 마을 사람들이 뭐라고 하는 열매였는지 모르겠는데, 끈끈한 끈기가 생길 때까지 씹는 것을……할머니는 살짝만 씹으라고 하셨죠, 모양을 일그러뜨리면 안 되는 거였어요……'귀마개 나무', 아, '귀마개 나무'라고 했어요, 그 열매를 가볍게 씹어 부드럽게 만든 것을 집어넣었어요.

바로 옆에서 어머니가 분노를 터뜨리며, 울부짖는…… 고성의 독백에 제가 놀랄까 봐 신경을 써주신 거겠지요. 마을에서는 '넋두리(口說き)'라고 하는 일종의 예능 형식이에요. '넋두리'에는 조루리*처럼 가락을 붙이기도 했는데, 어머니가 끊임없이 이야기를 하면 출연자 겸 관객으로 극장을 메운 마을 여인들은 모두가 눈물을 흘리며 그 가락에 맞춰 몸을 흔들었어요……"

보기 좋게 살이 오른 사쿠라 씨의 얼굴에는 홍조가 떠올랐고, 커다란 눈에는 어떤 강렬한 감정이 깃드는 듯했다. 그리고 이렇게 말했다.

---

* 淨瑠璃, 일본의 인형극.

"'넋두리'의 내용은 당신이 떠올려주셔야 해요…… 당신처럼 소설가가 된 분이 아무것도 듣지 않았을 리가 없으니까요! 우선 '메이스케 어머니'가, 출진하는 자신과 '환생한 메이스케'의 '복수에 찬 폭동에 참가하라'고 선동하는 대목부터……

후반부에서 혼령이 된 메이스케 어머니의 '넋두리'를 듣고 마을 여인들이 모두 눈물을 흘렸다고 했죠? '메이스케 어머니'는 폭동에 나서지 않고서는 결코 진정시킬 수 없는 고통을 이야기했을 거예요. 할머니는 그 참혹한 이야기가 어린아이의 귀에 들어가지 않도록 '귀마개 나무'의 열매를 씹어 당신의 귀를 막았을 거예요…… 하지만 당신이 그것을 못 알아들었을 리가 없어요!

이건 정말 대수확이에요! '메이스케 어머니'는 '환생한 메이스케'를 보좌하는 역할로 봉기에 참가한 것이 아닐 거예요. 억울하게 죽은 '메이스케'의 리스베트 역할도 아니었어요! 오히려 그녀가 진정한 봉기의 주동자였어요. 이건 내 영화예요! 그런 방향으로 시나리오 완성에 전력해주셨으면 해요. 무엇보다 먼저 당신은 어머니께서 줄줄이 풀어놓으셨던 '넋두리'의 내용을 하나만이라도 떠올려주셔야 해요!"

2

이튿날 일곱시에 고모리 다모쓰에게서 전화가 걸려왔다. 그가 있는 뉴욕 현지 시간으로 보자면 업무가 끝난 시간이었지만, 그의 전화는 특별한 느낌으로 다가왔다. 고모리의 엄숙하리만큼 가라앉은 목소리를 듣고서, 전날 감정이 고조된 사쿠라 씨를 배웅한 후 혼자서 떠올렸던 생각, 지나칠 만큼 명확한 새로운 이 계획이 고모리가 말하는 'M계획'과 과연 어떤 식으로 조정될 수 있을지에 대한 우려가 현실로 나타났음을 알아차리고 우스꽝스러움마저 느꼈다.

"겐산로, 우리가 만들려고 했던 건 '미하엘 콜하스 영화'라고. 이런 말을 새삼스럽게 자네에게 강조할 필요는 없겠지만, 자네는 사쿠라 씨의 열정에 휘말려든 건가?"

아무래도 사쿠라 씨는 나에게 보여준 의욕보다 더 강한 (고모리의 용어를 빌리자면) motivation을 태평양을 건너 긴긴 전화로 피력한 모양이었다.

"실은 말이지, 시코쿠에서 자네 어머니와 여동생의 이야기를 듣는 동안에도, 사쿠라 씨가 자신에게 내재된 사고에 자극받고 무리하게 몰입하지 않을까 슬며시 걱정은 했었지……

자네는 그런 그녀를 완전히 선동한 셈이야. 자네도 이번 일이 '미하엘 콜하스 영화'라는 사실이 가장 중요했던 게 아니었나?"

"물론 중요하게 생각하지. 하지만 똑같이 나는 내 고향의 농민 봉기에 대한 사쿠라 씨의 적극적인 관심도 중요하게 생각하네. 내가 장편소설을 써본 경험을 통해 지니고 있는 확신은, 서로 대립하거나 양립하지 않는다고 느끼는 두 가지 구상도 쉽게 일원화하지 않는 게 좋다는 것이야."

그러나 고모리는 자신의 생각에 골몰한 나머지 다른 말을 들을 여유가 없었다.

"나는 사쿠라 씨한테서 걸려온 이번 전화를 아주 특별하게 받아들였네. 그리고 자네가 참여하게 된 전후부터 지금의 사쿠라 씨의 독주에 대한…… 그렇다고 나는 자네 책임이라고 따지는 건 아니야. 그 사람의 일이지, 그건 그 사람 깊은 곳에 뿌리내린 것임에 틀림없는데…… 지금까지의 흐름을 정리해봤어.

원래의 출발점은 'M계획'이야. 나는 최근 10년 정도 국제적인 환경 속에서 영화를 만들어왔어. 나름대로의 평가는 받았다고 생각해. 이전의 일본 영화와 외국 영화의 협동은 기껏해야 합작 정도였지. 나는 국경을 뛰어넘는 인간의 영화를 만들어왔다고. 그래도 이번처럼 여러 나라가 하나의 주제로 각각 독립적인 영화를 만드는 경우는 처음이야.

게다가 그런 커다란 문맥 속에서 아시아판이 만들어지는 거야. 사실 그 일이 결정된 단계에서부터 자네는 이미 관여한 거나 마찬가지네…… 엔첸스베르거의 이야기를 상기해보면…… 김지하의 시나리오로 한국 영화계의 실력파들에게 제작을 맡긴다는 계획에 자네가 준 힌트가 참고가 됐던 모양이야. 그리고 동시에 나는 사쿠라 오기 마거색이라는 아주 특별한 여배우를 만났어. 그녀는 참으로 독특한 여배우야.

패전 직후의 일본에서 어린아이에서 막 소녀가 된 나이에 이미 인기를 모았던 아역배우였어…… 그녀를 아직도 소녀 스타로 기억하고 있는 사람이 많아. 그 냉정한 성격의 치카시 씨도 그랬잖아. 그리고 할리우드로 진출하고 처음에는 일본인 처녀 역할들을 맡았지만, 동양적인 매력을 겸비한 데다 자유자재로 영어를 구사할 수 있는 여배우로서 점차 국제적인 조연 배우가 되었지. 그리고 스페인어도 유창하고 후견인이 서울의 미국 문화센터로 갔을 때도 동행했으니 한국어 발음 실력도 상당하지. 어학적 재능이 풍부한 사람이야……

솔직히 말해 지금 아시아에서 일본 영화는 사양길이야. 왕성하게 성장하는 홍콩 영화에 비해 중국 영화는 정치적인 이유로 정체되어 있는 상황이지만, 한국 영화는 점차 힘을 키워갈 테지…… 예술적으로도 산업적으로도. 그래서 나는 사쿠라 씨가 지닌 매력을 십분 활용한 영화를 한국에서 만들면 어떨까 생각했네. 그러면 우선 한국과 일본 관객을 끌어모을 수 있겠지. 그다음은 서양인데, 사실 유럽에서는 눈에 띄지 않지만 독특하고 개성적인 역할로 사쿠라 씨는 전문가들에게 높은 평가를 받아왔어. 멕시코 영화에서는 준주역급으로 떠받들어지기까지 했고.

사쿠라 씨가 'M계획'을 통해 주목받게 된다면 한국, 일본, 그리고 미국, 독일, 프랑스에서 동시에 재기할 수 있어. 나는 그녀에게 그만한 개성이 있다고 봐. 그래서 나는 'M계획'에 그녀를 적극 추천하고 김지하의 시나리오에 나오는 역할에도 잘 어울린다는 것을 확인했어. 한국 영화계와 산업계의 전폭적인 지지를 전망할 수 있는 데까지 일을 진행했어…… 그런데 김지하의 체포와 장기간의 구류 때문에 자네도 알다시피 그런 상황에 빠져버린 거지.

이번에 그녀와 함께 도쿄로 돌아온 나는 무엇보다 한국에서의 사후 처리 때문에 의기소침한 상태였지. 그런데 뜻밖의 전환점이 나를 찾아와주었어. 특히 시나리오 작가로서의 자네의 등장이 도쿄에서 어느 정도 매스컴의 환영을 받을 수 있다는 걸 이내 파악했지.

덧붙이자면 자네가 『미하엘 콜하스의 운명』과도 관계가 깊다는 것도 판명됐고. 게다가 자네는 오랫동안 시코쿠의 숲속에서 일어난 봉기를 콜하스와 연결지어 생각해왔다고 했어. 이건 아시아판으로 모자람이 없는 배경이라고 생각해. 그리고 또 하나, 자네는…… 예전 아역 배우로 인기를 모았던 사쿠라 씨에게…… 특별한 감정이 있는 것 같더군. 내 경험으로 보자면, 이건 신인 시나리오 작가와 베테랑 여배우의 최상의 만남이야. 실제로 만나자마자 사쿠라 씨와 자네는 좋은 관계를 만들어갔어.

사쿠라 씨에 대해 이야기하자면 그녀는 오랜 커리어를 축적한 여배우로서도, 혹은 한 인간으로서도 꼭 연기하고 싶은 인물상을 갖고 있을 거야. 물론 우리도 김지하의 영화가 실패로 끝났다고 해서 이대로 포기할 수는 없었어. 그래서 여러모로 궁리하던 참에 나에게 어떤 이미지가 다가왔어. 나는 자네의 이야기를 들으면서 사쿠라 씨에게 새로운 배역을 제공할 수 있지 않을까 하는 예감이 들었지……

그런데 사쿠라 씨 자신이 먼저 이야기를 해왔어. 자네의 미하엘 콜하스 해석에 자극받고 리스베트와 집시 여인을 중첩시킨 인물을 연기하고 싶다는 거야. 이건 말이지, 여배우 사쿠라 오기 마거색과 새롭게 발견된 시나리오 작가인 자네와, 그리고 나를 포함한 3인조가 흔히 볼 수 없는 완벽한 만남으로 연결되었다는 뜻이기도 해."

고모리는 기나긴 이야기를 단숨에 말하고 난 다음 입을 다물었다. 그리고 나의 침묵을 확인하고서 이야기를 다시 이어갔다.

"사쿠라 씨는…… 평범한 국제적인 여배우가 아니야, 그녀만의 독특한 경험에 의해 연마된 지성인이지…… 무엇보다 자신만의 주장을 가지고 있어. 시코쿠의 숲속 마을에…… 그것은 물론 자네가 경험을 바탕으로 확실하게 설정해온 장소지. 자네는 일본 근대화 직전에 그 곳에서 일어난 큰 이야기의 흐름을 만들어주었네. 자네의 이야기 속에서…… 사쿠라 씨는 '메이스케 어머니'라는 캐릭터를 찾아냈어.

게다가 사쿠라 씨는 자네의 어머니가 이 여성을 연극의 주인공으로 삼아…… 그것도 전쟁 직후 국가도, 사회도, 그리고 자네 집안 사정까지 포함해서 다 고통스러웠던 시대에…… 마을 여인들이 함께 보는 무대를 실현하고, 관객 모두를 매료한 이야기에 마음이 흔들렸어. 사쿠라 씨는 복수의 일념에 불타 분노하고, 울부짖는 여성으로서의 '메이스케 어머니'가 자신이 원하던 캐릭터라고 말하고 있어……

솔직히 나는 그녀가 찾아낸 것이 그 나름의 성과를 올렸다고 생각해. 사쿠라 씨가 되풀이하는 단어지만 분명 대수확이라 할 수 있지. 그녀에게는 그렇지! 하지만 문제는 나와 'M계획'의 입장에서는 어떤가 하는 거야……"

그렇게 입을 다문 고모리에게 나는 솔직하게 말했다.

"자네는 나에게 이것이 미하엘 콜하스의 영화임을 잊지 말라고 했지. 그래서 어머니가 하셨던 〈'메이스케 어머니' 출진〉의 공연 모습을 듣고 흥분하던 대여배우의 모습을 보고 나도 걱정스러운 부분이 있었어. 그전에 미리 말해둘 게 있는데, 사실 나는 '메이스케'와 '환생한 메이스케'의 봉기를 '메이스케 어머니'의 삶을 관통해서 쌓인 분노와 원한이 폭발한 것이고, '메이스케 어머니'가 봉기 전체를 지도했다, 다시 말해서 '메이스케 어머니'가 진정한 콜하스라고 해석하는 사쿠라 씨의 의견에 감동했어. 사쿠라 씨의 이런 해석이 내가 젊었을 때부터 구상해온 두 차례의 봉기를 소설화하는 데 분명한 힌트를 주었으니까.

덕분에 지금껏 내가 극복하지 못했던 것을 극복할 수 있을 것이라는 예감이 들 정도야.

그건 나에게도 대수확이야. 소설에서 이루지 못했던 것을 사쿠라 씨의 영화 시나리오를 통해 이룰 수 있다고 생각했으니까. 이것을 내가 해야 할 일로서 최선을 다할 생각을 한 것도 사실이야. 그러나 문제는 이 같은 해석이 자네들의 'M계획'과는 어울리지 않을 거라는 거지. 나는 솔직히 그 부분을 더 염려했어. 그래서 오늘 아침 자네가 걸어온 국제전화…… 이상하리만큼 진지한 자네의 목소리를 듣고 내 예상대로라고 생각했지."

"뭐라고?" 고모리는 조금 전의 언짢은 목소리와는 다르지만 의심이 가시지는 않은 음성으로 되물었다. 그리고 그로서는 드물게 다시 한 번 침묵한 다음 말을 이었다. "내가 지금까지 자네와 같은 방향의…… 감정적, 혹은 사고의 흐름을 공유했다고는 생각지 않지만, 어쨌든 내가 준비한 걸 이야기하겠네.

나는 지금까지 말했듯이 사쿠라 씨와의 공동 작업을 중요하게 생각해. 작년 한국에서의 실패를 경험한 다음부터는 더욱. 사실 나는 자네와 사쿠라 씨의…… 얼마 전까지, 혹은 앞으로 지속될 만남에 희망을 걸었어.

그리고 현실적인 영화 제작에 대해 지금까지 자네에게 모든 이야기를 털어놓은 건 아니었어. 자네와 정식 계약을 맺은 것도 아니지. 그건, 할리우드나 유럽 영화계에서 최근에 영화 제작 방식의 경량화가 이루어졌고, 오히려 그래서 더욱 그들의 독자적 방식을 바꿀 수 없었다는 사정이 있었어.

일본 영화계에서도 구로사와 아키라는 일찍부터 시나리오 작가 팀을 조직했지. 오즈 야스지로*의 영화 시나리오는 늘 오즈 야스지로와 노다 고고의 공동 각본이지만, 이제 그런 방식은 흔치 않은 일이야. 더구나 해외에서는 원래 자본을 가진 쪽에서 훨씬 철저하게 간섭하지. 대규모 예산을 바탕으로 반드시 성공하는 영화를 만들어야 하니까. 흥행을 못 하면 다음 작품은 없는 셈이거든. 그렇기 때문에 더욱 수정이 가능한 시나리오 단계에서 제작 쪽은 집요할 정도로 간섭하는 거야. 아무리 대단한 평가를 받는 시나리오 작가와 계약한 다음이라도 진행 과정에서 새로운 시나리오 작가를, 그것도 여러 명을 투입하는 예는 아주 흔하지.

내가 자네와 도쿄에서 '미하엘 콜하스 영화'를 기획할 단계에서도 자네에게 클라이스트 소설에 대한 이야기를 들으면서 동시에……물론 자네에게 비밀로 하지는 않았지만……일본 영화계의 재능 있는 신진들을 모아서 이야기를 진행했지. 사쿠라 씨는 자네가 해석하는 『미하엘 콜하스의 운명』을 듣고 비로소 전체적인 것을 납득할 수 있었다고 했어. 그 후에 사쿠라 씨는 자네 편에 서게 됐지만, 나는 그 단계에서도 'M계획'에서 제안해올 수정 계획을 예상하고 있었지. 간단히 말해, 자네의 클라이스트 소설 요약은 복잡한 데다 너무 길어. 그 시나리오라면 열 시간짜리 영화를 만들어야 하겠지! 이건 사쿠라 씨도 동감한 부분이야. 〈벤허〉도 그것보다는 훨씬 짧다고 하더군……

사쿠라 씨가 리스베트와 집시 여인을 자신의 배역으로 일체화하겠

---

* 小津安二郎(1903~1963), 근대 일본을 대표하는 영화감독. 〈도쿄 이야기〉 〈만추〉 등으로 유명하다.

다고 했던 것도, 영화로 실현 가능한 구조를 고려했기 때문이야. 그리고 그 이야기를 시코쿠의 봉기에 담아낼 수 있다고 해서 자네가 구체적인 이야기를 해주었지.

시나리오의 전체적인 윤곽이 드러나면 그것을 젊은 친구들에게 맡겨서 적당한 길이로 조정할 수는 있겠다는 구상이 내 머릿속에서 있었던 거지……

그런데 잔뜩 흥분한 사쿠라 씨가 뉴욕으로 전화를 걸어왔어. 그녀의 구상 속에는 이미 다면적인 착상이 담겨 있었어. 그녀가 말하는 대수확이라는 단어에는 실현 불가능한 영화를 상식적인 길이로 만드는 시나리오 제작상의 힌트까지 포함되어 있었어. 사쿠라 씨는 영화 제작에 대한 오랜 전문가로서의 자세를 지닌 사람이야. 그녀는 영화로 만들 수 있는 규모로 시나리오를 정리할 수 있도록 자네를 도울 생각이지. 단적인 예로 사쿠라 씨는 자네 어머니의 연극 〈'메이스케 어머니' 출진〉을 기본 텍스트로 삼는다면 영화화는 가능하다고 확신하고 있어.

하지만 문제는 그녀가 만들고자 하는 것이 우리가 목표로 하는 영화가 아니라는 것이지! 분명 한 지역을 강타한 반란 이야기는 맞지만, 지도자가 남자가 아니야. 여자가 된다는 거야. 터무니없는 이야기지. 콜하스가 여성이 된다는 건! 사쿠라 씨가 한껏 고조된 목소리로 전하는 내용의 중간까지는 나도 공감했지. 사쿠라 씨 말대로 대수확이라고 동조하기까지 했어. 사실이니까. 하지만 콜하스를 여자로 만들겠다니? 이건 too much 아니냐고 했어.

그런데 일이 이렇게 되니 사쿠라 씨는 고집불통이야. 내 말을 더 들으려고 하지 않는단 말이야! 그녀를 기용한 'M계획'의 중심인물들은 본인이 설득할 수 있다고 말하고 있어. 그러면서 내게는 일본의 출자자들을 설득하라는 거야. '당신도 조금 전에 대수확이라고 동조하지 않았느냐, 아니면 그건 거짓말이었느냐'고까지 추궁하더군.

어떻게 될 거라고 생각하나?"

"어떻게 될 거라고 생각하냐고 나한테 물은들."

나는 처음 그의 말투에서 느낀 우스꽝스러움을 다시 한 번 느꼈다. 그런 상황에서 그의 말을 똑같이 되풀이하는 것이 고모리의 화를 돋우기도 하지만, 동시에 그를 참게 한다는 것도 알 수 있었다.

"어떤가? 자네가 먼저 사쿠라 씨에게 그녀가 말하는 여자 콜하스 제안은 실현 곤란한 것이어서 단념했다고, 그리고 '메이스케'와 '환생한 메이스케'의 봉기를 종전의 이야기처럼 '메이스케 어머니'를 일본의 집시 여인으로 접목하도록……사실 이것도 사쿠라 씨의 구상이지만……시놉시스에 쓰겠다고 설득해주지 않겠나?

그걸 바탕으로 젊은 시나리오 작가들에게 나머지를 완성하도록 시키는 거야. 자네에게는 할리우드에서 지불하는 원고료를 주겠네. 틀림없이 big money가 될 거야."

"내 관심은 사쿠라 씨의 재해석에 있어."

"……그럴 테지." 고모리는 작은 턱을 도발적으로 치켜들던 대학 시절의 모습을 떠올리게 하는 말투로 전화를 끊었다.

3

개인도로 입구의 주차장 안쪽에 녹나무 두 그루가 서로 다른 방향을 향해 굵은 가지를 뻗은 채 서 있었다. 그 밑을 지나서 세로로 나란히 서 있는 세 그루 느티나무를 따라 들어오라고 사쿠라 씨가 머물고 있는 저택의 주인은 강조했다. 택시 안에서부터 이미 콘크리트 상자 같은 모양의 건물 두 채를 덮어씌우듯 서 있는 멋들어진 거목 군단이 눈에 띄었는데, 공용 도로와 널찍하게 면해 있는 토지의 앞쪽 절반을 팔고 난, 뒤쪽 절반의 집 주변 나무들을 남겨두고 그 나무들을 따라 개인용 도로를 만든 듯했다. 주차장에는 대형 벤츠가 세워져 있었다. 시트로앵 마크가 박힌 새들 자전거도 옆에 기대어 세워져 있었다. 그리고 경비회사의 유난스러운 방범 카메라. 하얗게 칠한 철망 울타리.

주차장 담장과 나란히 이어진 입구의 대문을 뒤로하고, 개인용 도로로 들어서자 쇼와(昭和) 초기의 건축물로 보이는 서양식 현관에서, 사쿠라 씨와 (그녀의 호칭을 따르면) 야나기 부인, 좀처럼 보기 힘든 이질감과 동질감이 섞여 있는 두 사람이 나를 맞아주었다. 위압적이지 않지만 매력적인 위엄이 서린 두 사람이었다. 이상하리만치 천장이 높고 전체적으로 거무튀튀한 빛을 띠어, 회의실이라 불러도 손색이 없을 응접실로 (나중에 말하겠지만, 그 광활한 공간의 일부만을 활용하고 있는) 나를 인도하면서 사쿠라 씨가 말했다.

"고모리 씨하고 싸우셨다면서요?"

"그런 셈입니다만······" 어떻게 대답해야 할지 몰라 머뭇거리고 있는 나를 야나기 부인이 거들어주었다. (그녀들은 이런 식으로 '2인조'

였던 것이다.)

"사쿠라 씨가 말하면 '싸움'이라는 단어마저 평화롭게 들리네요."

"그렇게 평화롭지는 않았지만, 격렬한 것도 아니었어요."

나는 고모리의 전화를 받은 후 그다음 주 초에 사쿠라 씨의 초대를 받고 이곳을 방문했다. 가마쿠라 역에서 내려 택시를 잡고 주소를 말하자, 내가 막연하게 예상했던 것과는 반대쪽으로 차가 내달았다. 시가지의 중심을 벗어나, 이곳이 유서 깊은 피서지라는 생각을 되새기게 하는 구획을 빙 돌아서 이곳으로 왔다.

사쿠라 씨는 얇은 베이지색 파초포*로 만든 기모노를 입고 있었다. 내가 기모노에 관심을 표하자, 나의 관심이 단지 기모노에 국한된 것이 아님을 눈치채고 오키나와 슈리의 유서 깊은 가문의 여성에게서 받은 것이라고 했다. 그 사람이 혹시 오키나와 시민 운동에도 관여한 사람이라면, 나도 같은 사람이 짠 파초포의 전등갓을 선물받았다고 하자, 야나기 부인이 나를 다시 보았다는 듯한 태도를 (물론 코믹한 연기를 섞어서) 보였다.

"그렇게 오키나와를 잘 아시면 사쿠라 씨가 기모노의 오비**로 빈가타***를 매고 있다는 것도 금세 알아보셨겠네요?"

"빈가타를 말씀하시는 건 절 놀리자고 하시는 말씀이시겠지만, 그것도 우연하게 알고 있답니다. 발리에 갔을 때 아내의 선물로 사온

---

* 파초에서 추출한 섬유로 짠 천.
** 袋帶, 기모노에 매는 띠.
*** 紅型, 오키나와의 전통적인 염색. 천에 형지(型紙)를 이용해 풀을 먹이고 안료와 염료로 채색해서 다채로운 회화풍 문양을 나타낸다.

자바사라사……바틱이라 한다고 들었습니다만……를 저는 좋아합니다."

"되는대로 맞춰 입었는데 제법 잘 어울리죠? 고모리 씨도 마음에 들어하더군요. 그 사람하고 당신은 물과 기름처럼 다르지만, 일반적인 상식하고는 다른 어떤 공통적인 감각이 있는 것 같아요."

"나무라는 건지 칭찬하는 건지 원" 하며 웃은 다음, 야나기 부인은 아주 진지한 투로 말했다. "사쿠라 씨는 내 도움으로 기모노를 입고 오비를 매고서…… 오랜만의 사극 출연을 위해 앉는 법, 걷는 법을 연습하고 있답니다."

이 말은 사쿠라 씨와 고모리 사이에 영화 이야기가 계속되고 있다는 뜻이었다. 전체적으로 거무튀튀하면서 장중한 첫인상대로 거실에 놓인 커다란 난로와 세로 두 줄로 벽에 걸려 있는 수많은 초상화는 한 시대를 연상시켰다. 거대한 방 한쪽에 가구가 놓여 있어 그곳에만 지금의 생활이 있는 느낌이었다.

이 같은 느낌은 사쿠라 씨의 직업 때문에 자연스럽게 연상되는 것이겠지만, 촬영장의 거대한 스튜디오 한쪽 구석에 마련된 세트장 같았다. 흑단의 등받이와 팔걸이가 달린 대형 의자, 같은 소재와 장식으로 만들어진 테이블 외에도 오랜 세월을 느끼게 하는 커다란 몬스테라 화분이 놓여 있었다. 몬스테라의 갈라진 잎사귀들 틈새로 키가 큰 청동 학이 작은 매화 가지를 물고 검은 머리를 내밀고 있었다.

멀리 떨어져 있는, 정방형 격자로 잘게 나뉜 창문에서 엷은 햇살이 비쳐들고 있었고, 그 건너편으로는 야생 덤불처럼 자란 장미 정원이 펼쳐져 있었다. 유리창 바로 너머에서 진한 보랏빛으로 꽃을 피운 한 무더기 장미는 어두워 보였지만, 정원 정면 쪽에 기다랗게 위로 뻗은 하얀 장미만은 햇빛에 눈부시게 반사되고 있었다.

"치카시 씨는 장미를 잘 키우시더군요"라고 사쿠라 씨가 말했다. "야나기 부인도 장미에 정성을 쏟긴 하지만, 여름철 장미가 끝나면 당분간은 그냥 내버려두지요. 왜 그러느냐고 물으면 더워서랍니다. 참 자기중심적이에요."

나는 직접 장미를 보살핀 적은 없다고 말했다.

"나무수국을 좋아하시는 것 같군요. 남자 분한테서는 보기 드문 일인데"라면서 격자무늬로 나뉜 창문틀 때문에 시야가 차단되는 뜰의 조망을, 저택의 관리자다운 시선으로 살피듯 하며 야나기 부인이 말했다.

발목이 덮일 만큼 길고 진한 푸른색 드레스를 입은 야나기 부인의 뒷모습을 보면서 사쿠라 씨가 그녀에 대해 말해주었다. 그녀는 집안의 나무들을 지키려고 가치가 반감됨에도 토지 분할을 감행했다. 상속세를 낼 수는 있었지만, 녹나무와 느티나무 거목을 지켜낸 대신 자동차가 개인용 도로로 들어올 수도 없어졌고, 건물의 정면을 올려다볼 공간도 없어졌다. 유일하게 전망이 트인 남쪽에 장미 정원을 가꾸고 있지만, 관목 숲으로 주변을 차단했다. 토지를 사서 건물을 지은 이웃이 장미를 보러 오는 것을 막기 위해서라고 한다……

"제가 나무수국을 좋아하는 건 실용적인 관심 때문이죠." 우리 쪽으로 돌아온 야나기 부인에게 내가 말했다. "우리 어머니는 전쟁통의 통제 상황에서 종이를 몰래 만들어, 교토의 서예가나 화가들에게 팔아 가계를 꾸렸어요. 그래서 연말이면 풀을 만들어 단골 고객들에게 설

날 선물을 보냈는데, 재료가 되는 나무수국 가지를 베어내는 늦가을
이 오기 전 여름에 꽃을 찾아 나무수국에 표시를 해두는 게 제 일이
었죠."

"산민(山民) 같은 생활이었네요." 야나기 부인이 말했다.

"정말. 그 산골 마을에서 버스를 타고 강길을 내려와 다시 이웃마을
에서 기차로 갈아타고 마쓰야마 미국 문화센터까지 다니셨군요."

"그렇게 먼 길이라면 가는 데만도 하루가 걸리지 않나요? 도착하고
서 곧장 집으로 되돌아갈 수는 없었을 텐데." 야나기 부인은 상황을
정확하게 이해했다.

"도고 지역은 오래된 온천으로 잘 알려져 있지요. 도고와 마쓰야마
중간쯤에, 패전 때까지 직업군인이나 교사들이 주로 살던 주택지가
있었어요. 저는 육군 대좌 출신인 사람의 집에 하숙하면서 학교를 다
녔어요. 방과 후 시의 전차 선로를 따라 문화센터까지 걸어가서 공부
했는데, 어느 날 그곳에서 애너벨 리의 8밀리 영화를 봤어요."

"어째서 일본인 고등학생에게…… 그것을 보여줬을까요?"

"시청각 센터의 자료실 필름을 보여준다고 했는데, 역시 특별한 일
이었죠.

문화센터의 공개 열람실에는 주로 수험 공부를 하는 우등생들이 다
녔는데, 제가 『허클베리 핀의 모험』의 원서를 읽고 싶다고 했더니, 개
가식 열람실을 출입할 수 있는 카드를 만들어줬어요. 그러다가 도서
실의 레코드 콘서트에도 참가할 수 있다는 사실을 알게 되었고, 음악
광이던 제 친구도 콘서트가 있는 날이면 함께 가곤 했죠.

그 친구 하나와 고로는 문화적으로 굉장히 조숙한 데다 미소년이어

서, 센터의 문화 사업 담당자인 피터라는 GI와 금방 친해졌어요. 제가 그들을 소개하는 중간 역할을 한 셈이죠. 그 피터가 저와 고로에게 자료실에 있는 8밀리 영화에 대해 말해줬어요. 그것은 포의 「애너벨 리」를 영화로 만든 것인데, 필름 케이스에는 영화에 삽입된 시가 낭송되는 구절마다 그 사이사이를 채우는 음악에 대한 주문이 적혀 있다고 해서, 고로의 관심은 두 배로 커졌죠. 그는 머지않아 저와 결혼한 여자의 오빠이니, 즉 영화감독의 아들이지요.

피터는 고로가 함께 오는 것을 마치 기다렸다는 듯이 영문으로 쓰인 설명대로 영화를 상영하자고 하면서 음악은 우리에게 맡기겠다고 했죠. 우선 제가…… 제 힘으로 도서실에서 발견한 포의 전집을 피터에게 부탁해 영사실까지 가져왔어요. 하지만 고로는 케이스에 적힌 지시를 무시하고 시청각 센터의 LP서가에서 바흐의 〈평균율 클라비어〉를 골랐어요. 그것을 틀어놓고 저는 「애너벨 리」 낭독문을 눈으로 확인했죠. 피터의 생각은 우리에게 영어도 가르치겠다는 거였을 거예요. 이렇게 해서 우리는 영화를 봤어요…… 이 말은 고로의 표현인데, 우리는……특히 저는 하얀 관의(寬衣)의 소녀에게 푹 빠져버렸죠. 왠지 말하면 안 될 것 같아 입밖에 내지는 않았지만, 그 하얀 관의의 소녀가 그 당시 영화계의 스타 소녀라는 것을 금방 알아차렸죠.”

“영화의 마지막 신은 어땠죠?” 사쿠라 씨가 물었다. “이상하게 생각하겠지만 저는 그걸 보지 못했거든요.”

“영화가 완전히 끝날 때까지 보지는 않았지만…… 어쨌든 라스트 신 가까이 희고 풍성한 옷을 입은…… 고로가 말한 하얀 관의의 소녀가 시내의 좁은 잔디밭에 누워 있는…… 죽어 있는 장면이었어요.”

나는 그렇게 대답했지만, 망설임이 있었다. 사실 지금 말한 장면은 오랫동안 내 기억 속에 아로새겨져 있었다. 동시에 그것과 관련해서 마음에 걸리는 부분이 하나 있었는데, 사쿠라 씨 면전에서 그렇게 대답하고 나자 그 점이 훨씬 명료해졌기 때문이다. 내 걱정거리는 지극히 성숙하고 위엄 있는 여성들을 향해 (그것도 한 사람은 하얀 관의 소녀 본인이니) 함부로 꺼낼 수 있는 성질의 것이 아니었다.

그때 피터는 영화를 갑자기 중단하고서(당시에는 상영하던 영화의 필름이 끊기는 일이 잦았는데 바로 그런 느낌이었다), 고로에게는 더 보여줄 수 있지만 두 살 어린 겐산로에게는 아직 이르다며 영사실을 나가라고 했다. 모든 점에서 고로를 한 수 위로 우러러보고 있던 나는 그것을 불만스럽게 여기지는 않았다……

그 후 얼마 지나지 않아 고로가 나에게 랭보의 시집 원서(*Poésies*, Mercure de France)를 주었다. 당시의 일본에서 프랑스어 책을 손에 넣기가 무척 어려웠기 때문에 아마도 피터를 통해 고로의 손에 들어왔을 것이다. 책갈피 속에 작은 사진이 끼여 있어 그것을 고로에게 되돌려주자, 고로는 지나칠 만큼 밋밋한 태도로 사진을 셔츠 주머니 속에 쑤셔넣었다. 사진 속의 소녀는 벚꽃이 만발한 시냇가에 누워 있었다. 누워 있는 위치며 자세가, 그리고 카메라의 각도가 전에 봤던 영화와 똑같았지만, 스틸 사진 속의 소녀는 전라의 모습이었다. 그런데다 한 쪽 다리를 구부리고 있어 양 다리 사이로 거의 단순하기까지 한 까만 점(이라기보다 구멍)이 고스란히 드러나 있었다……

"처음으로 찍은 영화 속의 사쿠라 씨는 정말 아름다웠겠죠? 지금도 하얀 관의 소녀를 잊지 않고 계셨다는 말을 이해할 수 있을 것 같아요"라고 야나기 부인이 말했다. (여태까지의 세련된 태도와는 정반대로 감정을 듬뿍 실은 목소리로.) 사쿠라 씨가 보호자 데이비드 마거색과 이곳으로 온 건 그 영화를 찍기 2년 전인데, 언제나 예쁜 옷을 입고 있었죠. 데이비드는 그 모습을 열심히 카메라에 담았어요. 전쟁때 군의관 조수 시절 기록 사진들을 찍느라 카메라는 프로급이라면서요…… 제 어머니는 사쿠라 씨가 입은 옷들을 부러워하면서 똑같이 모방해서 제게 입힐 정도였으니까요. 그 시절엔 일본의 모든 가정주부들이 재봉틀을 이용해 간단한 옷을 만들곤 했어요. 훨씬 나중에 『이상한 나라의 앨리스』의 작가 루이스 캐럴이 찍은 소녀들의 사진을 보면서 사쿠라 씨가 입었던 옷에도 이와 비슷한 칼라 장식이 달려 있었지 하면서 그때를 떠올렸죠."

"그것들은 리투아니아에서 이민 온 데이비드 어머니의 어릴 적 옷을 보내준 거라고 했어요."

그때 돌연 지금까지의 감정적인 태도를 바꾸어 야나기 부인이 내게 물었다.

"『롤리타』, 읽으셨죠? (나는 이때 다시 한 번 얼굴을 붉혔을 것이다. 단식투쟁을 하던 텐트에서 사쿠라 씨를 처음 보고 그녀가 '그 소녀'임을 알아봤을 때처럼.)

제가 젊은 외교관과 결혼을 하고, 연수를 받는 남편과 뉴욕으로 갔던 봄에 『롤리타』는 베스트셀러였어요. 〈뉴욕 타임스〉의 서평이었나, 거기에서 애너벨 리라는 이름을 보고 영사관 도서실의 신간 서가를 뒤져서 첫 부분, 그러니까 애너벨 리가…… 풋내기 험버트의 애너벨이라는 애인과 겹쳐지는 부분까지 읽었어요.

아버지가 호텔을 경영하는 리비에라에서 소년이 만난 애너벨은 정말 제 상상 속에서 사쿠라 씨가 몇 살 더 먹으면 똑같을 것 같은 느낌으로 묘사되어 있었어요. 작가인 나보코프가, '얇은 원피스 밑에는 아무것도 입지 않았다'라고 쓴 부분을 읽고, 속바지를 입어 하반신이 두툼했던 저와 달리 가볍고 자유롭게 뛰놀던 사쿠라 씨를 떠올렸죠.

그 후로 많은 시간이 지난 다음에도 제 안의 사쿠라 씨는 붉은색 원피스 아래로 허벅지가 햇살에 비쳐서 보이던…… '영원한 처녀'로 살아 있었어요. 지금 가마쿠라에는 왕년의 대스타로, '영원한 처녀'라 불리던 사람이 아직 건재해 있지만, 사쿠라 씨는 이와는 다른 정말로 눈부신 '영원한 처녀'였어요. 사실 지금도 사쿠라 씨는 그대로인 것 같아요. 비유적인 표현이 아니라요, 하하하.

소설 속에는 험버트의 손목을 꼭 죄었다 풀었다 하는 애너벨의 무릎이 등장하지만, '험버트의 손가락이 꿀물에 젖었던 일을 잊지 못한다'라고 묘사할 뿐이고, 모래사장에서의 아슬아슬한 장면에서도 상스러운 노인의 방해로 결국 맺어지는 데까지는 이르지 못하잖아요? 그 부분을 읽고 저는, 역시나 하고 납득했다 할까요. 그 후에 등장하는 진짜 주인공 롤리타는 어땠는지 모르겠어요. 험버트가 사랑하던 애너벨이 발진티푸스로 죽은 다음의 이야기는 스토리가 너무 조악해서 계속 읽을 수가 없었으니까요. 험버트가 '정열의 홀(笏)을 애너벨의 손에 맡겼다'라는 문장도 쓰여 있긴 했는데……

제가 근처 어린 여자아이들을 모아 발레 교실을 열고 있는데, 대기 시간이면 아이들이 현관에 놓아둔 구두주걱을 '홀'이라고 하면서 장난을 쳐요. 게임의 내용이야 어떤 건지 잘 모르지만 구두주걱을 가지고 있는 아이를 쫓아가, '홀을 보여줘!'라고 소리치는 거예요. 그때마다 저는 보상받지 못한 안쓰러운 험버트의 Scepter(홀)를 떠올리곤 하죠, 하하하!

그래서 말인데요, 모처럼 문학 전문가를 만났으니 한번 여쭈어보고 싶은 게 있어요. 포의 「애너벨 리」에서 소녀와 소녀를 사랑하는 청년은 그것을 했나요? 아니면 그저 손가락을 꿀물로 적시거나 홀을 만지는 정도였나요?"

"제가 처음으로 「애너벨 리」를 읽은 건, 히나쓰 고노스케라는 시인의 번역본이에요…… 포의 다른 작품으로는 「황금벌레」나 「어셔 가의 몰락」 같은 단편소설을 겐큐샤(研究社)에서 나온 영일대조판으로 읽었을 뿐이고요. 그러다가 소겐선서에서 『포 시집』이 출판되어 열심히 읽었죠. 고풍스러운 한자들이나 그것을 읽는 방법 같은 게 재미있어서……

애너벨 리라는 소녀를 구체적으로…… 이를테면 성적으로 공상하지는 않았던 것 같아요."

"아무리 산골 마을에서 자랐대도 성적 관심은 있었을 것 같은데요……"

"도시에서 자라서 당신이 오히려 성적 관심이 너무 강한 소녀였던 거 아녜요?" 사쿠라 씨가 마치 나무라듯 말했다.

"섹스까지는 아니더라도 애무하는 것하고도 관계가 멀었나요?" 야나기 부인은 사쿠라 씨의 나무람에도 기죽지 않고 이렇게 물었다.

"저의 이런 점 때문에 도시에서 자란 고로에게 늘 놀림을 받았죠…… 저는 무엇보다 히나쓰 고노스케가 번역했던 단어들이 최대 관심사였습니다. 하지만 지금 당신의 말을 듣고 보니, 히나쓰의 특이한 어감은 성적 분위기와 서로 연관이 있었던 것 같군요. ('하하하, 솔직하게 인정해주시니 이야기가 쉬워지겠네요.' 야나기 부인은 만족스러운 듯 말했다.)

저는 히나쓰 고노스케 번역을 통째로 암기한 덕분에 지금도 기억하고 있죠. 이 시의 화자인 젊은 청년이 어떤 사람인지는 쓰여 있지 않지만, 어쨌든 그 'I'가 애너벨 리라는 소녀와 사랑에 빠집니다. '소녀는 오로지 이 나와의 사랑만을 생각했다네'라고 한 다음, 이어서 '둘 다 아직 철부지'라는 구절도 있어요.

저는, '사랑 이상의 사랑이 있었네'라는 부분에서, 아닌 게 아니라 에로틱함을…… 스스로도 알지 못하는 깊은 곳에 존재하는 어떤 기미를 감지한 건 아니었을까…… 야나기 부인의 이야기를 듣고 보니 그런 생각이 드네요. 그럼에도 여기서 말하는 '사랑'이란 그저 어린아이들 사이에 존재하는 친밀함 정도가 아니었을까 하는 생각도 듭니다.

그리고 지금 떠오르는 기억으로는, 마쓰야마 고등학교로 전학하고 소문으로만 듣던 미국 문화센터를 혼자서 찾아간 건 역서로 익히 알고 있던 『허클베리 핀의 모험』의 원서를 읽겠다는 것이 표면적인 이유였죠…… 그런데 근사한 장정본이 즐비한 안쪽 서가에서 『포 전집』을 발견한 거예요. 그리고 번역으로 암송하고 있던 「애너벨 리」를 원문으로 확인한 일도……나중에는 베껴 적기까지 한 일도……확실하게 기억하고 있어요.

히나쓰 고노스케의 번역에서는 수수께끼 같은 분위기를 풍기던 부분이 영문에서는 너무 담백해서 오히려 실망했던 기억도 나요.

And this maiden she lived with no other thought

Than to love and be loved by me.

라는 것과 다음 3행이었으니까요.

I was a child and she was a child,

In this kingdom by the sea,

But we loved with a love that was more than love

"사쿠라 씨는 「애너벨 리」의 영화 촬영에 대해 지금까지도 마음에 걸리는 부분이 있다고 했죠?"

야나기 부인의 관심이 어디에 있는지 점점 분명해졌다. 그녀와 나는 동시에 생각에 잠겨 있는 사쿠라 씨를 바라보았다. 그때, 조금 전의 일본 아가씨의 걸음걸이와는 다른 아주 조심스러운 동남아시아인 아가씨가 다가와 사쿠라 씨의 옆얼굴에 입이 닿을 만큼 상체를 구부리고 무슨 말인가를 전했다.

사쿠라 씨가 뉴욕에서 전화가 걸려온 것 같다며 여유로우면서도 군더더기 없는 태도로 일어서서 걸어 나가는 것을 지켜본 다음 야나기 부인이 말을 이었다.

"제가 아까 사쿠라 씨는 '영원한 처녀'라고 했죠? 그때 당신은 아주 이상한 표정을 지었어요. 전 수수께끼를 풀어드릴 생각이었지요…… 아니, 어쩌면 수수께끼가 더 복잡해졌나요……

당신 같은 소설가는 언젠가 사쿠라 씨에 대해 소설에 쓰실 생각이죠? 더구나 이제부터는 훨씬 자주 만나게 되실 테니까요…… 사쿠라 씨는 당신을 많이 아끼고 있어요…… 그래서 긴요하다고 생각되는 것들을 이야기해드리고 싶었어요. 지금은 이해가 잘 안 되시는 것도 당연해요. 그렇지만 곧, 천천히, 이해하게 되실 거예요. 하하하!"

"그래서 「애너벨 리」 이야기를 하셨을 테죠." 내가 할 수 있는 대답은 그것밖에 없었다.

고로를 통해 기묘한 방식으로 보게 된 스틸 사진에 대한 생각도 있었다. 나는 검은 격자무늬로 잘게 나뉜 유리문 건 편으로 놀랄 만큼 널따랗게 이어진 (이제야 그것이 파악되었다) 장미 덤불을 한동안 바라보았다. 그런 내 모습을 보고서 아무런 말을 걸지 않는 것이 야나기 부인의 방식인 듯했다.

방으로 돌아온 사쿠라 씨는 평소와 다름없는 태도와 음성으로 야나기 부인에게 이렇게 말했다.

"데이비드가 암 진단을 받았대요. 그것도 진행이 빠른…… (그리고 사쿠라 씨는 나를 향해 말했다.) 당신이 존경하는 선생님을 떠올리게 해서 미안하지만…… 고모리 씨가 통화하고 싶다는군요. 문밖으로 나가서 오른쪽으로 가면 복도 끝에 '전화실'이 있어요. 고풍스러운 저택이라…… 그렇게 부른답니다."

전화 속에서 고모리가 기다리고 있었다.

"사쿠라 씨한테서 이야기는 들었겠지? 그녀의 미국행 티켓은 당장 준비하겠네. 사쿠라 씨한테는 영화를 클라이스트 탄생 200주년 프로그램과 별도로 생각하자고 했어. 그런데 사쿠라 씨는 적극적인 태도로 예정대로 내년 봄에 크랭크인하자고 하는군. 영화의 대략적인 내용은 그녀와 자네가 의논했던 대로 미하엘 콜하스를 여성으로 만들 거야. 그에 대해서는 더 이상 타협하지 않겠어. 사쿠라 씨는 'M계획'과 이 영화의 주연여배우로서 계약했고…… 그건 변함없는 거니까.

작년에 한국에서 촬영 예정이던 영화가 수포로 돌아갔을 때, 'M계획'에서는 대체할 제작 플랜을 제시했을 뿐 아무런 경제적 보상은 하지 않았어…… 이후도 그냥 그대로지. 그래서 올해 재계약에서는 변호사와 의논해서 훨씬 세밀하게 진행했다는군. 그러니 'M계획'에서 그녀의 제안대로 영화를 만들지 않으면 보상금을 지불해야 할 거야. 그 보상금과 데이비드의 유산을 합해서…… 그가 아직 죽은 건 아니지만…… 자신이 영화를 제작하겠다고 단언하더군. 자네의 시나리오가 올해 안에 완성될 거라고 믿는다고 했어."

"……그래서 자넨 뭐라고 했나?"

"이렇게 된 마당에 지금까지 사쿠라 씨와 의논한 시나리오를 반년 안에 완성할 수 없다고는 말하기 어려울걸? 사쿠라 씨에게 생애 마지막이 될 영화를 제안한 것은 나야. 나도 사쿠라 씨의 제안을 거부할 수는 없어.

우선은 'M계획' 쪽에 솔직하게 까놓고 제안할 거야. 만약 'M계획'에 기대할 수 없다면, 내가 개척한 일본 재계의 출자 팀에게 'M계획'과 분리해서 재검토할 수 있는지를 타진해볼 생각이야. 어쨌든 우리에겐 사쿠라 씨가 마련하는 자금이 있으니까. 일본 측 자금의 출자여부는 사실 중요하지 않아.

그다음은 자네의 시나리오야. 지난번 전화에서 이야기했던 내용과

모순된다는 건 잘 알지만, 근본적인 조건이 바뀌었어. 지금까지는 'M 계획'이 중심에 있었지만, 앞으로는 사쿠라 씨가 중심이 될 거야. 그리고 자네와 사쿠라 씨 사이에 대립하는 건 없지 않나. 해줄 거라 믿네."

"알았어." 나는 대답했다.

"좋아, OK. 다만 한 가지 각오해줬으면 하는 것이 있네. 영화 제작이 시작되는 단계에서, 우리가 대학 시절 곧잘 쓰던 말인데, 자네는 engager(참여)해줘야만 할 거야. 이건 시나리오를 완성할 때까지의 시간을 말하는 게 아냐. 어차피 시나리오는 크리스마스 휴가 때까지는 모든 관계자들에게 일본어와 영어로 만든 걸 보내줘야 해. 그러니 시나리오의 마감은 11월 말로 하고.

자네가 engager해야 하는 건 그다음부터야. 자네가 완성한 시나리오는 나와 사쿠라 씨를 포함한 새로운 프로듀스 팀, 촬영 스태프들까지 다 함께 비평할 거야. 자네는 몇 번씩이고 수정할 각오를 해줘야 해. 내년 초를 목표로 한다면 다른 일은 전혀 할 수 없을 테니까. 그걸 감안해서 engager해주길!"

4

응접실로 돌아오자 사쿠라 씨의 모습은 보이지 않고, 야나기 부인 혼자서 엷은 베이지색 캐시미어에 페이즐리 무늬가 도드라진 숄을 어깨에 두르고 서 있었다. 몬스테라 잎사귀들에 둘러싸인 청동 학의 깃털이 조각된 등을 쓰다듬고 있었는데…… 핏기가 가신, 딱딱하게 굳

은 얼굴로 뒤돌아보더니,

"쇼크를 받은 것 같아서 약을 먹고 좀 자라고 했어요. 저 사람은 기모노를 입으면 혼자서는 잠자리 준비도 하지 못해요. 그러면서도 시나리오 때문에 당신이 고모리 씨와 싸우지 않을까 걱정했어요.

괜찮다면 2층에 있는 침실까지 와주지 않겠어요? 열 살 때 고아로 미군에게 입양된 사람이라선지 동갑내기인 제가 봐도 가엾은 생각이 들어요. 힘이 돼주세요."

2층은 공용도로 쪽 부지를 타인에게 양도한 이후 콘크리트 담장이 새로 들어서는 바람에 경계선이 눈앞으로 다가와 있었다. 그 때문에 비좁아진 이쪽은 녹나무 거목에 둘러싸여 있었다. 무성하게 높은 가지 때문에 어둑한 복도를 지나자, 커다란 방문이 나타났다. 유리창이 둘러진 책장들이 천장 높이까지 올라가 있는 서재에 침대만 들여놓은 듯한 모습이었다. 칸막이로 가려져 잘 보이지는 않았지만, 삼면거울과 화장도구, 작은 탁자, 여러 개의 루이비통 여행 가방 따위가 삐죽이 튀어나와 있었다.

야나기 부인은 두꺼운 커튼을 살짝 젖히고, 그 앞의 환한 곳으로 키가 큰 책상 의자와 둥그런 경대 의자를 가져다놓고 우리가 들어온 문을 닫았다. 드러난 창 건너편은 녹나무 가지로 가득 차 있어, 한여름인데도 어둡고 추운 풍경이었다. 내가 등받이가 높은 의자에 앉자, 야나기 부인은 일단 둥근 의자에 앉았다가 누군가 자신을 내려다보는 것을 싫어하는 성격인지 다시 창틀에 등을 기대고 섰다.

"고모리 씨하고는 이야기 잘했어요?" 야나기 부인이 높은 목소리로 물었다.

"고모리가 사쿠라 씨에게도 말했을 테지만 생각을 바꾼 모양입니다. 'M계획'에서 독립해서라도 미하엘 콜하스를 사쿠라 씨의 계획대로 여성의 역할로 만들겠다고 분명히 말했어요.

저도 그의 제안에 따라 11월까지는 시나리오 초고를 완성하겠다고 약속했고요."

그때 사쿠라 씨가 우리의 대화에 끼어들었다.

"데이비드가 암에 걸렸기 때문에 고모리 씨가…… 동정하는 건지…… 제 생각에 동의해준 덕분에 문제가 사라지긴 했는데, 그 때문에 당신한테 시나리오를 재촉하는 것을 그대로 내버려두어도 되는 건지…… 생각하던 참이에요. 나는 당신의 어머니와 여동생에게 〈'메이스케 어머니' 출진〉에 대한 이야기를 들은 다음부터 그 이야기에 마음을 온통 빼앗겨서, 당신한테도 일방적으로 대수확이라고 떠들어댔어요…… 당신이 구상하고 있는 미하엘 콜하스 영화하고 부합하는지 어떤지 생각할 여유도 없이……"

"사쿠라 씨 이야기를 들었을 때도 그렇게 말했지만, 〈'메이스케 어머니' 출진〉에 대한 사쿠라 씨의 해석에 저 역시 깊이 공감했어요. 그 후로 제 희미한 기억 속에서, 할머니께서 애쓰신 보람도 없이 제가 들었던 단어의 파편들이 살아 움직이기 시작했지요. 저는 눈앞에서 흥분하던 사쿠라 씨를 통해 '메이스케 어머니'를 상상했습니다.

지금까지는 '메이스케'를 그림자처럼 뒷받침하던 젊은 어머니를, 미하엘을 보살피던 리스베트라 생각하면서 첫번째 봉기의 시나리오를 썼습니다. 두번째 봉기에서는 '환생한 메이스케'를 살뜰히 보살피는 나이 든 '메이스케 어머니'에게 집시 여인의 강인함을 오버랩했고요…… 그 두 이야기를, 아예 처음부터 '메이스케 어머니'를 지도자로 삼은 반란 이야기로 끌어낼 수 있을지, 한번 해볼 생각입니다. 어려운 작업이 되겠지만, 제 어머니와 할머니는 실제로 그 일을 해내셨고, 오두막 극장을 가득 채운 마을 여인들에게 감동을 주었으니까요……

그래서 저는 여름 동안 숲속의 고향으로 돌아가서…… 여동생도 일하는 병원에서 휴가를 얻을 수 있을 테니까, 연극 공연에 대해 어머니께 들은 이야기를 들려달라고 할 생각입니다. 사실 저는 제가 태어난 마을의 역사와 전승에 대해 여러 가지 방식으로 표현해왔어요. 여동생은 그것을 읽고 어머니의 입장에 서서 저를 비판해온 사람입니다. 그래서 저에게 미처 하지 못한 이야기가 많을 거예요. 하지만 사쿠라 씨의 영화에서는 '메이스케 어머니'를 여주인공으로 삼아 전체를 아우를 수 있을 테니, 여동생은 아마 적극적으로 도와줄 거라고 생각해요. 여동생은 간호사 동료들을 페미니즘 정신으로 단합시키려고 노력해온 사람이기도 하니까요.

와타나베 가즈오 교수 사후, 아내는 제가 무언가에 열중하는 모습을 볼 수 없다고 걱정하는데, 요즘의 저는 카드나 노트에 메모하는 사이에 두세 시간이 훌쩍 지나가는 걸 느끼고 있습니다. 전에도 일에 집중하지 못할 때가 종종 있었는데, 회복될 때는 지금 같은 느낌이 들면서 연구와 작업이 서서히 본래의 모습으로 돌아오더군요."

칸막이 건너편에서 천천히 움직이는 기척과 함께 향수가 아닌 살아 있는 여성의 향기로운 온기가 전해왔다.

"제가 워싱턴으로 돌아가 필요한 작업을 하는 동안…… 시나리오의 초고를 받게 될지도 모르겠군요."

"고모리가 재촉할 때마다 구체적인 내용을 보고할 생각인데, 그러면 그가 사쿠라 씨에게 곧바로 전달하겠지요."

"이제 마음이 편해졌지? 선생님은 내가 차로 모셔다 드릴 테니까 사쿠라 씨는 이제 좀 푹 자둬. 그렇게 될 거라고 생각하고."

"기분이 아니라 몸이 벌써 그렇다고 반응하고 있어. 너무 피곤해…… 하지만 지금 잠들면 고통스러운 꿈을 꾸게 될지도 몰라…… 늘 잠을 자면서 뒤엉킨 것을 풀려고 애쓰는 고통스러운 꿈을 꿔요. 그래서 한 가지 더 여쭤볼게요.

당신은 아까 마쓰야마 미국 문화센터에서 봤다는 영화 이야기를 했었죠? 데이비드가 찍었지만 실제로 저는 본 적이 없어 신경이 쓰여요. 시대극에서나 나올 법한 대사 같지만 기구한 운명을 겪은 영화인 거죠.

데이비드가 부대 변경 때문에 마쓰야마로 이동했을 때, 그는 문화센터의 시청각 담당에 배정됐어요. 그래서 데이비드가 찍은 영화들은 문화센터에서 관리했죠. 제가 민간 영화의 아역배우로 마쓰야마를 떠날 때, 「애너벨 리」의 영화를 그곳에 두고 온 것도 그 때문이죠.

강화조약이 발효되던 해든가…… 그 이듬해든가, 점령군의 일을 그만두고 도쿄의 대학에서 공부하던 데이비드가 마쓰야마 센터의 서적과 시청각 자료들이 함께 시의 도서관에 기증된다는 사실을 알고 여기저기 손을 쓰러 다녔죠. 필름 외에는 전문적인 기관에서 책임을 져야 한다면서요……

워싱턴의 대학이 그것들을 인수하게 된 게 우리가 그 대학과 인연을 맺게 된 계기인데, 말하자면 우리와 함께 대학으로 들어간 셈이죠. 그리고 데이비드가 그곳의 일본연구소에 자리를 얻은 다음부터는 그가 그것들을 관리하게 됐어요. 그래서 저는 몇 번이나 그 영화를 보고 싶다고 했죠. 그런데 데이비드는 점령군의 자료라서 정보를 공개하려면 일정한 기간이 지나야 한다면서 허락하지 않더군요…… 저는 그 영화 속에 늘 마음에 걸리던 부분이 있어요…… 실은 그것이 제가 나쁜 꿈을 꾸는 원인일 텐데, 그게 아직도 그대로인 상태예요.

당신은 열일곱 살 때 그것을 보셨는데, 제 얼굴을 기억할 만큼 유심히 보고 거의 마지막 장면 가까운 부분까지 자세하게 이야기해주셨잖아요? 제가 물어보고 싶은 건, 그때 제가 입고 있던 옷에 대해서예요. 카메라를 보면서 포즈를 취하고 있는 내가 어땠는지 기억이 안 나요. 찍다가 잠이 들어버려서……

개천 근처의 좁은 잔디밭 위에…… 제가 기억하는 건 잔디밭이라기보다 잡초가 우거진 좁은 길이었어요, 그곳에 새 옷을 입은 채 누웠는데, 옷이 더럽혀질까 봐 무척 걱정이 됐죠…… 당신 친구 분의 말을 빌리면 하얀……('하얀 관의라고 했어요. 관의란 단지 풍성한 옷이라는 뜻이었지만, 고로가 생각한 건 이탈리아 르네상스 시대 그림에 등장하는 처녀들의…… 흰 천을 단순하게 바느질한 의상의 이미지였을 거예요.') 관의를 더럽히지는 않을까……

게다가 풀들이 자라 있었지만, 사람들이 걸어다니는 길이라 한가운데가 뾰족이 솟아 있어 등이 따끔거렸어요. 몸을 살짝이라도 움직이면, 넌 죽은 아이야! 하면서 데이비드가 화를 냈죠.

지금 생각하면 그때의 데이비드는 마르고 신경질적인 청년이었지만, 제게 화를 내지는 않았는데…… 그러면서도 촬영을 멈추지 않았어요. 그러다 끝내는 GI들의 작업용 셔츠 주머니에서 종이봉투를 꺼내서 손톱으로 알약을 절반, 어쩌면 네 조각으로 쪼갠 다음 그걸 제게 먹였어요. 물이 없으니까 입 속에 침을 모아 삼키라면서……

그래서 저는 잠이 든 거예요. 하지만 공습으로 돌아가신 어머니한 테서 늘 제 잠버릇이 험악하다는 말을 들었기 때문에, 내가 땅바닥에서 몸을 움직이면 옷이 얼마나 더러워질까 무척 걱정스러웠죠. 눈을 떴을 때는 지프에 누워 있는 제 머리 옆에 아주 슬픈 얼굴로 가만히 고개를 숙이고 있는 데이비드가 앉아 있었어요. 옷이 엉망이 됐을 거란 생각에 겁을 먹고 고개를 번쩍 들었는데, 옷은 아침에 입은 그대로…… 하얀 관의여서 안심했죠. 그래도 뭔가 이상한 기분이 들고 신경이 쓰여서……

영화의 마지막 장면으로 넘어갈 때까지 제가 입은 옷은 깨끗하던가요?"

"깨끗했어요. 하나와 고로가 하얀 관의라고 힘주어 강조할 정도였으니까요."

"그렇다면 다행이에요." 사쿠라 씨는 깊은 한숨을 내쉬었다.

내 머릿속에는 고로의 스틸 사진에서 보았던 전라의 소녀가 떠올랐지만……

얼마 지나지 않아 사쿠라 씨가 잠이 들었는지 고른 숨소리가 들려왔다. 야나기 부인이 일어나 복도 쪽 문을 연 다음, 다시 돌아와 커튼 아랫자락을 안아 올리듯 하며 소리를 내지 않고 커튼을 쳤다. 계단을 내려가면서 야나기 부인이 내게 물었다.

"'I'는 죽은 애너벨 리의 몸에 이상한 짓을 하지는 않았나요?"

제3장

You can see my tummy.*

1

이듬해 3월 중순, 가마쿠라의 야나기 부인에게서 전화 연락이 왔다.

"사쿠라 씨가 4월 초에 일본에 올 거예요. 둘째 주 월요일에 고모리 씨가 모집한 영화 제작 스태프들과 상견례를 할 예정이라는데, 장소가 교토랍니다. 장기간의 시코쿠 촬영도 있고 촬영소 자체가 교토니까요. 그 점은 저도 실망스러워요. 그때쯤이면 선생님은 마지막 시나리오 수정 작업에 들어가 있을 때이고, 스태프와의 상견례에는 참석하시지 않는다지요? 그래서 사쿠라 씨는 개인적인 이야기도 있다면서, 둘이서만 만나고 싶답니다. 스태프들과의 모임 전날 교토에 가게 되면 선생님도 같이 가실 수 있을까요?"

"기꺼이 가지요"라고 나는 대답했다.

"그러면 저녁 식사는 사쿠라 씨가 안내할 거고, 둘째 주 일요일의 교토행 신칸센과 숙소를 (크지 않고 조용한 곳으로) 예약해주실 수 있을까요? 그런 준비에 익숙한 분은 아니시겠지만……"

나는 그러겠다고 했다. 야나기 부인이 지적한 대로 나는 그런 일에 적합하지 않은 사람이었기 때문에 출판사의 아는 사람을 통해 교토의 호텔을 수소문했는데, 마침 벚꽃 철이라 좋은 호텔은 모조리 만실 상태여서 겨우 스위트룸 하나만을 예약할 수 있었다. 그러나 꽃이 피는 상황에 따라 취소하는 사람이 나올 수도 있으니, 호텔에 도착해서 프런트에 이야기하면 된다고 했다.

개인적인 여행을 거의 하지 않는 데다 르포 취재나 강연을 갈 때는 관계자들이 준비를 해주었기 때문에, 나의 준비 상태는 어설프기 짝이 없어 당장이라도 말썽이 일어날 소지가 다분했지만, 도쿄 역으로 향하는 내 기분이 상당히 고조되어 있었던 것도 사실이다. 그 증거로 나는 30분이나 일찍 역에 도착했다. 열차를 기다리는 동안, 사쿠라 씨에게 보여주려고 가지고 온, 열일곱 살 때 구입한 『포 시집』을 읽었다. 잠시 후 차고에서 준비를 마치고 플랫폼으로 들어오는 '히카리 호'에 올라타서도 나는 계속해서 책을 읽었다.

문득 정신을 차리고 보니, 사쿠라 씨와 야나기 부인 일행이 창밖에 서서 내가 책에 몰두해 있는 모습을 바라보고 있었다. 그날 사쿠라 씨는 햇빛을 가리려는 실용성과 아름다움을 겸비한 커다란 모자를 쓰고 있었는데 자기현시적이 아니면서도 당당한 모습이었다. 옆에 서 있는 야나기 부인도, 여성용으로는 약간 큰 서류 가방을 들고 있는 하녀의 모습도, 형용하기 어려운 독특한 분위기를 풍기고 있었다. 그녀들 뒤에는 신칸센에서는 본 적이 없는 빨간 모자를 쓴 보이가 크고 작은 트렁크를 들고 서 있었다.

야나기 부인은 내가 짐을 받기 위해 플랫폼에 내려가려는 것을 재빨리 제지했다. 사쿠라 씨가 여유로운 태도로 차에 올라탄 다음 빨간 모자가 짐들을 선반 위에 올릴 때까지 나는 가만히 서서 바라보았다. 사쿠라 씨의 행동과 똑같이 느긋한 빨간 모자의 동작이 신선하게 느껴졌다.

야나기 부인이 전화로 알려준 지시는 아주 자세했다. 나는 그 지시에 따라 사쿠라 씨를 위해 그린 좌석 두 개를 예약했다. 옆 좌석에 핸드백과 자질구레한 물건들을 두는 공간이 필요하기도 했지만, 그녀의 어린 시절을 떠올리는 팬이 옆에 앉기라도 하면 곤란했기 때문이다. 나는 사쿠라 씨의 바로 뒷좌석 통로에 자리를 잡았다. 그녀에게 도움이 필요할 때 곧바로 달려갈 수 있도록. 내 옆의 창가자리에서는 두세 해 전 미국 대학의 단기 세미나에서 자주 눈에 띄던 스타일의 아가씨가 당시 주목받고 있던 비판적 베트남 전쟁 보고서라 할 수 있는 양장본 책을 읽고 있었다.

사쿠라 씨는 자리를 잡은 다음, 이야기를 나누지 않겠느냐고 내게 물어왔다. 나는 앞자리로 가서 먼저 사쿠라 씨 남편의 죽음을 애도하는 말을 건넸다.

그녀는 선글라스를 벗더니, 마치 뜻밖의 말이라도 한 것처럼 나를 빤히 쳐다보았다.

"당신은 일본 문학 연구자로서의 데이비드 마거색에게 관심을 가진 적이 있나요? ('직업은 물론 이름조차 몰랐습니다.' 나는 솔직하게 대답할 수밖에 없었다.) 당신과 함께 일을 하게 됐을 때, 나는 데이비드가 당신 작품에 대한 비평을 썼는지 알고 싶어서 워싱턴으로 전화를 걸었어요. 그의 태도는 이도 저도 아닌 중립적인 느낌이었지만, 초기 작품인 『싹 뜯고 아이 치기』만은 학부 세미나에서 사용한 적이 있다고 하더군요. 전문적인 연구 대상은 아니었다고 했지만요…… 데이비드는 그와 동년배인 킨* 씨나 사이덴스티커** 씨 같은 일본 문학 연구자가 아니었으니까요. 그런 선생님들의 제자들 세대가 당신의 작품을 번역하고 있죠."

"맞습니다. 저와 비슷한 연배의 존 네이선이라는 능력 있는 연구자가 해주고 있습니다."

"데이비드는 문학 작품을 번역하지 않았어요. 그의 모국어는 러시아어니까요. 힘들게 영어를 익히고, 그리고 일본어를 배웠죠. 군대에서 아주 열심히 공부했다고 했어요. 일본 연구의 제1세대 대가들과는 다르죠. 그래서 하버드나 프린스턴 출신의 젊은 수재들한테도 금방 밀려났어요…… 데이비드는 연구 생활에서 벽을 느꼈을 거예요.

어학에서라면 아주 우수한 교육자로 높은 평가를 받았어요. 저는 어린 나이에 그의 도움으로 영어 공부를 했는데, 학생으로서 아주 엄격하게 공부시켰어요. 그래서 지금 제가 일을 할 수 있는 거고요. 제가 귀국해서 바로 병문안을 갔을 때, 데이비드는 더 이상 일본 연구에 관심이 없었어요. 오히려 무거운 짐을 내려놓았다는 느낌이었죠…… 아직 50대인데, 학자로서는 너무 이른 죽음이지만, 나는 그가 아주 적절

---

* 도널드 로런스 킨(1922~), 미국인 일본 문학 연구자.
** 에드워드 조지 사이덴스티커(1921~2007), 가와바타 야스나리의 『설국』 등 일본 문학 작품의 번역을 통해 일본 문화를 널리 소개한 미국인 일본학자.

한 시기에 죽음을 맞이했다고 생각해요."

깊은 생각 끝에 내린 사쿠라 씨의 총괄 평가였고, 내가 예의상으로나마 마거색 교수를 애도하며 시간을 허비하지 않도록 배려한 듯했다.

그렇게 이야기하면서 사쿠라 씨는 빨간 모자가 가지고 온 트렁크와는 별도로 하녀에게 건네받은 서류 가방에서 멋지게 장정된 시나리오 책자를(내게 도착한 것은 일본어판과 영어판 두 권이었지만, 그것을 한 권으로 묶은 것이었다) 포개 앉은 다리 위에 펼쳤다.

"고모리 씨가 일을 잘 처리해준 덕분에, 'M계획'에서 영화를 찍게 돼서…… 당신은 시나리오의 프롤로그를 몇 차 나 수정해주셨어요. 'M계획'의 세계적인 통일성을 중시하는 뉴욕 사람들이 우리 영화가 미하엘 콜하스의 반란 이야기라고 정확히 이해할 수 있게 돼서 정말 안심이에요. 클라이스트의 소설에 등장하는 콜하스보다 훨씬 젊은 '메이스케'가 참신한 발상을 지닌 리더로 잘 그려졌어요.

마을에서 좀 떨어진 깊은 숲속에 야생마를 키우는 '사야'라는 곳이 있었다지요."

"'사야'는 제가 살던 마을의…… 지금은 이웃 마을에 합병됐지만, 숲의 고지대에 실제로 존재하는 장소죠. 커다란 운석이 떨어져 숲이 반으로 쪼개졌어요. 폭은 30미터 정도지만, 길이는 150미터나 됩니다. 새로 도입된 신제(新制) 중학교에서 사회 과목이 생긴 다음 맨 처음 자유 연구 수업 때 그것을 측정하러 갔었어요. 말하자면 저는 그런 세대입니다."

"저도 당신과 나이는 같지만, 미국 학교 학생이었죠." 사쿠라 씨가 말했다.

"그곳은 두 번의 봉기 중에서…… 유신 전에 일어난 봉기 때 '메이스케'가 번의 병사들을 공격하기 위한 전위부대를 훈련했던 장소라고 전해오고 있지요. '사야'의 북쪽 끝에 있는 샘이 마을의 강으로 합류하는 대나무 숲에서 봉기에 사용된 죽창을 만들었다고 합니다."

"전승이 많은 장소에서 젊은이들이 말을 키웠군요. 미하엘 콜하스가 라이프치히의 시장에 내다 팔려고 했던 말들처럼 '모두 다 살이 올라 윤기가 흐르는' 어린 말들을……

이야기는 픽션일지라도 전승이 있는 장소를 배경으로 삼으면 현실 같은 느낌을 주는 게 당신의 소설 기법이라고 하더군요, 고모리 씨가.

영화의 타이틀이 올라가기 전…… 젊은이들이 숲속의 신록이 우거진 곳에서 어린 말들을 뛰놀게 하고, 젊은 '메이스케 어머니'가 그 모습을 지켜보는…… 저는 그 장면이 참 마음에 들어요. 마을의 세금 때문에 곤궁에 처한 메이스케가 말 다섯 필을 끌고 강 아래의 성하 마을로 가는데, 환대는커녕 성대가로*의 아들에게 모욕을 당하고, 말은 몰수당한 채 몰매를 맞고 쫓겨나게 되죠. 그것을 계기로 궁지에 몰린 젊은이들이 일어서잖아요. 모욕을 당하고 쫓겨날 때 고갯길에서 성과 성하 마을을 뒤돌아보는 '메이스케'를 향해 도망친 말들이 따라오는데, 그 말들을 타고 봉기의 선두 그룹이 출진하게 되는…… 이 부분도 콜하스의 반란 이야기와 흡사하게 잘 만들어졌어요.

봉기가 시작됐을 때 '메이스케'의 어머니는 몇 살이었을까요?"

---

* 城代家老, 에도 근무 때문에 번주가 부재할 때 직무를 대신 맡아 하는 가신.

"여동생은 백 수십 년 전부터…… 마을의 관리를 맡아왔던 저희 집안의 당주일지를 읽었다고 해요. 이번에 봉기가 일어나기 전부터 여성에 대해 어떤 기술이 있는지 조사해주었는데, 열여섯 살의 처녀를 아내로 맞이했다는 기록이 있다고 합니다. 가령 이 여성이 열일고여덟에 첫아이를 낳고, 그 아이가 스무 살에 봉기에 나섰다고 한다면 어머니는 아직 30대가 되는 셈이죠.

그리고 '메이스케'가 일으킨 봉기는 곤궁에 빠진 농민들의 요구를 번의 지도층에게 전달했다는 점에서 성공했다고 볼 수 있어요. 그런데 번의 병사들과의 첫 충돌에서 50명씩 두 부대로 조직한 죽창부대로 철포부대를 뚫었어요…… 그 작전에서 번의 병사들을 죽였죠. 그때문에 '메이스케'가 사형 선고를 받게 된 건 어쩔 수 없었겠지만, 그는 사형을 당하기도 전에 옥에서 죽음을 맞이하죠. 죽기 전 '메이스케 어머니'가 그를 간병할 수 있었으니, 그녀가 '환생한 메이스케'의 어머니가 될 가능성은 충분히 있었죠."

"'메이스케 어머니'가 병으로 누워 있는 '메이스케'를 위로하는 대사가 참 좋아요. '만약 네가 죽는다 해도 내가 다시 한 번 널 낳아줄 테니 걱정하지 마라.'

당신은 '메이스케 어머니'가 자신에게 주어진 기회를 이용해 '메이스케'를 아버지로 삼아 '환생한 메이스케'를 낳았다고 생각하세요?"

"그런 전승이 있기는 하지만, 그렇게 되면 근친상간이 되니까, '메이스케 어머니'는 '메이스케'의 친어머니가 아니라는 말이 따라붙기도 하죠. 옛날이야기처럼 전해오고 있지만……"

"그래요? 친어머니라 한들 뭐가 나쁠까요?" 천천히 생각에 잠기듯

하면서 사쿠라 씨가 말했다.

　나는 사쿠라 씨가 전에도 똑같은 말을 했다는 걸 떠올렸다. "그래서 뭐가 나쁠까 하는 생각이 드는데요." 그때는 지금보다 훨씬 더 정중한 말투였다. 그러고 보니 지금의 나와 사쿠라 씨의 심리적 거리는 상당히 가까워져 있었다. 그 대사가 나온 건, 미하엘 콜하스의 봉기에 대한 루터의 첫번째 방문에 대해 이야기했을 때였다. "……그렇게 해서 네가 마지막에 도달하는 곳은 이승에서는 거열형과 교수형, 또 저승에서는 악행과 신을 모독한 죄에 대한 저주다."

　내가 사쿠라 씨의 시선을 느끼고 얼굴을 들자 그녀는 화제를 바꾸었다.

　"고모리 씨가 대학의 일본연구소 자료실에서 데이비드가 소장했던 것을 모두 반환받아줬어요. 지금 그것들을 고모리 씨가 정리하는 중인데, 저는 반환받자마자 '애너벨 리 영화'를 봤죠. 걱정했던 마지막 장면에서 저는 당신이 말한 것처럼 깨끗한 옷차림이더군요.

　20대 중반의 데이비드 목소리가 무척 그리웠어요…… 구절마다 잠시 사이를 두고 「애너벨 리」를 낭송하더군요. 그런데 마지막 구절 바로 앞에서 끊어졌잖아요? 그게 좀 이상하긴 했지만, 어쨌든 영화를 볼 수 있어서 다행이었어요."

　사쿠라 씨는 그렇게 이야기를 끝낸 다음, 시나리오를 서류가방에 다시 집어넣고 옷차림을 다시 하겠다는 듯한 몸짓을 했다. 나는 자리로 돌아와 창가자리의 미국 아가씨가 읽고 있는 책 너머로 산벚꽃 무더기가 하얗게 부풀어 오르고 있는 먼 산을 바라보았다.

　열일곱 살의 나 역시 8밀리의 '애너벨 리 영화'에서, 삽입된 시 낭송

이 갑자기 끊기고…… 구절 하나가 끝날 때마다 고로가 담당한 음악
도 멈추고…… 영화도 멈추는 바람에 혼자 영사실을 나온 다음에도
시집의 남은 구절을 안타깝게 바라보았던 기억을 떠올렸다.

For the moon never beams, without bringing me dreams
  Of the beautiful Annabel Lee;
And the stars never rise, but I feel the bright eyes
  Of the beautiful Annabel Lee;
And so, all the night-tide, I lie down by the side
Of my darling my darling my life and my bride,
  In the sepulchre there by the sea,
  In her tomb by the sounding sea.

달빛을 보면
아름다운 애너벨 리의 꿈을 꾸고
빛나는 별을 보면
애너벨 리의 아름다운 눈동자를 보네
바닷가
파도가 철썩이는 무덤가에
내 사랑 내 신부의 생명
멀리 떠나간 옆에 살아남아 있는 내 운명이여

2

나고야 역이 가까워질 무렵 베트남 전쟁에 관한 책을 읽고 있던 옆자리의 아가씨가 선반에서 바퀴가 달린 트렁크를 내리기 시작했다. 트렁크가 작아서 돕지는 않았지만 발밑에 놓인 트렁크를 통로로 끌어내리려면 내가 먼저 일어서야 했다. 일어선 나에게 아가씨는 영어로 말을 걸어왔다.

"앞자리에 앉은 여성은 사쿠라 오기 마거색 부인인가요?"

나는 그렇다고 대꾸했다. 아가씨는 트렁크를 한손으로 밀면서 한걸음 나서더니(다른 한 손으로는 여전히 책을 쥐고 있었다), 사쿠라 씨에게 말을 건넸다.

"당신은 사이공의 미국 대사관으로 피란한 베트남인 부인이 베트콩들이 집 안의 닭을 모조리 훔쳐갔다고 위엄 있게 말하는 장면을 연기했죠. 미군들에 의해 마을이 통째로 불타버린 농민보다 그 부인이 입은 피해에 더 동정이 가서 그런 건가요?"

"감독은 위엄 있는 베트남 부인을 연기하라고 했죠."

"그렇게 만들어진 영화는 정치적으로 올바른가요?"

"당신은 그 영화가 정치적으로 올바르지 않다고 느끼는 건가요?"

"나는 닭만 염려하는 부인에게 위엄을 부여하는 당신 연기가 올바르다고 생각지 않아요."

"그 영화를 만든 사람들은 미국의 행동을 우려하는 사람들이에요. 당신이 들고 있는 책의 저자 중 한 사람이 영화의 원안을 제공했죠. 그들이 내 연기를 불만스러워했다고는 생각지 않아요."

아가씨는 힘주어 트렁크를 밀면서 통로를 빠져나갔다. 사쿠라 씨는 그 여성에게 대답할 때와 똑같은 자세와 표정으로 눈을 지그시 감았다.

나는 교토 역에서 꽤 먼 택시 승강장까지 사쿠라 씨와 내 트렁크를 옮기느라 고생했지만, 호텔에 도착해서는 짐꾼이 입구에서 기다렸다가 사쿠라 씨의 영어 이름을 공손하게 호명하더니 짐을 옮겨주었다. 사쿠라 씨가 프런트에서 서명을 하고 내가 옆에서 이야기를 꺼내려고 하자, 그때까지 조금 떨어져 대기하던 지배인이 할 말이 있다는 표정으로 다가왔다.

이분을 위해 예약을 한 사람인데, 당일 이야기를 하면 예약이 취소된 방을 준비하겠다고 했다는 내 말에, 지배인의 대답은, 올해 벚꽃 철이 길어지리라는 예보가 들어맞는 바람에 지금 호텔은 만실 상태여서 예약을 취소한 방이 하나도 없다는 것이었다. 그리고 사쿠라 씨를 향해 이렇게 말했다. 그런데 조금 전 마거색 씨의 매니저인 고모리 씨에게 연락이 왔다, 오늘 밤 자신도 이 호텔에서 마거색 씨와 합류할 예정인데 방을 구하지 못했다, 또 한 사람 영화의 시나리오 작가도 호텔 방을 확보하지 못한 상태일 것이다, 그러니 미국과 유럽의 제작 현장에서 자주 사용하는 방법을 제안하겠다, 마거색 부인을 위해 예약된 스위트룸은 퀸 사이즈 침대 둘이 들어간 객실이라고 들었는데, 그중 퀸 사이즈 침대 하나를 싱글로 바꾸고 여유 공간을 만든 다음, 싱글 침대 하나를 더 거실에 넣어 세 사람이 각각 하나의 침대를 사용할 수 있도록 해줄 수는 없겠느냐고 했다는 것이다.

"부부 아닌 남녀가 같은 방에 들어가는 것이 아니라, 영화 제작 팀의 세 사람이 사용하는 것이기 때문에 작가와 여배우의 스캔들로는 비화되지 않을 거라고 하시더군요." 지배인은 사쿠라 씨가 웃기를 기대하는 모양이었다. "그래서 마거색 씨가 도착하기를 기다리고 있었습니다. 고모리 씨와 마거색 씨, 그리고 선생님 세 분이 좀 전과 같은 방식으로 객실을 사용하시는 걸 승낙하시는지요? 승낙을 받은 즉시 고모리 씨 제안대로 방을 준비하도록 하겠습니다…… 준비는 대략 다 되어 있습니다."

"그렇게 해주세요." 느긋한 말투로 사쿠라 씨가 대답했다. "고모리 씨는 언제쯤 도착한다고 하던가요?"

프런트 담당은, "열시에 도착할 예정이라고 했습니다"라고 대답했다. 사쿠라 씨는 그 청년에게 저녁식사를 할 예정인 식당의 예약 확인과 차량 준비를 주문했다. 그때까지 자신은 한숨 잘 생각이고, 선생님은 스위트룸의 거실에서 일을 하시거나 독서를 하실 테니, 세 사람의 숙박을 위한 준비는 일곱시에 자신들이 외출한 다음에 해달라고 말했다. 모든 일이 사쿠라 씨의 위엄 어린 지시에 따라 척척 진행되는 느낌이었다.

12층부터 특별실까지 운행하는 엘리베이터를 열쇠로 작동시킨 후 사쿠라 씨와 나를 똑바로 바라보지 않는 객실 담당의 여성을 보면서, 나는 객실 공유에 대해 의논하는 자리에서 자신이 배제되었다는 사실을 깨달았다.

"저희가 오늘 밤 교토에서 방을 구하지 못했다는 사실을 혹시 고모리가 확인했다 하더라도 사쿠라 씨는 그와 의논해서 대책을 세울 겨를이 없었을 텐데요. 당신과 내가 이 호텔에 도착하리라는 걸 미리 알고 있던 고모리가, 내가 당신의 스위트룸만 예약해놓은 걸 눈치채고 혼자서 모든 일을 처리한 것 같은데, 고모리는 당신과 내가 이 호텔로 온다는 사실을 어떻게 알았을까요?

저야 제가 묵을 방조차 미처 구하지 못한 상황이라, 고모리처럼 일을 처리할 생각도 못 했지만……"

"야나기 부인에게 전화해서 급하게 나와 연락하고 싶다고 하면 고모리 씨는 뭐든지 알아낼 수 있어요. 하지만 오늘밤의 고모리 씨는 자신이 당신에게 최대한 양보했다고 생각할걸요. 우리의 저녁식사에 끼어들지 않는 걸 보면……"

사쿠라 씨와 나는 스위트룸으로 들어갔다. 침실과 나란히 이어진 거실에는 응접세트는 물론 커다란 책상까지 구비되어 있었다. 안쪽 침실로 통하는 창가와 건너편에 달린 마호가니 문에서도 당당한 위엄이 느껴졌다. 사쿠라 씨가 침실로 들어가 (트렁크는 벌써 도착해 있었다) 샤워를 하고 잠든 사이 나는 혼자서 거실을 사용하고, 일곱시부터는 사쿠라 씨가 일본에서 영화를 찍던 시절 친하게 지내던 여배우가 경영하는 기온(祇園)의 요정에서 저녁식사를 할 예정이라고 했다. 손님용 화장실도, 화장대가 달린 드레스룸도 거실 쪽으로 붙어 있어 다행이라면 다행이었다. 나는 스웨터와 코르덴바지로 갈아입고 일을 시작했다.

신칸센에서 사쿠라 씨가 펼쳐보던 영어판과 일어판 시나리오는 작년 연말부터 나와 고모리 사이에서 수없이 주고받은 내용들이 반영된, 현 시점에서의 최종판이었다. 그것은 지난주 내게도 도착했다. 이번 미국 측 스태프들과의 협의에서 필요하다고 했던 두 권으로 장정된 영어판은 일단 확인이 끝난 상태였다. 교양학과에서 영어를 전공한 고모리가 협력한 영어판 번역본에는 내 일어판 시나리오에 대한 오역은 눈에 띄지 않았다. 다만 지나친 관용구의 남발이 뉴욕의 'M계획' 관계자들을 염두에 둔 통속적인 표현으로 느껴졌을 뿐이다. 그런데 지금 일어판을 펼치자, 각 페이지마다 제작 현장에 새롭게 투입된 젊은 영화인 그룹들의 참고 의견들이 파랑과 검정에 더해 빨강까지 동원한 볼펜으로 적혀 있었다.

그들이 검토를 끝낸 것은 아직 절반 정도에 지나지 않았지만, '메이스케 어머니'와 젊은 '메이스케', 그리고 폭동의 선두 그룹 사이에서 주고받은 대사에는 거의 줄마다 '너무 길다', '3분의 1로 줄이면 좋겠다'는 메모가 있었고, 여백에는 새로 쓴 예시문까지 하나둘 적혀 있었다.

나는 편집자에게 소설 원고에 대해 의미가 모호하다거나 어구가 중복된다는 지적은 종종 받았지만, 이렇게 아예 교체할 것을 요구받은 적은 없었다. 그런데다 이번 요구는 오로지 '짧게 하라'는 말로 집약되어 있었다!

나는 소설 문장의 퇴고라 불리는 수정 작업을 의식적으로 해왔다. 그러나 여기서 요구하는 것은 내가 지금까지 해왔던 성질의 것과는 다른 종류의 것이었다. 오로지 '짧게' 할 것을 요구하고 있었다.

나는 처음 그것을 보고 망연자실했던 것 같다. 생각해보면 이 일을 시작할 단계부터 대사 길이는 고모리와 사쿠라 씨가 우려하던 부분이 아니었던가?

나는 몇 개의 문장을 구체적으로 고쳐보았다. 그런데 놀랍게도 그 일은 아주 재미있는 작업이었다. 자신의 문체로 다듬어가는 수정 작업과는 또 다른 도발적인 자극이 있었다! 나는 그 사실을 발견하고 오히려 그 작업에 빠져드는 느낌이었다.

나는 젊었을 때부터 출판할 의도는 없었지만, 엘리엇과 오든의 시구를 혼자서 번역해보고 있었다. 우선은 글자 하나하나의 뜻을 충실히 따르는 데 심혈을 기울였다(그러다 보니 당연히 원시보다 길어졌다). 그다음은 문장을 짧게 줄여갔다. 나의 산문 스타일과는 다르지만, 가능한 한 의식적으로 구어체로 바꾸었다. 그러는 동안, 나의 내부에서 나오는 것이 아닌 새로운 목소리가 들려오기도 했다. 나는 서서히 자신의 문체의 변화에 이끌려갔다. 그 작업과 유사했다……

나는 정신없이 빠져들었다. 여섯시 반에 머리 바로 옆에서 울리는 (그렇게 들렸다) 벨소리에 깜짝 놀랐다. 사쿠라 씨가 침실에서 룸서비스로 부탁한 두 사람분의 커피가 배달되었다. 책상 옆에 놓인 커피를 마시면서 내가 깨달은 것은, 사쿠라 씨가 잠들어 있는 방 옆에서 세 시간이라는 긴 시간 동안, 이렇게 열심히 시나리오 수정을 계속하면서 마음을 어지럽히지 않은 채로 있을 수 있는 유일한 방법은 글을 쓰는 일이라는 사실이었다!

침실에서 나온 사쿠라 씨의 얼굴에는 신칸센에서 눈을 감고 있을 때 보였던 (그 나이에 어울리는) 피로한 모습이 말끔히 지워져 있었다. 와인색 니트 원피스에, 가마쿠라에서 마거색 교수가 중병에 걸린 소식을 들었을 때 야나기 부인이 몸에 두르고 있던 커다란 숄을 걸치고 있었다. 그리고 식사 후에 마루야마 공원의 벚꽃 구경을 가자고 말했다. 그 시간이면 이미 도착해 있을 고모리에게 신경쓰지 않는 듯한 사쿠라 씨의 태도에 유치하게도 나는 기쁨을 느꼈다.

저녁식사를 위해 안내받은 요정은 복잡하고 좁은 도로에서 차에서 내려 골목 안으로 더 들어간 곳에 있었다. 건물도 현관도 수수해 보였지만, 안으로 향하는 계단을 올라가 들어간 방은 조용하게 차단된 느낌이어서, 야나기 부인이 사쿠라 씨를 위해 찾아달라고 했던 호텔이 이런 곳이었을까 하는 생각이 드는 곳이었다. 대기실에는 나도 알고 있는 서양화가의 사방 1미터 크기에 글자 하나가 쓰인 액자가 걸려 있었다. 멈춰 서서 그것을 바라보는 나에게 사쿠라 씨는 냉담한 말투로 이렇게 말했다.

"데이비드를 여기 데려왔을 때, 그는 이것을 보고 글자라기보다 그림 아니냐고 하더군요."

그래서 나는 카펫이 깔려 있는 세 평 크기 공간에 옻칠이 된 높은 테이블 두 개가 잇대어져 있고 의자에 앉게 되어 있는 방으로 들어가서도 윗목에 걸린 족자를 자세히 살펴보지 않았다.

"손님들께서는 메이지 시대 고관들이 밀담을 나누는 방 같다고 하세요. 그것도 신토호(新東宝)에서 제작한 영화에서나 볼 수 있는."

여주인의 겸손한 인사말을 사쿠라 씨는 그냥 듣고 넘겼다. 마거색 교수의 죽음에 대한 여주인의 애도 표시에도 진심 어린 답례를 하는 것처럼 보이지는 않았다.

사쿠라 씨는, 둘이서 나눌 이야기가 있으니 이쪽 선생님께는 독쿠리 술병과 술잔을 큰 것으로 주고 (내게는 작은 것으로) 가끔씩 술을 더 가져다주면 된다고 말했다. 그리고 지시대로 저녁식사가 도착했다. 2층이었지만 아래 이 유리로 된 장지문 건너편에는 짤막한 복도와 그에 어울리는 담장으로 둘러싸인 정원이 있었고, 꽃이 조금 핀 벚나무

한 그루가 서 있었다.

내온 음식 중에서 내가 아는 요리는, 문을 열고서 바깥의 복도에 커다란 화로를 놓고 숯불로 (석쇠에 나란히 놓아) 구워준 잉어 비슷한 민물 생선과, 마지막에 나온 자라탕 정도였다. 사쿠라 씨는 마치 육체노동자가 필요한 에너지를 섭취하듯 잠시도 쉬지 않고 열심히 먹었다. 그렇게 식사를 하면서 내게 말할 기회도 주지 않고 그녀가 털어놓은 마거색 교수와의 결혼생활과 '애너벨 리 영화'에 이르기까지의 이야기는 나를 사로잡았다.

언제나 잘 준비된 것들을, 듣는 사람 입장에서는 갑자기 핵심으로 들어간다는 느낌을 주듯 시작하는 사쿠라 씨 특유의 방식대로 이야기를 이어갔다. 나중에야 깨달았지만, 사쿠라 씨는 고모리에게 했던 이야기를 다시 한 번 내게 되풀이한 것이었다.

"작년 가마쿠라에서 데이비드가 암에 걸렸다는 소식을 듣기 직전에 나누었던…… 그다음으로 이어지는 이야긴데, 야나기 부인이 『롤리타』의 첫 부분을 가지고 이런저런 이야기를 했죠. 야나기 부인은 「애너벨 리」에 나오는 소녀와 시의 화자인 소년이 육체적 관계를 가졌는지 어땠는지 무척 궁금해했죠. 그래서 소년 험버트의 '홀'이라든가, 소녀 애너벨의 '꿀물' 같은 노골적인 이야기를…… 게다가 의미심장한 투로 '영원한 처녀'라는 말까지 입에 담았죠. 그러면서도 야나기 부인은 나와 둘이서만 있을 땐 그런 얘기를 절대로 입 밖으로 꺼내지 않는답니다. 내 쪽에서 거부하니까요. 우린 열 살 때부터 친구였기 때문에 불쾌한 부분도 있고, 정말로 부끄럽게 여겨지는 부분도 있으니까요……

솔직히 말해서 나는 성장하면서 수많은 남자 친구가 생겼어요. 서로 안고 키스하는 정도라면 얼마든지 했죠. 그리고 배에 닿는 딱딱한 흘의 느낌이나, 허벅지까지 꿀물 범벅이 되어 차가워지면 아주 싫은 기분이라는 것도 알았어요. 타인에게 할 이야기는 아니라고 생각했지만요…… 이 나라 영화계에서 아이돌이던 시절에도 그랬으니 미국으로 건너갔을 때는 더했죠. 그런데 어느 날, 다니던 고등학교의 남자아이와 소파에서 서로를 애무하고 있을 때, 순간적으로 날카로운 통증을 느꼈어요…… 그러자 억누를 수 없는 공포에 사로잡혀 내가 그 남자아이를 다치게 하고 말았죠. 결국 남자아이의 부모님이 데이비드를 고소했고 결국 데이비드는 졌어요. 자세한 판결 내용은 잘 모르지만.

실은 그걸 계기로…… 내가 할리우드에서 일하기 위해서이기도 했지만…… 무엇보다 강제송환을 피하기 위해서 데이비드와 결혼했던 거예요. 열 살 때부터 데이비드는 날 보호해주었고, 어렸을 때는 내가 넓은 집을 무서워했기 때문에 같은 침대에서 잠들었어요. 성장한 다음에도 데이비드의 일본 취향에 맞춰 목욕탕도 일본식이라서 목욕도 함께 했죠. 결혼하고 침실을 같이 사용하는 데 저항감은 전혀 없었어요. 실제로 결혼하고 나서도…… 어렸을 때와 똑같이 같은 침대에서 잤지만 그는 아무 짓도 하지 않았어요. 그게 자연스러웠죠. 내가 잠들 때까지 그냥 껴안고 키스만 했어요…… 내가 어렸을 때와 똑같았죠.

그러면서 2년, 3년 결혼생활이 계속되자 데이비드가 강요한 것도 아니고 내가 의도한 것도 아닌데 자연스럽게 애무 방식이 달라졌어요. 처음에는 데이비드가 손으로 내 배와 허벅지를 만지기만 했는데, 어느 때부턴가 내 몸이 자연스럽게 움직이기 시작해 그의 손과 손가락을 그 부분으로 끌어당겨 애무하게 했어요. 애무하는 건 데이비드였지만, 뭐랄까 그립고 편안한 느낌 때문에 언제까지나 애무하도록 한 것은, 다름 아닌 나였어요……

물론 나는 우리가 하는 행위가 부부간의 마땅한 성관계가 아니라는 건 잘 알고 있었어요. 그리고 그렇기 때문에 나는 신 앞에 부끄럽지 않다고 생각했어요. 성적 지식은 충분히 있었으니 그런 판단을 했던 거겠죠. 아무리 오랫동안 애무를 해도 데이비드는 내 안으로 들어오지는 않았으니까요.

그리고 시간이 더 흘러 아주 우연히 시작됐는데, 내 손이 데이비드의 성기를 감싸면 데이비드가 내 손을 붙잡고 움직이게 하는 새로운 행위가 시작됐어요. 처음에는 내 배나 엉덩이 위로 액체 같은 것이 떨어졌는데…… 그러면 내 쪽에서도 그저 잔잔하게 이어지던 감정이 고조되어 아아 하는 소리가 나왔어요. 그런 다음에는 다시 껴안고 평온하고 조용하게 잠들었어요. 그 일이 습관처럼 되자 데이비드가 내 배나 허벅지, 엉덩이에 떨어뜨리는 물방울이 내 감정에 필요한, 어떤 단계를 나타내는 증표였기 때문에, '해!' 하고 내가 재촉하기까지 했어요.

……데이비드와 나의 결혼생활은 이런 식으로 오래오래 지속됐어요. 그건 우리에게 참으로 편안한 결혼생활이었어요.

내가 당신을 만나 '애너벨 리 영화' 이야기를 들었을 때, 마지막 장면에서 땅바닥에 누운 내 옷매무새가 어땠는지 집요하게 물어봤었죠. 그건 내가 어렸을 때부터 늘 꾸던 무서운 꿈이 어쩌면 '애너벨 리 영화'의 마지막 장면과…… 어떤 방식인지는 희미해서 알 수 없지만…… 관계가 있다는 생각 때문이었어요. 무서운 꿈이긴 했지만, 그것이 어떤 것인지는 알 수 없어요. 꿈의 정체가 두렵고 끔찍한 것이라는 걸 알고는 있지만, 도대체 무엇이 어떻게 두렵고 끔찍한 것인지 알지 못했어요. 정말로 상상할 수도 없었죠. 알 수 없는 것을…… 아무리 꿈이라 해도 구체적으로 상상할 수는 없잖아요? 꿈속에서 뭔가를 희미하게 상상한 것 같았는데, 잠에서 깨어나면 머릿속에 남은 것은 다만 무섭고 잔혹했다는 감정뿐이에요. 꿈에서 깬 다음 꿈속에서 이러이러하지 않았을까 아이다운 상상력을 동원해 생각해볼 뿐이었죠.

그래도, 아니면 그렇기 때문에, 언제까지나 무서운 감정만 남아 있는 꿈, 내용은 모두 사라져버린 그 일이, 내가 정말로 경험한 것인지 아니면 공상한 것인지, 그 공상이라는 것도 수많은 꿈들을 억지로 되살려본 후에 얻은 아주 유치하고 보잘것없는 결과일 뿐…… 어쩌면 그 비밀의 실마리가 '애너벨 리 영화'에 담겨 있는 건 아닐까, 그것이 내가 오랫동안 마음속에 담아온 걱정거리였어요. 그런데 고모리 씨가 가지고 온 '애너벨 리 영화'를 보니 당신이 이야기해준 그대로였어요. 깨끗한 옷을 입은 애너벨 리가…… 하얀 관의를 입은 열 살의 내가 조용히 누워 있을 뿐이었어요……

그래서 마침내 데이비드가 그 8밀리 필름을 내게 보여주는 데 적극적이지 않았던 이유를 알 수 있었어요. 그건 두려울 것도 참혹할 것도 없는, 그저 아름다운 옷을 입은 소녀가 누워 있는 '애너벨 리 영화'였으니까요. 내가 왜 그렇게 집착했는지 데이비드는 이해하지 못했겠죠. 그 사람은 비논리적인 것을 싫어했어요.

그리고 당신이 말해주지 않았다면, 나는 데이비드의 금지령이 풀린 지금도 그 8밀리 영화를 볼 용기가 없었을 거예요. 그만큼 나는 두렵고 끔찍한…… 불확실한 꿈의 노예로 살아온 거예요……

　그로부터 풀려난 것에 대한 감사의 마음을 전하고 싶어서 고모리 씨와 당신에게 이 이야기를 하는 거예요."

3

　나는 지금까지, 그런 장소에서(다다미 위에 카펫이 깔린 방에 마주 앉아) 그런 식으로 한 여성의 비밀을 들어본 적이 없었다…… 그 기나긴 이야기가 끝나자마자 사쿠라 씨는 내게 벚꽃을 보여주겠다는 계획을 실행에 옮기려고 했다. 좁은 골목길 밖으로 난 수많은 사람이 오가는 길 한가운데로 자동차가 지나갔다. 길은 밝지만 그 위로 두꺼운 어둠의 장막이 짓누르듯 내려앉아 있다. 그 같은 공간은, 전 세계 부락들을 조사하는 친구의 이야기에서 들었던 공간처럼, 교토 거리에 익숙하지 않은 내게는 낯선 것이었지만, 동시에 왠지 모르게 예전부터 익숙한 듯하면서도 현실감이 느껴졌다……

　나는 자신의 이런 감정을, 식당에서 기나긴 이야기를 할 때와 전혀 다르게 어두운 차 안에서 침묵을 지키고 있는 사쿠라 씨에게 말했다. 특히 지금의, 이 거리의 느낌이 그렇다고. 그리고 이런 불확실한 감상을, 치카시가 아닌 다른 여성에게 말하는 자신이 유쾌하게 느껴졌다. 말하자면 나는 취해 있었다. 게다가 사쿠라 씨의 반응은 나의 유쾌함을 그대로 유지시켜주었다.

　"나도 그래요. 익숙지 않으면서도 뭐랄까 예전부터 안 것 같은 느낌이에요. 멕시코에서도 이런 감정을 느낀 적이 있어요……"

그로부터 반년이 지난 후 내가 멕시코시티에서 혼자 생활하면서, 시의 중심 광장에서 택시를 타고(심야였기 때문에 요금은 미터와 무관하게 비쌌다), 대학도시에 있는 숙소로 가기 위해 인수르헨테스 남쪽 도로에 나가려고 했을 때, 복잡한 길에 사람들은 많았지만 어둡고 머리 위로 내려앉은 칠흑 같은 거대한 어둠의 고요 속에서, 아아, 지금 멕시코에서 느끼는 이 감정을 교토에서 먼저 느꼈던 거구나, 하고 당시를 떠올렸다. 사쿠라 씨의 반응은 신기할 정도로 정확했던 것이다.

그리고 또 시간이 흘러 이 글을 쓰고 있는 지금, 교토의 그날 밤, 차를 세운 곳에서 마루야마 공원으로 내려가는 길의 혼잡함은, 크기는 작지만 멕시코에서의 그 광장과 비슷한 느낌이었음을 떠올리고 있다…… 그때 나는 사쿠라 씨와 함께, 조명을 받은 벚꽃 노목의, 인간의 알몸처럼 생생한 나무줄기에, 늘어질 대로 늘어진 절정기의 벚꽃보다 더 깊은 인상을 받고서 완만한 언덕길을 내려와 한 바퀴만 빙 둘러본 다음 그냥 호텔로 돌아갔다.

그것으로 사쿠라 씨와 나의 가장 친밀한 시간은 끝이 났다! 택시가 호텔로 들어서자마자 지배인이 기다렸다는 듯 달려왔다.

"마거색 씨께서 다소 불편하시겠지만…… 저희가 할 수 있는 최선을 다해 준비를 마쳤습니다. 퀸 사이즈 침대 하나는 서양식 칸막이로 둘러막아 독립된 1인실처럼 꾸몄으니 편안하게 쉬실 수 있을 겁니다.

고모리 씨가 관대하게 이해해주셔서…… 세계적인 프로젝트로 영화를 만드신다지요. 조금 전부터 방에서 기다리고 계십니다. 저희 사장님께서 마거색 씨께 꽃과 샴페인과 과일을 보내셨습니다."

"술은 충분히 마셨으니 나는 바로 잠자리에 들겠어요." 사쿠라 씨는 이야기를 짧게 마무리지었다.

객실 담당 여성의 안내로 사쿠라 씨와 내가 스위트룸에 들어갔을 때, 침실 문은 욕실과 세면대, 화장실 쪽으로만 열려 있었다. 거기서 급하게 옷매무새를 가다듬고 있던 고모리가 우리에게 인사를 건넸다. 거실은 싱글 침실로 꾸며져 있었다. 사쿠라 씨가 침대 옆 테이블에 놓인 미네랄워터를 선 채로 컵에 부어 마신 다음 물병을 내게 내밀었을 때, 윗옷 소매에 팔을 집어넣으며 나온 고모리가 이렇게 말했다.

"우리는 당신이 잠자리에 들 때까지 바에 가서 한잔하겠습니다. 사쿠라 씨의 침실은 준비가 다 됐어요. 내 침대는 이쪽 침대와 똑같은 싱글로, 시녀 대기실처럼 욕실 벽에 딱 붙여두었으니 거기에 누우면 사쿠라 씨의 침대는 하나도 보이지 않습니다."

"고모리 씨, 오늘 밤 선생님에게 당신이 대학에서 가져와 본 8밀리 필름 이야기를 했어요. 내가 깨끗한 옷을 입은 채 잠든 모습이었다는 걸…… 그래서 뭐랄까 해방된 느낌에 나와 데이비드의 결혼생활, 그리고 그 이후의……당신한테도 다 말했죠……일들도 선생님께 다 이야기했어요."

"다요?" 고모리는 무척 놀라는 듯했지만 사쿠라 씨는 유쾌한 태도로 그의 말허리를 잘랐다. (나는 그녀 역시 취했음을 알 수 있었다.)

"선생님에게 왜 그런 말까지 했느냐고 당신이 묻는다면, 이번 영화의 프로듀서로서 배려심이 부족하다고밖에 할 수 없군요. '메이스케 어머니'가 젊은이들을 격려하는 장면에서부터, 오가와하라의 봉기, 성하 마을로 향하는 소수 부대의……미하엘 콜하스도 처음에는 수십 명

소규모였죠……야밤 돌격 작전까지, 그녀를 모든 장면에 등장하는 밝은 여성으로 표현하고 싶어요. 그걸 작가 선생님이 정확하게 인식해주셨으면 좋겠어요. 그래서 다 이야기한 거예요. 만약 나를 그저 점령군 장교의 성적 노리개였던 소녀로만 본다면, '메이스케 어머니'를 그런 여성으로 쓸 수는 없잖아요? 물론 성대가로와 그 아들의 부정에 대항해서 투쟁하는 과정에서 '메이스케 어머니'는 슬픈 운명을 짊어지게 되지만, 그건 그것대로 괜찮고, 연기도 충분히 해낼 거예요. 최종적으로는 혼령으로서의 표현도 있으니까요. 하지만 출발 지점의 '메이스케 어머니'는 밝은 30대 여성이란 말이에요.

그래서 선생님이 데이비드와 나의 관계를 보다 정확하게 알아주었으면 좋겠다고 생각했어요. 보호받고 귀여움 받으며 성장한 뒤 어른이 되면서 자연스럽게 결혼까지 했고…… 그러면서도 성적인 관계에서는 소녀 같은 행동을 끝까지 고수할 수 있었던…… 완전히 자립적인 여성으로 이해해주길 바라는 거예요. 더구나 선생님하고 알고 지내면서 야나기 부인이 앞장서서 나에 대해 가엾은 고아 이미지를 심어주려고 하니까……

내가 '애너벨 리 영화'를 기억해주셔서 감사하다고 한 건 이런 이유 때문이에요!"

그런 다음 사쿠라 씨는 갑자기 고모리의 옷차림을 보더니 웃음을 터뜨렸다. 사실 잠깐 눈을 붙이고 깨어난 고모리의 모습을 보고 나는 대학 시절로 되돌아간 듯한 그리운 감정과 우스꽝스러움을 동시에 느꼈다. 고모리는 사쿠라 씨와 나의 귀가 시간이 늦어질 거라고 생각하고 일단 잠을 자려고 했던 모양이다. 나중에야 내가 호텔에서 준비한 파자마를 입으려고 했을 때, 고모리의 옷차림을 비로소 납득했는데, 추측건대 내 몸집에도 헐렁할 정도의 파자마를 보고 그는 호텔에 교환을 요구했을 것이다. 그리고 가져온 것이 스위트룸에 머무는 외국인 가족의 어린이용 파자마였던 모양이다. 지금의 고모리는 아주 귀여운 레이스가 겹겹이 달린 파자마 위에 슈트만 걸치고 있었다. 거기다가 감은 채로 놔둔 머리카락은 대학 시절 모습 그대로, 소년처럼 아름다운 고모리 다모쓰의 모습을 되살려놓고 있었다.

술집 카운터에 나란히 앉았을 때, 우리, 정확히는 고모리가 아니라 나를 향해, 바텐더가 잠시 머뭇거리는 태도를 보였을 정도다. (만일 외국이었다면 분명 고모리의 나이를 물었을 것이다.) 고모리는 바텐더의 야릇한 낌새를 눈치챘는지, 아이리시 위스키 더블에 흑맥주를 추가로 주문했다. 그리고 연달아서 이쪽에도 같은 것을 달라고 다그치듯 말했다. 우리는 마거색 교수의 죽음 앞에서도 실의에 빠지지 않고 자신이 맡을 배역의 성격 창조에 적극적인 사쿠라 씨의 열정에 건배했다. 고모리는 더 이상 이야기할 것이 없는 듯, 그저 시간이 흐르기만을 기다리는 모양새였다. 맥주를 마시긴 했지만, 브랜드까지 지정한 위스키에는 손도 대지 않았다.

우리가 호텔 스위트룸으로 돌아왔을 때, 사쿠라 씨는 이미 잠자리에 들어 있었다. 고모리와 나는 말없이 각자의 침대로 들어갔다. 고모리는 안쪽 침실과 내 침대가 놓인 거실 사이의 문을 열고 도어스톱을 문 아래로 끼워넣었다. 이는 말하자면 그와 사쿠라 씨가 잠들어 있는 칸막이 안쪽과 나의 공간이 개방되어 있다는 뜻이었다. 그 때문에 나는 일이나 독서를 하기 위해 침대 옆 스탠드를 켤 수 없었다. 나는 한

동안 어둠 속에 가만히 누워 시간을 보내야 했다. 하지만 서고에 놓인 침대 위에 홀로 누워 지내던 불면의 밤과는 다른, 즐거운 감정이 함께 했다.

얼마나 시간이 지났을까. 귓전이라고 느낄 만큼 가까운 곳에서, 어린 소녀의 흐느낌 소리가 들려왔다. 이토록 겁에 질려 두려움에 떠는 어린 사람의 가녀린 목소리가 이 세상에 있을까 싶을 정도의…… 그건 말할 것도 없이 사쿠라 씨가 꿈속에서 흐느끼는 소리였다……

그때 차분하게 사쿠라 씨를 달래는 고모리의 목소리가 들려왔다. 그 후에도 울음소리가 그치지 않자, 조용하지만 어떤 결심을, 오히려 이쪽에서 눈을 뜨고 있을 (맞는 말이다) 내게 들으라는 것처럼 고모리가 말했다.

"하는 수 없군…… 그럼, 그쪽으로 갑니다."

나는 우리가 쌍둥이여서 그중 한 사람이 가고 있거나, 그게 아니라면 우리가 함께 해야 할 일을 그가 하려 하는 것 같은 느낌을 받았다. (조금 전에 내가 느낀 즐거운 감정의 이유를 납득했다.) 나는 어설프게 포개진 두 개의 베개 사이로 얼굴을 묻은 채 가슴속의 세찬 고동소리를 들었다. 어떤 기적들이 오래 이어지는 동안, 나는 짧게 잠에 빠져들기도 했다. 그러다가 여전히 어리게 들렸지만, 더 이상 훌쩍이는 소녀의 것이 아닌 그 나이에 어울리는 굵은 목소리가 이렇게 말했다.

"＊＊짱, 해!"

그 말을 듣고 나는 순간 침대에서 일어나려고 했다. 그런데 어리석은 나의 반응을 멈추게 만들 만큼 빠른 속도로 소녀의 (정말로 그렇게 들렸다) 거친 숨소리가 점차 커지는 듯하더니, 순간 차오른 것처럼 정지하면서 거의 동시에 사쿠라 씨의 지극히 여유로운 '아, 아' 하는 소리가 들렸다……

옆방에서 비쳐드는 엷은 빛에 눈을 뜨자, 건너편을 가로질러 가는 그림자가 세면대의 불을 켜고 휘황하게 반사하는 거울 앞에 멈춰 서더니, 다음 순간 욕실을 향해 걸음을 옮겼다……

부신 내 눈에, 불그레한 윤기가 흐르는 영국빵 두 덩어리가 간격을 두지 않고 꾹 눌린 듯한 엉덩이의 잔상이 남았다.

나는 세찬 샤워 소리를 들으면서, 오랜 옛날 하나와 고로가 슬쩍 쳐다본 다음 셔츠 윗주머니에 쑥 집어넣던 사진 속 소녀의 팔다리에 의존해, 일본인이 섭취해온 것과는 다른 종류의 영양을 오랫동안 섭취해온 성숙한 육체!를 떠올렸다.

4

눈을 뜨자 여덟시였다. 신칸센으로 오후 일찍 도쿄에 도착해야 한다. 나는 약한 빛줄기가 새나오는 곳을 향해 맨발로 이불을 밟고 다가가 빛이 들어올 수 있을 만큼만 커튼을 걷었다. 호텔에 도착해서 트렁크에서 꺼낸 것은 장정된 시나리오 책자와 필기구를 담은 주머니뿐이었다. 그것들을 끌어모은 다음 양복을 입고 구두를 신고, 더욱 고요해진 옆방의, 이쪽에서 비치는 빛으로 드러난 벽 쪽 침대를 들여다봤지만 두툼한 체구가 아닌 고모리가 모포 속에 누워 있는지 어떤지는 알수 없었다. 혹시 안쪽의 퀸 사이즈 침실로 옮겨간 채 그대로 밤을 지냈다면 더더욱 말을 건넬 필요가 없었다.

그대로 방을 나오면서 보니 문 바깥에 걸린 신문함이 비어 있었다. 트렁크를 들고 엘리베이터를 타고 내려오다 나는 문득 떠오르는 생각에 대식당이 있는 층에서 내렸다. 고모리는 조용히 내리는 비로 어두워진 창가에 다른 손님들과 멀찍이 떨어져, 언제나처럼 많은 양의 서양식 아침을 앞에 두고 앉아 있었다.

"어, 벌써 떠나는 건가? 우리는 점심식사 때 상견례를 하고 난 다음 (나야 커피만 마실 생각이지만), 그대로 협의에 들어갈 거야. 거기서 다루어질 중심 주제는 촬영 스태프들의 시나리오에 대한 비평일 테니, 내가 우선 그것을 정리해서 나중에 자네와 검토하도록 하지. 그러니 오늘은 더 있다 가라고 붙잡지는 않겠어."

"나도 그럴 예정은 없었어. 이번 교토 여행은 사쿠라 씨의 제안으로 내가 초대한 것이나 다름없으니, 자네한테 호텔비는 내가 계산하겠다는 말을 하려고…… 그래서 식당에 들른 거야."

"호텔비는 됐어. 스위트룸의 구조를 급하게 변경해달라고 했으니 자네가 예상한 금액보다 훨씬 비쌀 거야. 오늘부터 정식으로 시작되는 영화 제작 스케줄에 맞춰 나와 사쿠라 씨가 하루 일찍 도착했다고 예산을 올리면 돼. 어젯밤의 교토 요리만 사쿠라 씨가 준비한 것 같으니까 그녀가 계산하기 전에 프런트에서 해결해주면 될 거야."

나는 그의 말에 동의했다.

그리고 고모리는 사무적인 용건에서 화제를 바꿀 태세로 눈을 들어 나를 똑바로 쳐다보았다. 헤어스타일을 깔끔하게 정리한 고모리에게서는 (두발용품에 신경을 쓴 듯) 어젯밤의 소년 같았던 모습은 깨끗이 사라지고 완벽한 중년 기업가의 분위기가 풍겨났다.

"사쿠라 씨가 자네한테도 마거색 교수와의 결혼생활을 솔직하게 털어놓을 만큼 빠른 속도로 두 사람은 친밀해진 상황인데, 내가 자네를 제치고 행동한 거라고 여길지 모르겠군……지난밤의 일 때문에. 변명하고 싶지는 않아. 그때 자네도 잠들지는 않았을 테고 샤워하러 가는 사쿠라 씨의 뒷모습을 보았겠지?

사실 자네가 본 대로 그 나이에 그런 살결과 몸매를 지닐 수 있다는 게 무척 놀라운 일이지. 거기에 내 감상을 한 가지 덧붙이자면, 내 손가락 때문에 넘쳐흐르던 그녀의 분비물을 생각하면 마거색 교수는 성관계에서도 아주 행복한 사람이었을 거라는 거야."

"이제 그럼 나는 자네를 그 행복한 여운 속에 남겨두고 프런트에 들러 떠나겠네." 나는 고모리가 쏟아내려는 요설을 중간에서 끊었다.

고모리는 그때까지의 포커페이스가 무색할 만큼 사람 좋은 표정을 지으며 조금이라도 더 나를 붙잡으려고 했다.

"어쨌든 그렇게 됐어. 마거색 교수의 유품을 모두 회수한 다음 바로 사쿠라 씨에게 '애너벨 리 영화'를 보여주긴 했는데. 자네가 정확하게 기억하고 있었던 것처럼, 그녀는 자기 눈으로 자신의 모습을 확인했어. 오랫동안…… 스스로도 확신하지 못했던 의심을 이제야 떨쳐버릴 수 있겠다고 하더군. 그 해방감 때문에, 더 이상 걱정할 필요가 없어진 마거색 교수와의 반생을 나와 자네에게 털어놓을 수 있었던 거겠지. 그런데…… 사실은 하나가 더 있어. 그에 대해서는 차후에 자네에게 이야기하겠지만……

마거색 교수의 블랙박스는 참으로 독특한 컬렉션이더군. 그래서 나는 사쿠라 씨에게 보여줘도 될 것과 보여주면 안 될 것들을 꼼꼼하게 선별하고 있어. 그래. 그녀가 끝까지 모르는 채 지나칠 수 있는 것이 있다면, 결국 그것을 모르기 때문에…… 어여쁜 꽃장식으로 포장된 과거의 추억과 더불어 마거색 교수가 떠난 후의 새로운 삶을 살아갈 수 있다면, 그래서 뭐가 잘못이란 말인가?

오늘 아침 나는 일찌감치 일어나, 우리 영화가 성공리에 끝난 다음의 그녀의 여생에 대해 생각했어. 도쿄 대공습의 폐허 속에서, 자신들의 죄과를 치르는 단 한 사람의 미국 군인으로서, 고아 소녀를 비호해준 마거색 교수는 사쿠라 씨에게 없어서는 안 될 존재였을 거야. 그리고 그가 이제 세상을 떠났어. 그렇다면 이제부터는 내가 사쿠라 씨의 일이나 생활에 대한 보호자가 될 수 있지 않을까, 그런 생각을 했지.

그리고 생각해보면 참으로 기이한 인연이야. 내가 이런 이야기를 모두 털어놓을 수 있는…… 그리고 사쿠라 씨가 그토록 깊게 신뢰할 수 있는 의논 상대는 자네뿐이라는 거야. 어쨌든 시나리오의 최종적인 협의와 완료 시기에 대한 일정은 내 다시 연락하겠네. 일단은 지금 보내준 것에 대한 검토를 계속해줘."

5

도쿄행 신칸센에서는 마침 옆 좌석이 비어 있기도 해서, 나는 줄곧 시나리오 수정 작업에 몰두했음을 기억한다. 교토 호텔에서부터 시작한 대사를 줄이는 작업은 일단 원칙이 서자(그 원칙은 실제로 수정하는 동안 자연스럽게 터득되었다), 초고에서 2고, 3고를 거치는 동안 확신을 가질 수 없었던 대사의 문체화에 대한 어떤 확신이 생겨났다. 소설의 대화를 문체화할 때 '짧게' 하는 일은 그다지 중요하지 않지만, 시나리오 작업에서는 본래의 흐름을 해치지 않는 선에서 가령 대사를 '짧게' 하는 일은 반드시 필요한 작업이다. 실제 영화에서는 배우들을 통해 표현될 대사의 문체화는 대부분 그들의 연기가 관건이 될 것이다. 물론 연출가가 해야 할 일이기도 하다. 나는 머릿속으로 배우들의 연기와 감독의 연출을 상상하면서 작업을 했다. 그리고 그런 방식을 나만의 시나리오 문법으로 삼았다.

내가 이 문법을 충실히 따르면서 가장 우선적으로 한 일은, '메이스케 어머니'의 대사 수정이었다. 이제는 내가 '짧게' 만든 대사가 사쿠라 씨의 육체를 통해 표현되는 것을 상상하면서 검토할 수 있을 것 같았다. 발그레하게 빛나는 탄탄한 육체와, 부드러우면서도 탄력 있는 피부 위로 시대극 의상을 받쳐 입은 여성을 머릿속으로 상상한다. 그것을 통해 '메이스케 어머니'의 짧은 대사는 더욱 리얼리티를 띠는 듯했다(내 감각으로 말하자면 문체화되었다). 오랜 세월 동안 나의 내부에 살아 숨 쉬던 히나쓰 고노스케 번역의 「애너벨 리」가, 하얀 관의로 몸을 감싼 소녀의 사진을 통해 리얼리티를 띠고 문체화되었던 것처럼…… 나는 새로운 감정의 몰입을 맛보았다.

도쿄 역의 야에스 입구를 나와 내가 향한 곳은 간다 진보초의 헌책방 거리였다. 거기에 내 소설의 번역, 출판이 시작되고 난 다음부터 필요한 일을 처리해주고 있는 저작권 사무실이 있었다. 그곳을 맡고 있는 사람은 나의 오랜 친구다. 사실 저작권 사무실에서 맡아하는 일본

문학 작품의 수출은 수익을 가져다주는 일이라 할 수 없다. 그러나 그 친구는 간혹 생기는 복잡한 사무가 말썽을 일으킬 때도 단 한 번 불만이나 곤혹스러운 표정을 내비치지 않았다.

그런데 이날은 처음부터 불쾌감을 감추지 않았다. 그가 다루어야 할 일들이 불쾌한 것임을 알고는 있었지만, 그런 상황에서도 그는 늘 진지함 속에 여유와 유머를 섞어 표현할 줄 아는 사람이었다. 그런 그가 처음부터 언짢은 말투였던 것이다.

"미국 본토의 사정이야 어떤지 알 수 없지만, 요즘 영어판 사진집 중에는 아시아권 대도시의 여행자들이 호텔 매점에서 구입했다가 세관에 적발되는 것이 많다는군요. 열 살에서 대여섯 살 정도의 일본인으로 보이는 소녀나 어린 여자아이들을 카메라에 담은 구역질나는 사진집들이에요.

상당한 양의 컬렉션에서 일부를 뽑은 모양인데, 사진들이 찍힌 시기는 일본의 패전 직후예요. 그래서 컬러 사진은 많지 않은데, 흑백으로도 충분히 속이 메슥거리는 사진들이죠. 더구나 그 위에 볼썽사나운 색깔까지 입힌 사진들도 있어요.

요즘 유행하는 아동 포르노에 비하면 수위야 훨씬 약한 편이고, 한편으론 민속학적 자료로도 치부될 수 있겠지만, 모델 입장에서 보자면 견디기 힘든 일이죠. 그래서 더 구역질이 나요. 이런 것들을 수입해서 판매하는 근처의 전문가들 말로는, 이런 종류의 사진은 확신범적인 애호가들한테는 사실 보잘것없는 것이라더군요.

그런 일이 왜 선생님과 관련이 있느냐…… 책의 내용은 볼 필요도 없어요. 이렇게 큰 양장본으로 된 책인데, 겉표지 안쪽에 일본어와 영어로 나란히 쓰인 인용문을 한번 보세요."

나는 그것을 보았다. 그에 앞서 책 제목이 'You can see my tummy'임을 보고, 내 기억 속으로 부조리하고 더러운 손가락이 불쑥 침입해오는 느낌이었다……

'당신이 보고 싶다면' 하고 소녀가 목에 걸린 듯한, 상기된 가녀린 목소리로 말했다. '내 배를 봐도 돼요.'

'If you want to', the girl said in a shrill childish voice that caught in her throat, 'you can see my tummy.'

"보고 금세 아셨겠지만, 이 문장은 『싹 뜯고 아이 치기』에서 인용한 거예요. 영문의 인용 밑에 작은 활자로 'Nip the buds, shoot the kids'라는 제목과 함께 선생 이름도 영문으로 표기되어 있어요. 양심적인 인용이라는 걸 과시하고 싶었던 걸까요. 선생이야 당연히 모르고 계셨을 테죠. 우선 이 책에 기재된 뉴욕의 출판사가 실제로 존재하는 출판사인지 확인부터 해보려고요……"

나는 책 겉표지의 전체적인 디자인과 제목을 보면서, 기이한(그러나 불가능하지도 않은) 생각이 스쳤다. 사쿠라 씨는 마거색 교수가 내 작품 중에서 『싹 뜯고 아이 치기』만은 수업 중에 텍스트로 사용했나고 말했다.

마거색 교수의 개인 컬렉션이 담긴 블랙박스(고모리가 사용한 단어지만)에, 만일 그가 자신이 좋아하는 문장들을 타이핑해서 붙여두었다면, 그리고 그것을 책으로 만들려는 사람이 있다면, 그 문장을 인용해서 사진집의 제목으로 붙이는 일은 가능하지 않을까? 그렇다면 이 사진집과, 대학에서 돌려받아 고모리가 정리하고 있다는 마거색 교수의 블랙박스는 상관관계가 있을 수 있는 일 아닌가……

내가 그곳에 머무는 동안 친구는 결국 사진집을 펼쳐 보이지 않았다. 친구는 해외에서 출판된 다량의 일본 관련 서적이 매우 잘 정리된 통로를 지나 작은 엘리베이터가 있는 곳까지 나를 배웅해주면서 이렇게 말했다.

"나는 학창 시절부터 이 나라에서 점령군에 대한 민중 폭동이 단 한 건도 일어나지 않았다는 사실이 늘 마음에 걸렸어요. 만약 저 컬렉션의 사진들이 촬영되었을 당시……찍은 사람이 점령군 관계자라는 것은 몇 가지 소도구들이 증명하고 있죠……지금의 얼치기 젊은 애들과는 다른 당시의 학생들 손에 그것이 들어가 문제가 됐다면 어땠을까요?

선생님이 쓰고 있는 메이지 유신 전후에 일어난 두 차례의 폭동에 대한…… '미하엘 콜하스 영화'는 순조롭게 진행되고 있나요?"

제4장

'애너벨 리 영화' 무삭제판

1

다시 교토의 호텔을 근거지로 삼은 고모리는 시코쿠의 숲에 커다란 로케 장소를 설치하는 일로 나의 고향 마을을 방문하고, 필요한 교섭에 관한 중개 역할을 내 동생에게 부탁했다. 그리고 그 일이 대체로 잘되어가고 있다고 전화를 걸어왔다. 실제로 아사는 헌신적으로 일했는데, 그것은 어머니와 함께 만난 사쿠라 씨에게 호의를 품었기 때문이다. 고모리의 보고를 받고 곧바로 아사가 편지를 보냈기 때문에 전화를 걸어 확인해보니, 조정 작업 중에 근본적인 장애가 될 수도 있는 사항이 있었다. 여동생의 보고는 다음과 같았다.

'미하엘 콜하스 영화' 제작에 대한 기사는 중앙일간지에도 에히메의 지방지에도 났다. 곧이어, 마쓰야마의 대학교수가, 이 영화로 인해 자신들의 지역사에 관한 왜곡된 정보가 전국에 확산될 수 있다는 불안감을 지역 신문에 표명했다. 그 글이 지역의 교육위원회 멤버나 현지사와 가까운 현회의원(県会議員)에 의해 문제시되었다. 아사는 유지간담회라는 쟁쟁한 유력자들의 모임에 불려가, 장시간에 걸친 질의에 응답했다. 아사에 따르면, 비판들은 이전에 나에게 가해졌던 비판의 반복이어서 대답하기 쉬웠다고 했다.

대개 영화화 이야기가 나올 때 소설이 이런 식으로 널리 문제화되곤 하는데, 나는 역시 유신 전후로 일어난 두 번의 농민 봉기 중 하나에 대한 이야기를, 나의 할아버지 이야기를 통해 『만엔 원년의 풋볼』에 썼다. 그 소설을 영화로 만든다는 이야기가 나온 적이 있었던 것이다. 두 번의 봉기 중 첫번째 것은, 그 후 간행된 향토사(史)에 '오쿠후쿠 소동'이라고 이름 붙여진 봉기다. 아이였던 내가 할머니와 어머니에게 들었던 '오쿠후쿠 이야기'의 지도자 오쿠후쿠는, 게이오 2년(1866) 여름에 일어난 이 봉기에서 1만여 명의 농민을 집결시켰다. 할머니가 가락을 붙여 읊은 '넋두리'대로 농민들이 이웃 마을 양조장의 6척 크기 술통을 깨고 술을 쏟아버렸다. 그 내용도 향토사에 기술되어 있다. (여러분은 봉기에 나설 때, 기억해두어야 합니다! 술통 마개는 위에서부터 순서대로 부수어야 합니다.)

지방지에 나온 향토사가의 비판은, 지금도 스크랩해서 가지고 있다. 메이지 4년(1871)에, 폐번치현령(廃藩置県令)이 발표되자, 번주 대신에 대참사(大参事)라는 신체제의 수뇌가 부임해온 데 대해 저항하며, 두번째 농민 봉기가 일어났다. 그것은 분명한 실제 역사이다. 그런데 나에 대한 비판은 내가 전승에 따라 썼던, 야마모토 대참사의 무력 탄압에 대한 농민의 저항이 결국은 그를 자살로 몰아갔다는 해석이, 대참사의 아름다운 자기희생을 폄하했다는 것이었다. 그러면서 나도 모르는 곳에서 논쟁은 이어졌고, 영화화 계획은 사라졌다.

나는 다시 누이동생에게 전화를 걸어, 동생이 지금도 살고 있는 고향 마을의 반응에 대해 물었다. 새로운 반대론은, 근년에 일본교원노동조합의 세력이 퇴조하면서 활발해진 세력이 제기한 것이고 그들은 현의 중진들에게 지도를 받고 있다고 했다. 그냥 놔두면, 현이나 마을에서 로케이션 용지를 대여하는 데 대해 제동을 걸지도 모르니 이쪽에서 먼저 손을 써두면 어떨지, 즉 코기(생가에서 어린 시절부터 부르던 내 이름) 오빠가 유명한 소설을 쓴 것이고, 영화의 스토리는 어린 시절에 들었던 이야기를 토대로 상상한 것이며, 현의 역사적 사실과는 별개로 받아들여줬으면 한다…… 그렇게 요청하면 좋겠다고 동생은 말했다. 사실, 역사적 사실에 관해 말하자면, '오쿠후쿠 소동'의 주모자가 옥사한 것은 게이오 2년(1866) 이후의 일이니, 옥중에서 수태된 아이가 메이지 4년(1871)에 일어난, 두번째 농민 봉기의 지도자가 될 수는 없었다. '환생한 메이스케'가 어디까지나 전승에만 등장하는 영웅 이야기라는 것은, 누구나가 아는 이야기다……

"나는 그래서 사쿠라 씨도 감명받은 어머니의 연극 공연에 나오는 '쇼야(しやうや)의 넋두리'라는 것을 노인들에게 듣고 받아적는 일을 시작했어요. 우선 어머니에게 확인했더니 종이에 '쇼야(庄屋)* 넋두리'라고 써주었는데, 마을 일을 했다는 사람이 있기는 하지만, 우리 집이 쇼야였던 적은 없었지요. 만약 시나리오를 책으로 만들 일이 있어

---

* 에도 시대 마을의 사무를 맡아보던 사람으로 지금의 촌장에 해당함.

서 각주라든가 하는 것을 넣을 필요가 있으면, '쇼야(しやうや) 넋두리'라고 가나로 적어주세요. 실제로 이야기되는 내용도, '메이스케 어머니'가 우리는 이런이런 고통을 당해왔다, 더 심한 고통에 빠질 것은 뻔하니 차라리 봉기합쇼야*라고 호소하는 거고요…… 바로 그래서 '합쇼야 넋두리'거든요!

그리고 내가 넋두리를 받아적고 있는 사람들…… 연극을 본 기억을 갖고 있는 노인들 말인데요…… 그중에는 연극의 2막에 나오는 혼령이 된 '메이스케 어머니'의 '넋두리'가 그렇게 비참한 이야기였냐, 그렇게 울부짖고 소리치며 해야 하는 것이었느냐고, 노골적인 소리를 하는 사람도 있어요.

오빠는 무대에서 들은 이야기를 정말로 아무것도 기억하지 못하나요? 기억하고 있는데 말하고 싶지 않은 건가요?…… 넋두리 연기를 한 당사자인, 어머니는 그럴 것 같지만…… 이야기가 너무나 무서운 내용이어서 성장하기 전에 잊어버리려는 노력을 했고, 지금도 그때 일이 심리적으로 작용하고 있는 것 아닌가요? 그렇다고 한다면 그 제어 작용을 풀기 위한 실마리를 자신 속에 만들어주면 말이 샘솟을지 모르니, 내가 들은 노골적인 이야기를 말해볼게요.

농민들은, 봉기에서 요구한 사항을 받아들인다는 약속을 받아도, 자신들이 해산하면 '메이스케 어머니'와 '환생한 메이스케'가 처벌될 것을 염려하여, 오가와하라의 오두막에 남았어요. 대참사가 자살했다는 말을 듣고, 그렇다면 번주가 돌아오는구나 하고 잘못 생각하고 안심

---

* '쇼야' 중 '쇼'는 '……시다'라는 뜻이고 '야'는 강조어미. 촌락의 우두머리인 '쇼야'와 발음이 같아 쇼야의 넋두리이면서 동시에 합'시다'라는 '호소'의 뜻도 담고 있음.

하고 각자 마을로 돌아갔지요. '메이스케 어머니'는 자신들의 위험한 입장을 알고 환생한 메이스케를 데리고 숲속에 숨을 요량으로……여기에는 다른 해석도 있는데요……아무튼 산길을 올라갔대요. 그런데 '메이스케'를 박해하고 옥사하게 한 자들이……이미 영주 같은 건 제도상 없어졌음에도, 아직 소유한 토지로 힘을 지니고 있던 그의 아들 일당이 뒤쫓아왔대요. 그리고 '메이스케 어머니'를 강간하고, '환생한 메이스케'는 구덩이에 밀어넣고 돌로 눌러 죽였다고 해요……

코기 오빠는 『숲의 신비한 이야기』에 환생한 메이스케가 산으로 들어가서 언제까지나 어린아이로 살았다고 썼지요? 어린아이였던 자신이 들은 이야기가 너무나 참혹해서, 이야기를 판타지로 바꿔 기억한 것 아닌가요?

그렇다 해도, 저 역시…… 아직 코기 오빠가 수정하는 중이라고는 하지만, 완성된 시나리오는 고모리 씨한테 받아서 보았기 때문에, 라스트 신을 변경할 수 있다고는 생각지 않아요. 그저, 〈'메이스케 어머니' 출진〉이라는 연극의 제2막이, 이 지방 여자들 모두로 하여금 공연장을 가득 메우고 울며 소리치게 했다는 것의 비밀을 알고 싶다고 사쿠라 씨가 말해서, 청취록 만드는 일을 계속하고 있는 거예요. 사쿠라 씨가 이번 작품의 내면 연기에, 뭔가 참고할 것이 있으면 좋을 것 같아서요……

코기 오빠가 쓴 현재 결말 말인데, '환생한 메이스케'를 태운 말을 몰아 숲을 향하면서, '메이스케 어머니' 정도의 인물이 이후에 닥칠 고난을 모르고 있었을 리는 없어요. 그런 상황이 묻어나오는 연기야말로, 사쿠라 씨에게 어울리는 연기라고 생각하거든요…… 사쿠라 씨와 실제로 만나보고 가슴에 와닿은 것은…… 이건 연기와도 전혀 다른 건데, 사쿠라 씨에게서 자연스럽게 배어나오는 묵직한 슬픔의 무게였어요!"

2

아사가 말한 '메이스케 어머니'의 성격 창조에 대한 기대와는 별도로, 사쿠라 씨 스스로가, '메이스케 어머니'의 또 다른 측면을 시나리오에 쓸 수 있을지에 대해 고모리에게 그것을 인정하도록 하기 전에, 직접 나에게 듣고 싶다고 야나기 부인을 통해 타진해왔다.

영화 첫 장면이 될 숲의 '사야'에서 '메이스케'와 동료들이 기마 훈련을 실시하는 트레이닝이, 교토 주변 마장(馬場)에서 이루어진다는 이야기를 듣고 사쿠라 씨와 의논 후 야나기 부인이 견학하러 왔다. 당연히, 트레이닝은 '메이스케'역과 젊은 배우들을 위한 것일 터였다. 그런데 마장에 승마복을 차려입고 나타난 사쿠라 씨도, 운동 부족을 해소하겠다며 말을 탔다. 그 모습을 보고, '구로사와 영화'에서 승마 장면 코치로 없어서는 안 되는 대우를 받는 사람이 경탄했다. 멕시코 영화에 출연하던 시절 사쿠라 씨는 황야의 도적이라고도 혁명가라고도 말하기 어려운 젊은 사파타의 부인 역할을 했고, 남편과 부하들과 질주하는 장면에서 좋은 평판을 얻은 바가 있었다!

"그러니까, 고모리 씨에게, '메이스케 어머니'를 처음부터 적극적인 성격으로 설정하는 것은 가능하다고, 당신이 제안해주시지 않겠어요?"

'메이스케 어머니'를 전면에 내세우면, 첫번째 봉기의 시작, 성하마을을 향해 게릴라 활동을 행하는 '메이스케'와 동료들의 기마대에 '메이스케 어머니'를 참가시키는 것이 큰 무리 없이 가능하다. 뿐만 아니라 그렇게 설정을 바꾸어도 영화 전반부에서 '메이스케 어머니'는 '메이스케'를 지지하는 자들 중 한 사람이고, 대사도 없기 때문에, 시나리오를 다시 쓰는 일은 쉽게 해결된다. 나와 한 짧은 이야기를 통해, 이미 영화의 골격과 세부를 잘 이해하고 있는 고모리는 곧바로 받아들여주었다. 그것은 고모리를 다시 보게 한 일이었는데, 사쿠라 씨가 그런 진행 상황을 기뻐하고 있다며 전화를 걸어온 야나기 부인은, 고모리 쪽 역시 나를 다시 보고 있는 것 같다고 덧붙였다.

"이번엔 선생님에 대한 사쿠라 씨의 평가를 말씀드리자면, 데이비드의 진행성 암 통보를 받은 사쿠라 씨에게, 선생님은……고모리 씨도 그랬지만……사쿠라 씨 생각대로 영화 내용을 고치겠다고 약속하셨지요? 옆에서 듣고 있었는데, 선생님은 지금까지 쭉 '메이스케'를 뒤에서 돕는 역할로 '메이스케 어머니'를 해석해왔지만, 메이스케 어머니를 처음부터 반란의 공모자로 재설정하는 것은 가능하다고 들었어요. 그렇게 함으로써 두번째 반란의 '환생한 메이스케'를 지도하는 역할을 준비하는 것도 가능하다고 하셨다고요. 사쿠라 씨는 선생님이 캐릭터에 대해 깊이 구상하고 계시니까 고쳐 쓰는 작업이 캐릭터를 강화하는 방향으로 갈 것이라고 말하더군요.

고모리 씨에게 그렇게 전하니까, 그분도 추억 이야기를 해주었습니다. 자기는 고마바에서 지내던 스무 살 전후의 겐산로에게 묘한 흥미를 느끼기는 했지만, 그것이 장래에 무엇인가를 쌓아올리는 근거가 될 거라고는 생각지 못했다. 소설가 같은 직업에도, 그가 어디엔가 인용했던데 자크 마리탱을 거쳐 플래너리 오코너가 배웠다는 '살아가는 방식의 습관'이 있는데 고마바 시절 그 사람은 약간은 재미있는 구석이 있기는 해도, 수재조차 못 되는 시골 청년이었다. 그러고 보면, 바쁘게 일해오긴 했지만, 나에게는 '살아가는 방식의 습관'으로 이룩한 성과는 없는 셈이다 하고요……"

야나기 부인은 이처럼 거리낌 없이, 나아가 공정한 정보의 전달자로서, 치카시와도 사이좋게 이야기를 나누는 사이가 되었다. 5월 초에는, 치카시가 히카리에게 장미 화원을 보여주기 위해 가마쿠라 저택으로 데리고 가는 일까지 있었다.

야나기 부인은, 사쿠라 씨가 교토로 거점을 옮기고 나서, 늦게 도착한 영화 제작진을 보살피는 일과 함께 이제까지 지도해온 발레 교실에서 소녀들을 선발해서 훈련시키는 일도 하고 있었다.

'미하엘 콜하스 영화'에서 환상 장면으로, 환생한 메이스케를 둘러싸고 소녀들이 군무를 추도록 되었는데 그 춤 연습을 하러 오는 소녀들을, 영화 제작진인 카메라, 조명, 녹음의 3인조가, 광고자료로 찍고 있었다. 그들은 고모리가 함께 일해온 캐나다 국적의 3인조였는데, 치카시가 본 바로는, 특별히 촬영 플랜을 세워서 하는 일 같지는 않았다. 카메라맨은, 무거운 비디오 카메라가 아니라 라이카나 니콘을 몇 대씩 어깨에 메고 돌아다니면서 스틸 사진을 찍고 있었다. 야나기 부인은, 이 필립 A 청년과 프랑스어로 이야기를 나누면서, 그가 컬러 필름으로 찍은 장미 쪽이, 흑백 필름으로 찍은 소녀들 사진보다 작품으로서는 더 낫다고 말하고 있었다고 한다.

치카시는, 가마쿠라에서 돌아와 이삼 일 후에 야나기 부인이 보내온 장미 사진과 함께 히카리의 스냅 사진 한 장을 마음에 들어했고(그 촬영자가 곧바로 영화 제작을 큰 위험에 빠뜨렸을 뿐 아니라, 특히 그렇게 된 요인을 혐오하면서도 그 사진과 히카리의 스냅 사진을 따로 생각하는 것이 치카시의 성격이다) 30년이 지난 지금도 그 사진은 치카시의 침대 옆을 장식하고 있다.

스냅 사진은, 난로 굴뚝의 벽돌탑과 검은 격자틀로 나뉘어 있는 유리창이 한 시대 전의 분위기를 자아내는 본관과 통유리 새시가 둘러진 발레 연습장 사이에 있는 손질 안 된 장미넝쿨 숲에 서 있는 히카리를 잡아내고 있다. 등산모를 쓰고 배낭을 멘 히카리는 정면 비스듬히 위를 바라보고 있다. 그쪽에서 그를 매혹하는 소리가 나오고 있다는 것을, 치카시와 나는 금방 알 수 있다. 사진은 오른쪽 등 쪽이 찍힌 것이어서 옆얼굴밖에 보이지 않는데, 히카리는 왼쪽 팔꿈치를 내밀어 팔꿈치 아랫부분을 얼굴에 대고 있는 것이다.

만약 히카리가 눈을 가리지 않았다면, 그가 보았을 정경도 카메라에 잡혀 있다. 사진의 3분의 2는 유리 새시 너머로 보이는 소녀들의 군상으로 채워져 있다. 다름 아닌 하얀 관의를 입고, 서거나 허리를 굽히거나 하고 있는 한 무리의 소녀들이, 파스텔 스케치처럼 띠오른다. 거꾸로 그런 효과를 노리고 장미 화원 쪽에서 실내 사진을 찍던 필립의 시야에 히카리의 모습이 들어왔을 것이고, 그 모습이 그의 사진가다운 상상력을 자극해 찍혔을 것 같은 사진이다.

이 사진을 필립이 찍었을 때, 그와 치카시 사이에, 작은 논쟁이 있었다. 일본에 오는 지적인 외국인의 대부분이, 영어로 이야기할 때는 불특정 다수가 듣는 일에 신경쓰며 말하지만, 프랑스어로 말할 때는 제삼자의 감정을 거스를 것에 무신경하다. 치카시는 그렇게 말했는데, 그날 필립이 야나기 부인에게 한 말에 대해 치카시가 반박했고 그 일에 대한 사과 표시로 이 사진을 포함한 몇 장의 스냅 사진을 보낸 적이 있었던 것이다.

히카리가 무언가에 매혹되어 있는 모습을 발견한 필립은, 그 모습은 발레 연습장 소녀들을 몰래 엿보고 있는 것이고, 그것도 아주 많이 빠져 있는 모습이라고 말을 이으면서, 몇 장이고 사진을 찍었다. 그에 대해 치카시가 반박했던 것이다.

우연히 그때, 슈베르트의 즉흥곡집을 연주하는 피아노 소리가 들려왔다. (도착한 사진을 보면서 치카시가 나에게 그 말을 했을 때, 옆에서 히카리는 "작품 142의, E장조 변주곡이었습니다!"라고 말했다.) 발레 연습장에도 새 전자 오르간은 있다. 그러나 낡은 건물의 커다란 응접실에서 그랜드 피아노를 치고 있던 사람은, '미하엘 콜하스 영화'의 음악 담당자였고, 그는 감독과 함께 일본에 와서, 야나기 부인이 사쿠라 씨를 위해 마련한 침실을 임시로 배정받은 작곡가였다.

"히카리는 작은 화음 소리를 잘 들으려고 장미넝쿨 쪽으로 갔던 거예요. 그런데 유리 새시 너머를 엿보고 있는 거라면서 필립이 다 안다는 얼굴을 했기 때문에, 나는 히카리가 여자아이들의 나체에 가까운 모습은 싫어한다고 말했어요. 당신도 카메라맨인데, 찍는 대상의 표면만 봐서는 좋은 사진이 안 나오는 거 아닌가요?라고요. 그랬더니 그 캐나다 사람은 웃음으로 얼버무렸지만, 야나기 부인이, 밀착 정도를 보고는 내 말이 맞다면서, 필립에게 사진을 확대하게 해서 우리에게 보내주었던 거예요.

히카리는 피아노 소리가 들리는 쪽을 보고 있었지만, 왼팔로 눈을 가리고 있었고…… 주먹이 입 옆쪽으로 찍혀 있었지요. 전화 속 야나기 부인은 필립이 인정하고 풀이 죽었다고 웃으면서 말했는데, 웃을 일이 아닌 건, 발레 교실 학생들의 어머니들 쪽에서 필립이 찍은 사진에 대해 항의하는 목소리가 나왔다는 거예요……"

3

가마쿠라 경찰서에서 두 사람의 수사관이 찾아와서, 야나기 부인이 댁에 보낸 발레 교실 연습생들의 사진을 잠깐 빌려달라고 했다. 한 사람은 말이 많고, 또 한 사람은 침묵하는 2인조가 찾아와 경찰수첩을 잠깐 보여주고 시작되는 식의 그런 방문은 여러 해 전에도 한 번 있었다. 자위대원을 주둔지 안에서 사살했던, '적위군'을 자칭하는 남자를 숨긴 것으로 간주되는 교토 대학 조교의 아파트에서, 선생님 댁 주소와 성명이 쓰인 내부 문서 발송 기록이 발견되었는데 어떤 관계인지 묻고 싶다는 것이었다. 나는 솔직히 대답했다. 그런 식으로 급진적인 신좌파 이론가들은, 나를 '전후 민주주의 바보'라고 불렀다. 단속을 예상한 그들이, 트릭으로 만든 발송 기록에 내 이름이 들어가는 일은 있을 수 있을 것이다……

그러나 말을 많이 하는 쪽은 계속 떠들고, 조용한 쪽은 기분이 좋지 않은 듯 입을 다문 채로, 한 시간이나 더 머물렀다.

그 경험을 바탕으로, 이번엔 나도 시종일관 입을 다물고 있었다. 이미 야나기 부인에게서 그녀가 처한 곤경에 대해 보고받은 치카시는, 곧바로 필립의 사진 몇 장을 제공했지만, 히카리를 뒤에서 찍은 스냅 사진은, 수사 대상인 소녀들의 사진이라기보다는, 하얀 물체가 보일 뿐이라고 실물을 보여주었고 더 이상은 질문에 응하지 않았다.

그런데 야나기 부인이 한 말은 이런 것이었다.

영화 제작 팀은, 촬영 개시에 맞추어 가마쿠라의 저택에서 전원 교토로 이동했다. 오래되어 사용하지 않는 커다란 욕실이 필립이 촬영한 사진의 현상실로 배정되었는데, 문을 잠가놓은 채로 방치되어 있었다. 동남아시아 출신 하녀가 청소를 하기 위해, 야나기 부인에게 건네 받은 열쇠를 가지고 안으로 들어갔다. 욕실에 삥 둘러쳐진 줄에 널려 있는 (출발할 때에는 아직 마르지 않았을 것이다) 사진에, 무엇이 찍혀 있었던가.

사진을 보고 충격 받은 하녀는, 야나기 부인에게 보고하는 대신 같은 나라에서 일하러 온 친구에게 이야기를 했다. 친구는 스웨덴 총영사 집에서 일하는 하녀였다. 총영사 부인은 일본인이었는데, 아시아의 아동 매춘 문제에 열심인 활동가였고, 아동 포르노의 국제적인 추방 운동에도 관여해왔다. 그 하녀에게, 야나기 부인의 발레 교실에서 영화 촬영 준비를 하고 있는 카메라맨이 소녀들을 집요하게 촬영한다는 소문을 들었다.

야나기 부인 댁 하녀가, 총영사 부인의 명을 받아서 가지고 온 욕실의 모든 사진이, 발레 교실 어머니들에게 공개되었다. 가마쿠라 경찰서는, 그녀들의 고발을 수리했다. 야나기 부인도 참고인으로 조사를 받아야 했다.

다음날, 고모리가 교토에서 가마쿠라로 직행하여 서에 출두했고, 영화 제작 팀 책임자로서 이야기를 하게 되어 있었다. 그와 동행하여, 환상 장면 촬영 준비에 맞추어 홍보용 스틸 사진을 만들어온 의도를 설명하기로 한 필립이 약속한 신칸센 플랫폼에 나타나지 않았다. 어쩔 수 없이 혼자서 경찰에 도착한 고모리를 기다렸다가, 야나기 부인은 필립이 가나가와 현 경찰서에 임의동행을 요구받았다고 보고했다(그 순간, 판단이 빠른 고모리는, 한국에서의 예에 비추어 재차 '미하엘 콜하스 영화'의 촬영 중지를 각오했던 모양이었다).

필립은 짐을 호텔에서 갖고 나와, 이타미 공항에서 하네다 공항으로 날아가 국제선에 탑승할 준비를 갖추고 있었다. 그러나 하네다에 도착해 세관을 향하는 지점에서, 잠복해 있던 수사관에게 발각되었다. 대형 가방에서 여러 종류의 증거물이 압수되었다. 필립 A는 '미하엘 콜하스 영화'와 함께 아동 포르노 한 편을 만들어낼 수 있는 자료를 이미 모아놓고 있었다. 소녀들의 보호자들이 고발한 사실이 보도되면 'M계획'에 참가를 표명했던 일본 대기업은 발을 뺄 것이다.

"그러니, 자네는" 하고 가마쿠라에서 후지사와를 돌아 오다큐선 전철을 갈아타고 심야가 되어서야 세이조 학원역 앞에 두착한 고모리는 말했다. "세계적인 규모로 프로그램되었던 클라이스트 탄생 200주년 기획, '미하엘 콜하스 영화' 일본판 시나리오를 쓴 것뿐이다 하고만 말하면 돼. 그 외에 다른 것은 매스컴에 아무것도 말하지 말라고."

"내가 무엇인가 발언을 요구받는다고 해도, 자네가 말하는 필립 A

의 일에 대해서는 실제로 아무것도 몰라. 치카시가 프랑스어로 말하는 남자에게 히카리에 대한 성적인 암시를 받고, 반박했다지만, 치카시도 일부러 그 얘기를 할 만큼 매스컴과 교류해온 것도 아니고." 나의 대답에 고모리는 지령을 내리는 듯한 어조는 그만두었지만, 이쪽 생활에 끼어드는 이야기는 이어졌다.

"멕시코시티의 '콜레히오 데 멕시코'에서 '일본문화론'을 가르친다는 이야기 말이야, 시케이로스의 판화를 팔고 있는 장소를 가르쳐주었더니 자네가 마음이 동한 것 같더라며 사쿠라 씨가 재미있어 하더군. 그 얘기는 어떻게 되었지? 왕복 여비를 지불해주는 국제교류기금과 이야기를 진행한다고 치카시 씨한테 들었는데."

"시나리오를 탈고 후 넘기고 나면 이어서 할 일도 생각나지 않기에 이번 3월에는 멕시코에 갈 생각이었네. 그런데 자네가 촬영이 끝날 때까지 이쪽에 있으라고 해서, 가을 학기부터 반 년 동안 하는 걸로 합의했지. 그랬는데 또 영화 관계로 내년 3월까지 출발을 연기하게 되었으니 그 대신 두 학기에 해당하는 양을 혼자서 하는 걸로 이야기가 되고 있어."

"그것은, 아주 정해진 건가?"

"아니, 가을 학기부터 시작하는 게 그쪽은 형편이 좋은지…… 9월에 개강할 수 없느냐는 문의도 들어와 있지."

"그걸 받아들이면 어떤가? 그리고 가을 학기부터 시작한다 해도 여름이 끝나기 전에 멕시코시티의 기후에 적응하고 싶다고 하면 7월부터도 받아들여주겠지. 연봉이라면 급료는 변함없고, 숙소는 대학 패컬티 클럽일 테니까.

그 선에서 자네가 앞으로 한 달 안에 도쿄의 골치 아픈 일에서 해방된다는 방향으로 가자고. 그렇게 되면 나도 안심이니까."

"무슨 소리지?"

"나로서는, 자네와 치카시 씨와 히카리를 보도관계자들로부터 차단할 수 있는 환경에 두는 걸 궁리하는 걸세. 자네가 멕시코시티에 가면, 치카시 씨도 히카리도 도쿄에서 벗어나는 게 쉽겠지. 단적으로, 주간지 기자들이 세이조의 자네 집에 오지 않도록 하려는 거지."

"여러 가지 걱정해주는 것은 고맙지만, 나는 자네가 제작하는 영화의 시나리오를 맡았을 뿐이고…… 결국 치카시도 히카리도 관계는 없지 않은가?"

"자네는 욱하는 성질이라서, 분노를 터뜨려 주간지 같은 매스컴에 그들 하는 대로 휘둘리지 않을지, 그 점이 걱정되어서 말이야. 할 수 있는 범위 내에서 신속한 사태 해결을 꾀해보겠지만, 특히 치카시 씨와 히카리에게는 어떤 차원에서도 파장이 미치지 않도록 하고 싶어. 그러길 바라. 예를 들면 몇 장이고 찍는 동안, 히카리가 커다란 유리판 저쪽에서 옷을 갈아입는 여자아이를 보고 있는…… 적어도 그렇게 보이는 사진이 말이야, 그들 손에 이미 들어가 있는지도 몰라. 그들이 무슨 짓을 안 한다고는 보장 못 하니까. 자네 가족들은 생각만큼 안전하지 않네, 현상한 사진은 확보하고 있다지만 필름은 압수되었으니까.

게다가 나는, 해야 할 일이 너무나 많아. 사쿠라 씨가, 역경에 굴하지 않는 것은 고맙지만, 물러섬을 모르는 영화 정신을 가진 디바라서 말이지…… 사쿠라 씨에게, 그것도 두번째가 되는 건데, 이 영화 구상부터 취소하는 수밖에 없다고 설득해야 하는 대사업이 있어. 자네가

적극적으로 밀어줄지 어떨지와는 상관없이, 아무튼 같이 가주지 않겠
나?"

4

나는 곧장 고모리가 설정한 이 역경을 사쿠라 씨에게 어떻게 설명
할지를 논의하는 자리에 합석하기 위해, 야나기 부인의 저택을 향했
다. 나는 그날 오전, 멕시코시티행 출발 변경을 인정받기 위해, 국제교
류기금에 신청서를 내러 가기도 했다. 그것도 나와 비슷한 시기에 도
쿄대에 다니다가 외무성에 들어갔는데 기금 쪽으로 나가 있다는 관료
적인 남자를, 고모리가 시키는 대로 만나러 갔다. 고모리는 그 남자와
교양학과에서 친구였고 이번 영화를 위해서도 꽤 애써주었다고 들었
다. 고모리는 그에게 멕시코행 티켓을 빨리 내주도록 얘기가 되어 있
다고 했고, 그는 기분이 좋아 보이지는 않았지만 확실하게 수속을 해
주었다. 말하자면 고모리에게는 내가 영화 플랜의 무기 연기에 대해
클레임을 거는 일은 일어날 수 없었고, 사쿠라 씨를 어떻게 납득시킬
것인지가 문제로 남아 있었던 것이다.

그런데 그 모임에 고모리가 오기 전에 오라는 야나기 부인의 말을
듣고, 일찍 도착한 나에게, 사쿠라 씨는 시나리오 마지막 장면의 음악
부터 다시 생각하는 일에 대해 지겨워하지도 않고 이야기했다!

사쿠라 씨는, 상체 부분은 넉넉하지만 하체 부분은 몸에 붙게 디자
인되어 있어서, 그런 두 가지 특성이 입는 사람을 조화롭고도 편하게

해주고 있다고 느껴지는 마 옷차림으로 나타났다. 야나기 부인은 옆에 서서 그것이 촬영용으로 디자인된 의상의 여벌 옷이고, 사쿠라 씨가 늘 그 옷을 입고 움직이는 연습을 하고 있다고 했다. 그렇게 설명하는 야나기 부인의 얼굴에는 그늘이 짙었지만, 사쿠라 씨가 그와는 별도로 보여준 적극적인 태도에 찬물을 끼얹는 일은 하지 않았다. 사쿠라 씨가 영화 촬영 팀에 갑작스럽게 닥친 재난에 대해 모를 리는 없었지만, 야나기 부인으로서는, 아무튼 사쿠라 씨의 대응은 전부 거스르지 않고 받아들이려 하는 것으로 느껴졌다.

"당신의 대사 수정은, 확실한 의도가 있는 것이네요. '메이스케 씨'의 대사는 물론, 그의 동료들이 하는 대사도 스타일이 확실해서, 역시 소설가가 한 작업답다고 느꼈습니다.

일본 영화에서는 그렇지 않았지만, 미국이나 스페인 영화는…… 멕시코 영화에서도, 특별한 감독의 작품은…… 오히려 프로그램 픽처와 같은 작품에 맛깔스러운 스타일의 대사가 있습니다. 내가 말해봐서 마음에 들면, 영화가 끝나도 잊지 않고, 대화에 그 대사를 써먹어보곤 했어요. 데이비드의 연구소 교수들이, 나를 두고 인텔리전트라고 말하기도 한 것은 그래서이지요. 전 그저 아역배우 출신 외국인인데 말이에요……

제가 이번 영화 일을 통해서, 처음 발견한 것이 있어요. 그것은 이러한 대사 스타일이라는 것은, 우선 일단 대사를 만들어놓고, 계속 그것을 고쳐가며 대사를 만들어내는데…… 그런 일련의 움직임을 거쳐 독특한 스타일이 생긴다는 사실이에요. 당신의 시나리오를 계속 읽고 있다 보면 스스로 그 대사 스타일의 인간이 되어 자기 목소리로 말하고 있는 것 같은…… 자신이 그 사람이 되어가고 있는, 그런 기분이 되는 것은, 그 때문이 아닐까요?

그런 만족감이랄까, 충족감이랄까, 그런 것이 있어서 하는 말인데, 생각하면 할수록, 한 가지 미련이 남는 장면이 있습니다.

그것도 원래는, 아사 씨가 계곡과 '자이'의 노인들을 방문해서 들은 내용을 적어 보내주는, 당신 어머니의 연극 공연 '넋두리'의 대사가 계기였어요. 아사 씨는 어떻게든 전체 그림이 그려지면, 정리해서 당신에게 보인다고 하던데……

그래도 이제까지 모은 것 중에 정말 재미있는 것은 그냥 놔둘 수가 없다면서 그때마다 나한테 보내주겠다고 했지요. 그 '넋두리'의 단편 같은 말들이, 퍽 마음에 다가왔기 때문에 '메이스케 어머니'의 캐릭터 준비가 되는 게 아닐까라면서요……

그리고 그것은 정말 옳은 선택이었어요! 이제까지 살아오면서 많은 일이 있었지만 아사 씨 같은 선생님을 만난 적은 없다고 생각할 정도였어요…… 데이비드와는 또 다른 선생님이었죠…… 편지를 받을 때마다 아사 씨에게 배우고 있어요.

'환생한 메이스케'와 '메이스케 어머니'가 위험을 느껴서 그랬다고 아사 씨가 그러던데, 강변길을 피해서 숲 쪽 길로 돌아오려고 했을 때, 이미 실권은 없어졌지만 명맥은 유지하던 성대가로의 망나니 아들 패거리에게 습격당하잖아요.

이 얘기는 벌써 당신에게도 이야기했을 텐데요…… 그들은 '환생한 메이스케'를 길 아래쪽 못에 파여 있던 구덩이에 던지고 돌로 눌러 죽였죠. '메이스케 어머니'는 강간당했고요. 그것도 여러 남자에게 윤간을 당했지요. 두 사람의 귀가가 늦어지니까 그들을 찾으러 나온 마을 젊은이들은, 이미 어두워졌기 때문에 돌에 눌린 '환생한 메이스케'의 시체는 포기하고, 쓰러져 있는 '메이스케 어머니'를 널빤지에 태워서 함께 둘러메고 돌아갔다고 합니다.

돌아가는 길에, 첫번째 봉기에서 농민들에게 봉변을 당했던 밀주집 주인이 기다렸다가, 널빤지 위에 누워 있는 사람에게 물을 먹여주는 척하면서, 무언가 말을 건넵니다. 그러자 '메이스케 어머니'는 물이 담긴 그릇을 탁 쳐내면서, 널빤지에서 머리를 들어, 큰 소리로 대답해요. '좋았느냐고? 그렇게 알고 싶으면, 다음엔 당신이 당해보겠어?' 그런 강한 대사가 비극 이야기 속에 들어가 있다면 '넋두리'는 숲 속의 여자들에게 큰 호응을 얻었을 거예요……

이렇게 불굴의 저항심을 가진 여성이 한 번은 봉기하여 승리했지만, 다시 한 번 새 시대의 권력인 대참사와 싸우지 않을 수 없었던 거지요. 그 싸움에서도 이겼지만, 함께 봉기한 무리들과 헤어지고 나니, 아들은 구세력에 의해 돌에 눌려 죽고, 자신은 강간, 윤간을 당한 겁니다. 절망감으로 탈진해 누워 있는 여인에게, 좋았느냐고 묻는 남자가 있었던 거예요…… 이후로도, 세상이 어떤 식으로 변하더라도 여인들에게는 변하지 않는 고난이 이어지는 거지요. 처음부터 그렇게 각오한 여인이 '환생한 메이스케'를 말에 태우고 숲속으로 올라간, 그런 이야기가 아닐까요……

우리 영화의 마지막 장면은 표면적으로는 평화로운 두 모자가 길을 가는 장면이지만, 보는 여인들의 마음에 그 '메이스케 어머니'의 넋이 새겨지면서 끝났으면 좋겠어요. 그러기 위해서는 어떻게 해야 할까요?

지금으로서는, 아사 씨와 나는, 깊은 숲 위로 드리워진 황혼녘 하늘에서, '메이스케 어머니'의 넋이 전하는 '넋두리'의 정서적 잔향이, 시코쿠 가부키의 샤미센이나 피리, 북으로 이루어진 음악으로 고조되는…… 그러한 엔딩을 생각하고 있어요. 스토리는 다르더라도 음악은 '쇼야 넋두리'의 음악을 사용하면, 전해질 것은 전해지지 않을까요?

감독이 이번 사건 때문에 촬영이 재개되기까지 시간이 걸린다고 하니까, 저는 당신이 이 플랜을 검토해주셨으면 해요. 아사 씨에게도 상황이 이러니까 이제 당신에게 그동안 정리한 것을 보내라고 말할 작정입니다."

야나기 부인은, 이날 말이 없었는데, 사쿠라 씨가 말을 마치자, 감정이 고조되는 것을 억누르듯 하면서 덧붙였다.

"사쿠라 씨는, 이번 사건이 영화 제작이 무산될 위기라고 보지 않지만, 고모리 씨는 낙관적이지 않아요. 사건이 일어난 이후로, 선생님과 자주 이야기할 시간이 없었다고 하니, 사쿠라 씨와 고모리 씨가 받아들이는 데 있어서 인식에 차이가 있다는 것을 선생님께 말씀드려 두고 싶어요."

"야나기 부인은 이곳에서 오래 산 사람이기 때문에 사람들의 이야기에 신경을 쓰고 있고, 또한 새로운 주민들에 대해서는 더…… 특히 발레 교실 학생들의 어머니들을 적으로 돌리고 싶지 않은 거예요. 지금도, 이번 사건이 우리 영화가 극복할 수 없는 커다란 타격이라고 말하고 싶어하지요.

어린 여자아이가 하얀 관의를 입고 놀고 있는 모습을 사진 찍힌 정도를 가지고, 어머니가 경찰에 말할 필요가 있나요? 솔직히 나도 비슷한 일로 신경써온 적은 있었어요. 오랫동안 그랬는데, 실제로 어떤 필름인지 보고 나서, 그 하얀 관의 소녀 시절의 나와 행복한 화해를 했어요. 재회가 아니에요. 화해예요. 필립의 아름다운 사진집이 나오게 되면, 어머니들은 안심할 것이고, 여자아이들 자신에게도 평생의 추억이 될 수도 있다고 생각해요."

"사쿠라, 넌 '애너벨 리 영화'를 본 이후로 끔찍하고 두려운 꿈은 더 이상 꾸지 않게 된 거라는 얘기야?"라고 야나기 부인이 정색을 하며 물었다.

"의식 차원에서 납득된 일이라 해도, 무의식 차원에 영향을 끼치게 되려면, 시간이 걸릴 수도 있다고 정신과 선생님은 나한테 말했어."

바깥의 차고 측면에 설치된 벨이 울렸다. 하녀는 스웨덴 총영사 댁에 사진을 가져간 이후로 아직 돌아오지 않았다. 진입로 입구의 철문을 열러 가야 한다면서 야나기 부인은 자리를 떴다. 그럴 때는 여유롭게 침묵하며 기다리곤 하던 사쿠라 씨가 자진해서 새로운 이야기를 꺼냈다.

"당신은 열일곱 살 때, 친구와 마쓰야마의 아메리카 문화센터에서 본 게 마지막이고, 야나기 부인은 '애너벨 리 영화'를 한 번도 안 봤어요. 오늘 밤에는 그것까지 경찰에 참고자료로 빼앗기는 일은 있을 수 없다면서 고모리 씨가 호텔에 가져오지 않았던 필름을 두 개 보여주겠대요.

제가 침실로 쓰고 있는 방은 야나기 부인의 할아버님의 서재인데, 정면 안쪽에 훌륭한 책장이 있잖아요? 여닫이 책장을 열면 스크린이 있어요. 8밀리와 16밀리의 영사기가 아래쪽에 들어 있지요. 영사실이지요. 어렸을 때 야나기 부인과 저를 위해 곧잘 영화 상영회를 열어주셨어요. 16밀리 필름의 〈미키 마우스〉라든가 〈알팔파 할아버지〉라든가…… 아버님이 찍어 가져오신 유학 시절 8밀리 영상 같은 거요……

야나기 부인이 침실을 영사실로 되돌리는 준비를 해주고 있어요. 오늘은 저녁 식사도 혼자 준비해야 해서 힘들 거예요."

야나기 부인에게 안내를 받아 들어온 고모리는 검은 보스턴백을 든 채 서 있었다. 재회 이후 처음 보는 피로한 모습이었고, 평상시와는 반대로 나이 이상으로 늙어 보였다…… 그리고 30년 후에 만났을 때, 나는 고모리의 모습에서 토머스 하디의 한 구절을 떠올렸다고 썼다. "연령이 테마인 가장무도회에서 '소년'으로 분장한 노인 같았다. 그러나 연기가 너무 엉성해서 그의 진짜 모습이 곳곳에서 드러났다." 이때의 고모리는 아직 장년이었는데, 그때 이미 그런 이미지를 갖고 있었던 것 같다고, 이제 와서 생각한다.

5

우리는 응접실 옆에 있는 검은 나무벽 식당에서 저녁을 먹었다. 요리는 야나기 부인이 한다고 사쿠라 씨는 말했지만, 준비된 것은 연어 훈제와 기름에 절인 멸치를 얇게 저민 빵에 올려놓은 전채뿐이었고, 고모리가 2킬로그램이 넘는 통닭을 가지고 왔다. 그는 그것을 솜씨 좋게 잘라놓기까지 했다. 사쿠라 씨는, 이 집 지하실에 저장되어 있다는 루아르 화이트 와인을 세 병 가지고 와서 전부 따라고 하더니, 야나기 부인이 얼음물을 넣어 가지고 온 큼지막한 통을 테이블 위에 놓고 와인을 넣었다.

우리는 맛있고 또 양도 충분한, 특별한 사료로 키워졌다는 소금 간이 된 닭고기를, 평소에는 침묵을 지키는 고모리가 그나마 괜찮은 해에 생산된 '푸이 퓌메'*라고 이날따라 평가한 와인에 곁들여 먹는 데 열중했다. 처음엔 사쿠라 씨가 엔딩에서 사용할 음악을 어떻게 극적으로 사용할 것인가에 대해 나에게 의견을 물었다. 그러나 사쿠라 씨 자신도, 야나기 부인도, 이미 그 내용은 알고 있는 것이었고, 고모리는 사쿠라 씨가 내 눈치를 볼 정도로 냉담한 반응만 보였다. 내가 새삼스럽게 납득한 것은, 고모리와 야나기 부인은 영화 촬영을 최종적으로 단념했고, 사쿠라 씨만이 그 사실을 받아들이지 않고 있다는 점이다.

그런데 사쿠라 씨의 식사 방식에, 뚜렷한 변화가 보였다. 그녀는 내가 아는 한, 필요한 에너지원을 재빨리 확실하게 섭취하는 방식으로 먹는 사람이다. 그런데 이 저녁식사 모임이 지겨워져서라기보다는 큰 접시 위의 닭고기 그 자체가 지겨워졌다는 듯, 또 바로 그 때문에 일부러 몇 번이고 덜어다가 먹는다는 듯한 태도를 보이고 있다. 옆에서 와인을 따르는 야나기 부인이, 한 잔의 양이 많아지지 않도록 조절하는 모습도 보인다. 그러나 사쿠라 씨는 끊임없이 잔을 비웠다. 정신이 들고 보니, 고모리도 세번째 와인병을 자기 앞에 두고, 자신과 내 잔을 끊임없이 채우고 있다. 윤기를 잃은 얼굴에 지저분해 보이는 모공

---

* Pouilly Fumé, 루아르 지방에서 소비뇽 블랑 100퍼센트로 만드는 화이트 와인.

이 드러나 있지만 깊숙이 가라앉은 검은 눈은 도발적인 눈짓을 사쿠라 씨와 야나기 부인에게 보내고 있다.

그런데 사쿠라 씨가 더 도발적인 말을 했다.

"건강한 여자아이들의 발레복 차림의 모습이……설사 그전의 속옷 차림이라 해도……찍힌 정도로 그런 소동이 필요한 걸까? 스웨덴 사람이 된 네 친구는 왜 그것이 국제 문제가 될 수 있다고 신경을 쓰는 거지?

총영사 부인이 교토의 호텔 앞으로 보낸 속달을 읽고 이해할 수 없었어. (그러고 나서 사쿠라 씨는, 나에게 시선을 고정했다.) 당신은 소년 시절에 하얀 관의의 여자아이 필름을 보셨잖아요, 내 친구가 흥미로워하는 성욕이 일던가요?"

"그래서 말인데, 사쿠라 씨, 그 하얀 관의의 영상을, 지금 어른인 우리가 어떻게 받아들일지, 실제로 보기로 합시다. 예고한 대로 마거색 교수의 컬렉션 중에서 두 편의 영화를 가지고 왔습니다. 하나는 최초의 버전이고, 또 하나는 모두에게 처음이 될 '애너벨 리 영화' 무삭제판입니다. 오늘밤은 원래의 계획과는 반대지만, 우선 그걸 감상합시다."

고모리가 그렇게 말했다. 그리고 고모리는 등받이가 긴 의자에 묶여 있던 아이가 몸을 비틀어 빠져나가는 모습으로 일어섰다. 종종걸음 치듯 응접실로 들어가, 8밀리 필름 케이스를 두 개 집어들고 왔다.

"사쿠라 씨, 워싱턴에서 상영된 '애너벨 리 영화'에는 감동받았습니다. 겐산로가 아메리카 문화센터에서 봤다는 이야기대로, 라스트 신의 하얀 관의의 아름다움은 최고였습니다……"

이어서 고모리는 나를 향해 말했다.

"그것은 아마 자네가 열일곱 살 때 본 영화일 걸세. 하지만 나는 한 가지 의문점이 있어. 영화를 자네와 하나와 고로에게 보여준 젊은 GI 는, 일단 중단하고, 자네를 영사실에서 내보내고 나서 연상인 고로에 게만, 그 뒷부분을 보였다지. 그런데 왜 그랬을까? 나는 그쪽의 '애너 벨 리 영화'를 봤을 때, 미성년자에 대한 배려가 필요하다고 느끼지 않 았어. 그래서 말인데 고로는 남아서 자기만 본 영화에 대해서 뭔가 그 럴듯한 이야기라도 했나?"

나는 머리를 가로저었다. 그런데 그러면서도 영화를 보고 시간이 좀 지나서 고로가 나에게 준 프랑스어 원서에 끼여 있었던 사진에 대 한 기억을 나는 어렴풋이 떠올리고 있었다. 종이에 현상된 사진이라 고 생각해왔는데, 영화 필름을 잘라낸 것은 아니었을까? 필름을 햇빛 에 비춰보는 내 얼굴의 각도가 어땠는지까지도 기억에서 되살아났다. 그것도 두세 장 이어진 필름을 비교하면서 드러난 허벅지 사이의 검 은 점을 확인까지 하지 않았던가?

고로는 필름의 긴 부분을 받아서 그중 일부를 일부러 나에게 주었 는데도 내가 되돌려주었기 때문에, '이런, 어린애 같기는!' 하는 표정 을 떠올리지 않았던가?

"그런데 또 한 편의 '애너벨 리 영화'가 있어요. 이쪽 영화야말로 나 거색 교수에게는 중요한 것이었지요. 그걸 무삭제판이라고 한다면 그 쪽이 나중에 만들어진 건데, 첫번째 것을 복제한 것을 새로운 기술로 재편집했더군요. 마거색 교수가 아메리카 문화센터에서 첫번째 것을 돌려받아, 자기가 관리하게 된 이후에 한 작업이겠지요.

나는 다시 한 번 이 영화를 사쿠라 씨가 첫번째 것과 함께 봐주기를 바랍니다. 영화로는 이 이 단연 훌륭합니다. 음악도 삽입되어 있습니다. 어느 작곡가의 음악인지 알 수 없지만, 비극적이고도 신비로운 곡입니다. 아까 이야기를 들었던 '미하엘 콜하스 영화'의 엔딩에 사용하려고 사쿠라 씨가 생각했다는 음악과 통하는 것이 아닐까요? 중성적인 소녀의 하얀 관의의 사진이, 편집에 따라 어떤 것이 될 수 있는지 하는 의미에서도, 아무튼 볼 만한 가치는 있습니다."

지금까지 우울한 얼굴을 하고 있던 야나기 부인이, 홍미를 나타내며 일어섰다. 사쿠라 씨도 넓고 어두운 복도를 앞서 걸어가는 야나기 부인을 따라갔다. 고모리와 나도 뒤를 이었다. 계단을 올라가면서 나는 눈앞의 이상하게 재단된 마 옷 아래로 영국빵 두 덩어리의 힘찬 움직임을 느꼈다. 영사실에 들어가는 우리 네 사람 모두가 세 병의 '푸이 퓌메'를 나누어 비운 술기운이 돌고 있었던 것이다.

책장 앞에 있는 커다란 팔걸이의자를 준비된 스크린 정면을 향해 회전시켰다. 야나기 부인의 지시로 의자에 고모리가 앉았다. 책장 아래쪽에서 영사기를 올려놓은 작은 테이블을 야나기 부인이 꺼냈고, 고모리는 필름을 장착했다. 그리고 야나기 부인은, 사쿠라 씨의 침대를 둘러싼 파티션을 지탱했던 등이 곧은 의자 두 개를 자신과 나를 위해 가져왔고, 사쿠라 씨는 꽃무늬 커버로 전체를 둘러싼 의자를 가지고 왔다. 고모리 옆에서 야나기 부인이 전원을 조작했고, 방이 어두워지자 영사기가 작동을 시작했다.

영화의 첫머리는, 내 기억에 전혀 남아 있지 않은 것이었다. 공습당한 도시의 폐허를 관통하는 도로를, 키가 큰 GI와, 연출의 증거로 하얀 관의를 입은 소녀가, 이쪽을 향해 손을 잡고 걸어오는 긴 장면. 다음 장면에서는 두 사람은 더 접근하여 스크린에서 GI의 동체는 사라지고 긴 팔만이 남아 그 팔에 매달려 걸어오는 소녀의 얼굴이 드러난다. 긴 장된 그 작은 얼굴을 본 기억이 있다……

이어지는 장면은 광대하게 느껴지는 어두운 실내—아마도 이 저택 안이다—에 하얀 관의를 입은 소녀가, 앉아 있다가 곧바로 일어서서 걷곤 하는 모습이 빠른 동작으로 언제까지고 비치고 있다. 이 장면도 기억 속에 남아 있다. 소녀는 줄곧 혼자이지만, 오로지 이쪽에 (8밀리 카메라 촬영자를) 신경을 쓰고 있는 것이 확연하다. 그사이, 「애너벨 리」의 제1연과 제2연이 낭송된다. 포의 원시의 낭송인데, 기억에 있는 화면에 이끌려 떠오르는 것은 히나쓰의 번역이다.

소녀는 오로지 이 나와의
사랑만을 생각했다네

그리고 촬영자가, 이 나라면,

바닷가 왕국에
사랑 이상의 사랑이 있었네

그 소녀는, 그렇게 이 나에 대한 마음을 표현하고 있는 것이리라.

음악이 낭송되는 시의 두 구절 사이를 채우는데 그래도 화면의 소녀는 끊임없이 움직이다가는 멈춰 선다. 그 연속과 비연속의 어느 한

순간 한 순간이 기억과 정확히 일치한다.

화면은, 문밖이 된다. 말라비틀어져 빈약하지만 넓은 잔디(거기에는 넝쿨콩이 자라 있었고, 한구석은 고구마 밭이다)와 장미 정원. 여기까지의 여유로운 화면의 인상이 돌변한다. (그 돌연함에 숨이 막혀오던 기억도 있다.) 소녀가 도망치며 여기저기 뛰어다닌다. 카메라는 뒤쫓아가며 롱숏으로 잡는다. 소녀가 갑자기 넘어지고, 어찌할 바를 모르겠다는 듯이 이쪽을 올려다보는데, 그 시선은 무시되고, 단념한 표정으로 혼자 일어서서, 다시 달리기 시작한다. 제3연의 낭송이 겹쳐진다.

그 때문에 옛날
바닷가 왕국에는
한 차례 찬바람이 구름으로부터 불어와
애너벨 리는 싸늘하게 죽었네
바닷가 왕국 무덤에 가두기 위해
그녀의 지체 높은 친척들이 와서
그녀를 데려가버렸네.

화면이 어두워지지만, 완전히 어두워지는 것은 아니다. 거기에는 무엇인가가(어둡고, 움직이지 않는 무엇인가가) 비친다. 영화를 비추는 스크린보다 커다란 스틸 사진의 세부를 카메라가 더듬어간다. 폐허의 광경이지만, 최초로 비친 일본의 폐허와는 다르다. 깊이도 높이도 더 거대한 규모의, 돌과 벽돌과 콘크리트 벽의 잔해가 쌓여 있는 폐허. 거기에 서 있는 동상의 뒷모습이 동상의 오른쪽으로 황량한 풍경이 펼쳐지는 정경에 대비되고 있다. 카메라는 그 커다란 스틸 사진의 세부를 향해, 더 가까이 간다. 고풍스러우면서도 현대에 만들어졌다는 것이 확연한, 튼튼한 철모에 커다란 군용 외투를 두른 병사의 동상이, 비스듬히 기운 채로 서 있다. 그 등 부분을 카메라는 접사한다. 벽과 같은 병사의 등에는 그 동상의 늠름하고 견고한 제작 양식으로, 한 쌍의 날개가 조각되어 있다. 낭송은 이어진다.

그렇다! 모든 것 그래서였네(바닷가 왕국
사람들이 모두 알듯이)
밤에 구름 속에서 차가운 바람이 일어
애너벨 리는 싸늘해졌네.

화면에서 화면보다 컸던 스틸 사진이 벗겨진다. 생각지 않게 너무나도 그리운 풍경이 나타난다. 그것은 열일곱 살의 내가 본 영화 장면이며, 나 자신이 실제로 그 땅 위에 서 있었던 장소이다. 아메리카 문화센터가 세워진 전(前) 연병장을 둘러싼 시내의 안쪽에 난 좁은 길. 건 편에 하얀 것이 보인다. 카메라는 풍경 속을 헤치며 하얀 것을 향해 간다. 풀이 듬성듬성 난 길의 한가운데 안쪽을 시발점으로 해서 더욱더 그리운 모습의 물체가 누워 있다. 하얀 관이 아니다. 하얀 물체는 작은 나체다.

마른 하복부에서 허벅지가, 스크린 가득 클로즈업된다. 치마를 입지 않은 채, 내 기억에 있는 대로 오른쪽 다리를 바깥쪽으로 벌려 허벅지

사이로 검은 점을 드러내고 있다. 그리고 검은 점은, 구멍 그 자체가 된다. 그 구멍으로 굵은 집게손가락이 들어간다. 화면은 손가락에 이어 손, 손등에 이어, 억세 보이는 털로 뒤덮여 있는 손, 그리고 두꺼운 옷소매를 드러낸다. 카메라의 각도가 바뀐다. 외투가 나무 그루터기 같은 나지막한 물체 위에(사람이 앞에 웅크린 모양이다) 걸쳐져 있다. 전라의 소녀의 허벅지 사이를 만지던 병사가 외투를 벗은 건가? 아무튼 그 외투의 등에 아까 있었던 동상의 날개가 그려져 있다……

사쿠라 씨가 왼쪽의 검은 파티션 건너편으로 사라졌다. 야나기 부인이 영사기에 손을 대려 하는 것을 팔걸이의자에서 화면을 가리듯 상체를 일으킨 고모리가 막았다. 거친 소리를 내는 필름, 흔들리는 화상. 그 스크린을 반쯤 가릴 정도로 상반신을 들이밀고 야나기 부인이 고모리에게 화를 내며 한쪽 팔을 든 채 사쿠라 씨를 뒤쫓아간다. 일어서려는 나의 어깨를 영사기를 지키던 고모리의 팔이 잡아 누른다.

나는, 겨우 안정을 찾은 화면이 다시 스틸 사진으로 복부와 허벅지를 비추고 있는 것을 보았다. 이제는 파인 상처로 보이는 곳에서 엉덩이의 갈라진 부분까지, 눈을 찌를 듯 선명한 붉은 것이 범벅이 되어 있다(처음 나오는 총천연색 부분). 잠시 뒤에, 스틸 사진은 다른 것으로 바뀐다. 하복부와 허벅지는 같지만 상처에서 나온 붉은 피는 깨끗이 닦여 있다. (의료 경험이 있는 손이 주의 깊게 닦은 것처럼. 군의관의 조수를 지냈다는 남자의 손?) 다만 얼룩 같은 것이 주위에 묻어나 있어서 구멍은 옷이 타져 벌어진 자국처럼 보인다.

이어서, 스크린에 움직이는 화면이 돌아온다. 벚꽃이 하얗게 떠오르는 시냇가를 따라 좁은 길이 길게 이어진다. 카메라는 앞으로 나아간다. 아주 하얀 관의 그때 소녀가, 조용히 누워 있다. 음악이 이어졌고, 기억 속에 있는 음악이어서 앞서 파괴적인 강력함으로 울려퍼졌던 부분도 베토벤의 마지막 피아노 소나타에서 따왔다는 것을 알 수 있었다······

영화는 끝났고, 고모리의 팔이 내 어깨에서 떨어졌다. 내가 의자에서 떠나자, 고모리도 일어서서, 그저 희기만 한 스크린에 비치는 빛을 받으며 자신도 모르게 격앙된 얼굴을 드러내면서,

"끝까지 자네가 봐주어서 다행이야!" 하고 말했다. "분명히 그로테스크한 장면은 있어, 그러나 영화의 흐름은, 상처받은 소녀를 위무하는 방향으로 진행되고 있어. 뿐만 아니라 소녀는 살아 있지. 자네가 곧잘 쓰는 치유 쪽으로 더 나아갈 수 있다면······"

나는 멍하니 있었다. 나의 그러한 반응을 고모리는 어떻게 받아들였는지, 영사기에 가까이 가더니, 어느 정도 되감아 다시 돌렸다. 오히려 음악이 중심이 되는 부분을 끝까지 비추고 나서, 다시 나를 향해 얼굴을 돌리는 고모리에게,

"영화는 자네가 만든 것이 아니잖아. 그런데 그 억지 논리는, 저열하다고 생각해" 하고 나는 말했다.

"저열?······ 억지?"

"대체, 이런 짓을 해서 어쩌겠다는 거지?"

"이런 짓을 해서?"

"자네가 말하는 그로테스크한 장면을 본인에게 보이는 짓."

서로 마주 보면서도 목소리를 죽이고 응수하고 있는 우리에게, 굵은 알토의 울음소리가 들려왔다. 교토의 호텔에서 들은, 꿈을 꾸며 우

는 소녀의 호흡으로 그 울음소리는 이어졌다. 나는 고모리의 몸을 밀어내고 출구로 향했다. 고모리는 쫓아와서는 어두컴컴한 복도에서 내 어깨에 손을 대려 했다. 내가 화난 얼굴로 돌아보는데도 개의치 않고 (그래도 등 뒤로 문을 잠그는 것은 잊지 않고), 이야기를 되돌렸다.

"억지 논리라는 건 그렇다 쳐도, 저열하다는 말은 인격에 관계되는 말인데."

"맞아. 사쿠라 씨의 뭐라 표현할 수 없는 비참한 목소리는 들었지. 자넨 가능한 한 빨리 사쿠라 씨가 착각에서 깨어나게 해서 영화를 포기하게 하려고 서두른 거야. 자네는 그 사람과 함께 일을 해왔어, 그 이상의 관계이기도 했지. 그런데 그런 식의 울음소리를 내도록까지 압박했네. 저런 걸 사용해서 말이야. 그 방법은 인격적으로 저열해."

"저런 거라고 자네는 말하지만, 저 영화는 사쿠라 씨에게는 인생이 걸린 문제야. 그 문제와 직면해서 근본적인 치유로 나아가야 할 관문이지. 그걸 언제 하게 할 건가? 이곳에서라면 야나기 부인도 있어, 자네도 있지, 중국통인 아메리카인이 곧잘 하는 말이지만, '위기'는 danger이기도 하고 chance도 될 수 있어. 나는 지금이야말로, 저 사람이 심리적으로 극복할 수 있는 찬스라고 생각하네."

"사쿠라 씨가 다운되었으니 자네의 '위기'는 피할 수 있겠지. 그래서 이번에는 정신과 의사 노릇을 할 작정인가? 자넨 진정으로 저런 저열한 짓이 뭔가 해답이 될 것이라고 생각하고 있는 건가?"

고모리는 턱을 당기고, 왼팔은 자세를 취하면서, 오른쪽 스트레이트를 날리고 들어왔다. 그의 팔은 어린아이처럼 짧아서 내 콧등까지 와닿지 못했다. 나는 펼쳐진 손바닥으로 주먹을 막았다. 고모리는 밸

런스를 잃고 문에 부딪혀 큰 소리를 내며 넘어졌다. 바로 저쪽 편에서 우리를 지켜보는 것 같던 야나기 부인이, 평소에는 신경 쓰이지 않았지만, 오랜 가문의 후예답게 각지고 긴 얼굴을 내밀더니, 위엄을 담은 목소리로 말했다.

"고모리 씨, 선생님과는 리치의 차이가 있어요. 이제 그만하고 안쪽의 사쿠라 씨 침대 옆에 앉아주세요. 주사를 놓았으니, 한동안 잘 거예요. 그사이 나는 아래층에서 선생님과 할 이야기가 있습니다."

나와 야나기 부인은 그녀가 사쿠라 씨와 함께 안정된 공간으로 만들기 위해 신경쓴 응접실 한쪽 구석에 앉아 이야기했다. 조명은 천장에서 드리워진 외국산 샹들리에를 사용하지 않고, 몬스테라의 넝쿨과 옛 중국의 청동 학 복제품이 어우러져 있는 가운데, 비슷한 곡선의 전기스탠드를 함께 놓아두었다. 나는 야나기 부인이 지정해준 의자에 앉았다. 그 움직임에 몬스테라 잎에 맺힌 눈물 같은 물방울이 목줄기에 닿았다.

"저는 선생님이 이런 짓을 해서 뭐 하겠느냐고 진심으로 화를 내신 것에 공감했어요. (야나기 부인은 여전히 고압적인 얼굴을 하고는 있었지만, 부드러운 어조였다.)

저런 짓을 해서, 고모리 씨의 비즈니스에 도움이 될지는 모르겠지만, 저분이 말씀하신…… 대단한 문제점에 관해서라면, 악화시켰을 뿐이에요. 정신과 병실로 돌아가게 되겠지요. 저도 저 끔찍한 영화를 본 것은 처음이지만, 이전부터 모든 것을 알고 있었어요. 어릴 때부터 지금까지, 사쿠라 씨가 가위에 눌려 울부짖는 것을 몇 번이나 보았는지 몰라요. 그리고 입원하는 사쿠라 씨를 몇 번이고 배웅해왔지요.

영화에서는 소녀에게 끔찍한 짓을 하는 GI의 외투에……소련인지 독일인지, 군인의 동상이 먼저 나오고 있었는데, 그것처럼……천사의 날개가 그려져 있었지요. 그것은 애너벨 리를 죽인 것이, '날개 달린 천사'였다는 의미입니다. 데이비드는 소녀인 사쿠라 씨에게 장난을 친 것이, 자기가 아니라 천사였다고 우선 스스로에게 납득시키려 했고 그런 다음 어린 사쿠라 씨를 늘 세뇌해왔어요. 그 결과 사쿠라 씨의 기억은 어떤 것도 확실치 않게 되었고, 그저 끔찍한 꿈 때문에 고통 받는 생활만이 남았던 거예요.

저 사람은 아이 때부터, 단적으로 그 일이 원인인 심한 우울증에 걸려 있었는데, 데이비드는 전문의에게도 꿈의 내용은 끝까지 감추게 했습니다. 그러면서도 자기 자신은 저런 영화를 만들지 않고는 견딜 수 없었던 것이지요. 그리고 사쿠라 씨는 저 영화를 봤으니 고모리 씨가 말하는 치료 효과는커녕, 이제까지의 우울증에 없었던 증상이 나타날 것이라고 생각합니다. 실제로 벌써 나타난 것이 아닐까요.

사쿠라 씨를 워싱턴으로 데리고 돌아가서, 오랫동안 늘 다니던 병원에 가는 일은, 이제 마거색 교수가 없는 이상, 고모리 씨에게 부탁드릴 수밖에 없습니다. 사쿠라 씨의 정신 치료에 관해 원대한 구상이 있어서 그랬다는 소리는 그 사람의 허풍이겠지만, 예기치 않게도 그 기회가 온 거지요. 고모리 씨가 제작자로서의 자기 일을 보호하려고 그런 일을 한 것은 비열하지만 그렇다 해도 지금 여기서 도망칠 만큼 비열한 남자는 아니겠지요. 이 사태를 확실하게 살려서 좋은 방향으로 이끌어준다면, 사실 그 사람은 비열하지 않았다는 것이 되기도 하고요!

고모리 씨의 입버릇이지만, 까놓고 말하자면, 저는 당신이 사쿠라 씨의 교토행 이야기를 받아들였을 때, 이건 어쩌면 생각지 않았던 방향으로 전개될 수도 있겠다고 생각했어요. 『성적 인간』의 작가 선생님이잖아요? 그런데 소중한 걸 가로챈 솔개는 고모리 씨였습니다.

하지만 생각해보면 그 사람의 역할을 맡지 않아서 잘된 거지요. 제가 너무 시간을 빼앗았네요…… 치카시 씨와 히카리가 있는 곳으로 돌아가세요."

야나기 부인은 앞서의 아슬아슬한 농담을 말했을 때, 이날 오로지 한 번, 하하하, 하하하 하고 웃는 모습을 보였지만, 소리를 내지는 않았다. 나는 어두운 벽이 되어 막아선 커다란 느티나무와 녹나무를 향해 나아갔다.

종장

달빛을 보면/아름다운 애너벨 리의 꿈을 꾸고
빛나는 별을 보면/애너벨 리의 아름다운 눈동자를 보네

1

우리 뒤에서 발소리를 크게 내며 걷는 사람이 있어서 히카리를 길 옆 마른 풀숲 쪽으로 비키도록 하고 뒤돌아보니 마치 소년처럼 보이는 사람이, 곧바로 노인의 목소리로 말했다.

"What! are *you* here?"

영국식 발음의 일본인 영어로 말하면서 다가오는 상대방을 다시 살펴보니 그는 뜻밖의 인물이었다. 며칠 전, 우리 부자가 사람들 앞에서 곤경에 처했을 때 지켜보던 군중 사이에 이 사내가 있었고, 나는 그가 누군지 기억해내지 못한 채 그 자리를 떠났던 사실을 떠올렸다. 마치 환영인가 싶을 만큼 그는 완전히 변한 모습이면서도, 어딘가 묘하게 옛날 그대로의 모습이었다는 것도 떠올렸다.

"뭐야, 자네는 이런 곳에 있었나…… 라는 건가?"

"바로 그 대사가 되돌아올 줄 알고서 한번 말해본 거야."

"여전하군, 여러 가지 의미에서 말이야. 이게 몇 년 만이지?"

"30년 만이군." 하얀 얼굴에 주름을 지으며(이것도 예전 그대로였다) 그는 입을 다물고 우리를 탐색하듯 살펴보았다.

그러더니 불쑥 이야기를 꺼냈다.

…………………

오랜 시간을 지나 재회한 고모리 다모쓰와 자신의 이야기를(우리는 둘 다 조연에 불과하지만) 나는 이렇게 적기 시작했다. 그런데 소년처럼 보이는 노인의 목소리가 환기하는 힘은 강해, 나는 순식간에 현재 시점에서 30년 전으로 이끌려갔다. 그리고 나의 소설 작법에는 없었던 일인데, 그 상태 그대로 긴 이야기를 이어왔다.

그것은, 나는 물론이고 이상한 풍모를 한 남자 고모리도 주역 자리를 사쿠라 오기 마거색에게 양보할 수밖에 없음이 분명해지는 것을 기다리기 위해서였다. 그리고 나와 고모리, 그리고 히카리는 또다시 현재 시점의 운하를 따라 난 산책 코스로 돌아와 있다……

이제 또다시 노년이 된 내가 붉은색 플라스틱 휘는 봉을 들고, 중년이 된 히카리가 푸른색 플라스틱 휘는 봉을 가지고 보행훈련을 하고 있다. (그리고 아이처럼 보이지만 백전노장인 고모리를 신규 보행 훈련 동지로 맞았다.) 전립선암 수술 후라 조심하면서 체력 회복을 하고 싶다고 고모리가 원하기도 했기 때문에 훈련을 하는 나와 대화를 나누는 시간은 햇살이 약해진 이후로 정해져 있었다.

히카리의 보행 훈련은, 현재 나의 일과에서 빼놓을 수 없는 부분이 되어 있었다. 그러나 비교적 최근에 시작한 일이다. 시간으로 따지자면 비교가 되지 않는 또 하나의 매일매일의 습관이 있다. 이에 대해서는 치카시가 히카리의 출생 이래 계속 써온 일기에, '미하엘 콜하스 영화'가 구체적인 일정으로 진행되고 있던 시기가 적힌 부분에 기록되어 있다. 즉 적어도 30년 전에는, 내 일상이 되어 있었던 것을 알 수 있다.

내가 촬영 개시를 위해 관계자들과 처음 만나는 자리에 가는 사쿠라 씨와 동행하던 날, 내가 없어 치카시의 일이 많아졌다는 사실이 기록되어 있는 것이다.

히카리 아빠, 'M계획' 일로 교토. PM12, 히카리의 침실에 불이 켜져 있다. 보러 가니, 침대에 우두커니 앉아 있다. "화장실 가려고 일어났는데, 아빠가 모포를 덮어주러 오지 않아요. 어떻게 된 거지요?" 하며 웃었다.

히카리는 그보다 3년 전, 지체장애자 학급의 숙박 훈련을 위해 하코네에 갔고, 꼭 야뇨증 때문이라기보다는 한밤중에 일어나서 화장실에 가는 습관이 없었기 때문에 차고 있었던 기저귀를 뗄 수 있도록 교육받았다. 그 이후로는 한밤중에 스스로 일어나 화장실에 간다. 침실 끝의 화장실은 문을 열어두고 전등도 켜두었다. 히카리가 일어나 화장실 가는 소리가 나면, 그 시각까지 식당에서 일을 하고 있던 내가, 히카리의 침대를 다시 정돈하고 기다린다. 돌아오는 히카리에게,

"이요,* 정말 잘했어!"라고 말해주며 모포를 덮어주는 일이 나의 일

---

* 히카리의 어릴 때 이름.

이었다. 나는 식당으로 돌아와, 맥주 캔을 두 개 체이서* 삼아 마시고 나서 싱글 몰트**를 한 잔 마신 후 2층 침실로 올라간다.

집에 있는 한, 매일 밤 그 일을 계속해왔다. 이제 와서 생각해보니, 내가 또 그렇게 하는 것은, 히카리가 스스로 자기 몸을 덮을 수 없었기 때문이 아니라 히카리와 나의 취침 의식인 것이다. 이제는 아이가 아닌 히카리가, 침대에 누워 나를 바라볼 때, 베개를 잘 베고 있지 않으면 제대로 베도록 지시하면서,

"이요, 정말 잘했어!" 하고 말하며 베개를 제대로 베도록 해주는 나 자신이 언제까지고 이런 일을 할 것이고 이렇게 하고 있는 순간, 영원한 시간을 살고 있는 것처럼 느낀다……

내가 지금 이야기의 '현재 시점'으로 돌아가려 하면서 앞 장까지의 30년 전과 계속 쓰게 될 '현재 시점'이 이어져 있다고 느끼는 것은, 매일매일 맛보고 있는 이 영원한 시간의 감각이 있기 때문이 아닌가? 앞으로 몇 년 지나지 않아(내년에 나는 와타나베 교수가 세상을 떠난 나이에 이른다) 아버지가 존재하지 않게 되고 나서도, 매일 밤 열두시에 일어나 침대에 누워 스스로 자신의 신체를 모포로 감싸고 있을 히카리는,

"이요, 정말 잘했어!" 하고 조금 위쪽에서 들리는 목소리를 듣는 것이 아닐까……

"이러면 어떤가, 이삼 일 지나서 내가 전화를 하지. 그러고 나서 다시 만나 이 이야기를 계속할 생각이 있는지 어떤지, 대답해주지 않겠

---

* 독한 술을 마신 후나 마시는 사이에 마시는 물, 맥주 등.
** 맥아만 발효시킨 위스키.

나?"

고모리 다모쓰가 그렇게 말을 했고, 나는 승낙했다. 정확히 3일째 고모리가 걸어온 전화의 첫머리는,

"Kenzaburo!"

해외에서의 생활에 익숙해진 일본인의 발음이었다. 운하 옆에서, 엘리엇의 시 한 구절을 인용했던 첫마디와 똑같았다.

대학을 졸업한 이후로 왕래가 없던 고모리가 김지하를 지원하는 단식 투쟁 장소에서 고마바의 몇몇 친구들이 사용했던 내 이름을 불렀을 때, 나는 위화감을 느꼈다. 그것은 아마 그와 친한 사이가 아니었던 반 친구를 자기 일에 끌어들이려고 하는 꿍꿍이가 있어서 그랬을 것이다. 그리고 지금의 Kenzaburo라는 이름은, 미국에서 고모리가 사쿠라 씨와 이야기를 할 때 사용하던 내 호칭에서 온 것일 터이다.

"자네와, 이 산책 코스에서 다시 만났을 때……내가 그렇게 되도록 꾸몄던 것인데……나는 자네에게, 'M계획' 재판 소동이 끝나고, 사쿠라 씨의 정신병원에서의 요양생활도 여유로워진 이후의 세월 동안 그녀와 자주 만난 것은 아니라고 말했네.

그것은 우선 자네를 소극적인 기분으로 만들고 싶지 않아서였지. 자주라는 말의 정의에 따라 달라지겠지만, 좌절한 그녀를 미국으로 데리고 돌아갔을 때부터, 최악이었을 때는 말할 것도 없지만 그 이후도 매달 이틀은 그녀의 옆에서 지냈지…… 그렇게 30년간 살아왔으니 거의 700일은 만나온 것이 되네. 나의 후반 인생은 '미하엘 콜하스 영화'의 대타격 이래로……까놓고 말하면 '애너벨 리 영화' 무삭제판을, 사쿠라 씨에게 보일 생각을 실행한 날 이후……생각지도 않았던 양상으

로 오늘에 이르렀네……

나는 일본에 도착하자마자 신주쿠의 군중 속에서 자네가 처한 곤경을 우연히 보고 이렇게 Kenzaburo도 히카리와의 인생을 살아왔구나 라고 납득했네. 도쿄대생이 될 수 있어서 기분이 좋았던 고마바의 그 녀석은 인생이 이런 식으로 전개되리라고는 생각도 못 했겠지…… 그렇게 생각했네.

그리고 나도, 자신의 인생에 사쿠라 씨가 드리운 긴 세월의 그늘에 대해 생각했지. 교토의 호텔에서 자네가 잠도 못 자고 있는 것을 알면서도 사쿠라 씨와 그렇게 되었을 때, 내게는 말이지, 세속적인 지명도와 그에 상응하는 경제적 신분 면에서 나보다 앞선 녀석의 코를 납작하게 해주었다는 만족감밖에 없었지만……

그러는 사이, 그런 사태가 되어, 자네도 나도 밝은 기분으로 있을 수 있는 처지가 아니었지. 뿐만 아니라 그것이 디 엔드도 아니었지. 사쿠라 씨가 오랫동안 집착해온 구상은 보통이 아니야. 사쿠라 씨라는 여성은 특별한 존재가 될 수밖에 없는 방법으로 살아온 사람이야. 나로 말하자면, 이런 정도 인물의 '생명이 멀리 떠나간 옆에 살아남아 있는 내 운명이여'라고 탄식할 수밖에 없지만, 시와는 달리 상대는 지금도 활기차게 살고 있지!

그리고 Kenzaburo, 자네가 받아들여버린 사쿠라 씨의 전언을 무시할 수 없을 것이네. 그 사람이 30년 동안 계속한 영화에 대한 생각에, 자네 나름의 책임이 없다고는 말하지 않겠지? 야심의 불꽃을 태우는 일까지는 할 수 없지만 불꽃 주위의 재 정도라면 잘 사용할 수 있었던 타입이잖나!

사쿠라 씨와 이야기한 것을, 내가 자네에게 제안하네…… 나와 자네의 합동 작업을 최악의 선 에도 굴하지 말고, 한번 해보지 않겠느냐고 말하러 온 것인데 그것은 이젠 새롭게가 아니라 '마지막 일'을 하지 않겠나 하는 것일세.

아니, 내게 이야기를 계속하게 해주게. 긴 여행을 했어……『대우주의 여행―시공간을 관통하여』라는 책이, 어렸을 때, 형의 책장에 있었지. 긴 여행에서 돌아와 자네 앞에 서 있는 거야…… 쌓인 이야기를 하게 해주게나. 사쿠라 씨가 마지막 카드로 갖고 있으라고 한 얘긴데, 실은 그것이 유효한지 어떤지 난 잘 모르겠네. 그래서 이것은, 내가 스스로 준비한 모티베이션으로서 말하겠네. 자네도 소설을 쓰지 않는 생활이 이어지고 있다지. 이런 식으로 히카리와 보행 연습을 하는 것도 중요해. 그렇지만, 자네 나이라도 좀 더 해봐야 할 일이 있는 것 아닐까?"

이미 고모리와, 저녁녘의 운하 변에서 실질적인 이야기를 시작하고 있었다. 사쿠라 씨의(그녀야말로 정말 긴 여행길을 극복한, 이라고 해야겠지만) 30년 만의 의뢰 내용이 나에게 구름을 잡는 것 같았는가 하면, 실은 그렇지 않았다. 시코쿠의 계곡에서, 모친이 95세를 앞두고 돌아가신 뒤에도 혼자 자립해서 살고 있는 여동생 아사는 사쿠라 씨와 연락을 계속 취해왔고 그것을 나에게 보고해주었기 때문이다. 이사는 30년 전에 시작한, 〈'메이스케 어머니' 출진〉의 연극 공연에서 어머니가 연기한 '넋두리'를 마을의 노인들에게 듣는 일을 여전히 하고 있다. 아사는 어머니가 돌아가신 이후, 방법을 새롭게 한 청취 기록 수법으로 어머니의 죽음을 애도하는 말을 먼저 끌어내고 나서 다음 이야기를 듣는다면서 그 방법으로 더욱 생생한 회상을 해주는 할머니들을 만났다고 말했다.

고모리가 꺼낸 말은, 아사가 그렇게 기대하고, 옆에서 그 준비를 계속해오는 방향에서 사쿠라 씨가 영화를 찍으려고 하고 있다는 이야기였다. 늙은 여배우로서의 자신을 전면에 드러내 〈'메이스케 어머니' 출진〉의 '넋두리'를 똑같이 연기하고 싶다. 뿐만 아니라 그 숲 속에 소극장 무대를 다시 만들어, 무대에서 하는 '넋두리'를 그대로 영화로 찍고 싶다……

"아사 씨와 사쿠라 씨는 30년 전에 한 번 만난 것을 계기로, 굳은 맹약으로 맺어져 있네. 아사 씨에게 받은, 〈'메이스케 어머니' 출진〉을 본 사람한테 듣고 적은 것이, 사쿠라 씨가 2막짜리로 복원하고 있는 연극의 자료지. 사쿠라 씨가 연극에서 입을 의상은 '환생한 메이스케'의 것도 포함해서 아사 씨가 혼자 관리해왔어. 그걸 일부러 가부키 도구업자가 있는 곳으로 옮겨, 의상도 가발도 보수해두었어.

2년 전, 사쿠라 씨가 '미하엘 콜하스 영화'를 다시 찍겠다고 했을 때는, 그건 불가능하다고 나도 말했지. 지금의 내겐 영화 제작 팀을 조직할 힘은 없고 자금융통도 안 돼. 클라이스트 탄생 200주년 제는 이미 옛날. 지금은 사후 200주년 제가 가까울 정도야. 그쪽을 겨냥하고 하는 거라면, 찾으면 있을지 모르겠지만……

그런데 사쿠라 씨 제안은 실로 잘 생각하고 나서 한 것이었네. 큰 영화 제작 팀은 필요 없고, 필요한 자금이라면 스스로 융통할 수 있다고 했네. 뿐만 아니라 새 영화는, 〈'메이스케 어머니' 출진〉의 혼령이 전하는 '넋두리'만으로 가는 거지.

그리고 사쿠라 씨는 깊이 생각한 것을 내게 다 말해주었어. 자네 어머니가 전후의 어려운 시기에, 그것도 여자의 몸으로 혼자서 아이들을 키워야만 했던 시기에, 국가의 방침이 바뀌어 가업은 계속할 수 없게 되었지! 그런 역경을 오히려 기회로 삼아 용감하게 행동했고 큰돈을 손에 넣었어. 그것도 국가의 통제에 역행하는 암거래였으니, 들키면 잡혀갈 일이지. 아이들이 살아가려면, 당시에 넘쳐나던 부랑아가 되는 수밖에 없었어. 그만큼의 위험을 감수하고 얻은 돈을 대부분 투자해서 연극을 공연했던 거야!

그것은 그냥 할 수 있는 일은 아니지. 자네 어머니에게, 탄식에 탄식을 거듭하며 분노의 비명도 지르는…… '넋두리'로 풀어내고 싶은, 엄청난 응어리가 있었기 때문 아닌가? 그 '넋두리'에, 숲 속, 숲 주변의 여자들이 총출동해서 너도 나도 울며 몸을 흔들고, 반나절여나 감동했던 거지. 그 참가자의 심정은, 아사 씨가 듣고 적은 글이 조금씩 분명히 보여주고 있지. 그것은 토지의 여인들 모두에게, 오래된, 그야말로 봉기가 있었던 그 옛날부터 비탄이며 분노가 쌓여왔다는 것이지!

그리고 사쿠라 씨는, 마음을 정했다는 식으로 말했어. 30년 전, '미하엘 콜하스 영화'를 찍으려고 했다가, 연극 공연 이야기에 감동받았을 때, 실은 자신이 그 역할을 제대로 해낼 수 있을지 불안했다고. 그러나 지금은 자신에게 그만큼의 비탄과 분노의 경험이 있다고. 지금이야말로 그걸 하고 싶다고. 그리고 시나리오는 Kenzaburo에게 부탁한다고. 아사 씨는 오빠가 소설가가 된 것도, 그걸 고통스럽게 계속해온 것도 얼마간 그 '넋두리 정신'을 어머니에게 물려받았기 때문이라고 말했어……

그래서 나는, 비로소…… 나를 비열하다고 비난하고, 그리고 교제를 끊은 채로 있었던 자네 앞에 부탁거리를 가지고 얼굴을 내밀었네. 그럴 각오를 했다네…… 어떤가, 나에 대해서도 자네는 못 하겠다고는 말할 수 없겠지?"

나는 승낙했다.

2

다시 사흘 후에 히카리와 함께 하는 보행 연습 때 나타난 고모리는, 사쿠라 씨에게 이메일로 중간 보고를 했다면서(아사도, 그녀에게 기뻐하는 이메일이 도착했다고 나에게 전화로 알렸다), 자신의 개인적인 사정도 이야기하는 가운데(전립선암에 걸렸는데, 수술하여 무사히 3년째로 접어들었다고 시원스럽게 말한 것은 이때다) 사쿠라 씨의 새 영화에 대해 다른 관점에서의 구상을 말했다. 고모리에게 이번 영화 플랜은, 관계자들인 우리의 연령상 생길 수 있는 이변을 감안한다 하더라도, 사쿠라 씨의 영화가 결코 사라지지는 않는다는 의미를 갖는 것이었다. 사쿠라 씨의 제안을 내가 거절하는 것은 있을 수 없는 일이었으니, 바로 거기에, 고모리가 나와 직접 담판을 짓기 위해 일본에 온, 원래 이유가 있었을지도 모른다고 생각했을 정도다.

"이번에 사쿠라 씨가 '미하엘 콜하스 영화'에 재도전을 표명했을 때, 앞에서도 말했지만, 솔직히 나에게 적극적인 관심은 없었지. 그것은 끝난 얘기라고 느끼고 있었네. 오히려 그것이 끝났을 때부터 '사쿠라 씨 문제'로 시작된 것이 있지. 나는 그것에서는 도망칠 수가 없네. 도망칠 생각도 없다고 하는 것이, 나에 대한 자네의 비판에 대한 대답이었어. 그랬는데 이야기를 듣다 보니 이건 이제 늙은 여배우의 과거에 대한 향수 차원의 이야기가 아니라는 것을 깨달았네. 그런 나에게 특히 와닿았던 것은 사쿠라 씨의 마지막 한마디였어. 이 영화에 감독은 필요 없다, 그녀와 나와 Kenzaburo, 그 세 사람이 함께 만드는 영화라고 말했다네!

하여간 요즘의 나는, 어떤 식으로 살아왔던가? 그 일의 실패는 치명적이어서 국제적인 영화 일이 나에게 오는 일은 없어져버렸지. 그런데 일본은 거품경제를 향해 돌진하는 가운데…… 실질은 전혀 없지만 화려한 예산이라면 잔뜩 있는 광고 산업이 나를 받아들였지. 이를테면 할리우드 스타를 광고에 끌어들이고, 엄청난 출연료를 주고 방영은 일본에서만 한다는 수상한 조건이지. 누구라도 할 수 있는 일이었어. 오랜 지인이 도쿄의 업계에 있고, 뉴욕에 사무실이 있다면. 그것도 일본 측이 큰돈을 낼 터이니, 왕 같은 기분으로 비즈니스가 가능해지지.

그러다가, 나는 토론토로 촬영 준비를 하러 갔네. 나와 캐나다 영화 산업의 관련이라면, 그때의 실패의 원인을 제공한 사람이 있다는 건데, 이쪽은 손해를 본 당사자인지라 옛날부터 아는 영화 관계자들이 나를 위로해줬어. 모두가 진지한 이들이어서 캐나다에서 나온 영화 관련 책 이야기가 나왔지. 캐나다와 관계가 깊은 맬컴 로리의 영화 관련 책인데, 호평을 받았다기에 받아와 읽었어. 그게 재미있었어. 자네는 꽤 자주 로리에 대해서 써왔지? 우리가 대학 다닐 때, 교수 이름으로 『화산 아래서』를 번역했던 그룹을 제외하면, 로리는 일본에선 별로 화제가 되지 않은 사람인데, 자네는 소설에 로리에 대해 쓴 적이 있는, 드문 작가지. 아울러 자네가 스콧 피츠제럴드의 『밤은 부드러워』를 옆구리에 끼고 교실에 들어왔기에, 그걸 잡아챘더니 자네가 화냈던 기억이 있어.

그 두 가지 일이 얽혀서, 이 책을 보다 자네를 생각했어. 'The Cinema of Malcolm Lowry'라는 책이야. 로리와, 원래 배우였던 그의 부인 마쥬리 보너가……멕시코 영화계에서 이 사람에 관한 이야기를 들었다고 사쿠라 씨가 말했는데……『밤은 부드러워』의 시나리오를 쓴 사람이지. 영화화되지는 않았지만 다양한 레벨의 초고를 모은 연구, A Scholarly Edition of Lowry's 'Tender Is the Night'라는 부제가 달려 있으니까 내 말의 의미는 알겠지?

로리는 분명 소설가로서 피츠제럴드의 소설을 시나리오화한 거야. 소설가로서 말이야. 그건 말하자면, 영화화되어 상영되는 『밤은 부드러워』를 영화관에서 관객이 숨을 죽이고 보고 있는…… 그런 장면을 말로 재현한, 그런 방식의 시나리오지. 시나리오 작가라기보다, 일류 소설가로서의 로리의 재능이 보이네. 그것을 읽으면서, Kenzaburo도, 이러한 방법이라면 쓸 수 있겠지, 하고 생각했어.

나는 프로 영화 제작자네. 그래서 솔직히 말하는데, 자네는 프로 시나리오 작가는 아니야. 그리고 맬컴 로리도 프로 시나리오 작가는 아니야. 그렇지?

그래서 말인데, 프로 영화배우인 사쿠라 씨가, 감독 없이 영화를 찍으려 하고 있어…… 그런 자부심과 각오에 직면하게 되면서, 내가 생각한 일이 있지.

　실제로 로리는 어떻게 했을까? 지금 말했던 대로, 그는 시나리오를 쓴 게 아니야! 피츠제럴드의 소설을 완벽하게 영화로 만든 것이 있다고 치고, 그것을 마주리와 함께 보는 나. 그런 시점을 설정해서, 그 시점에서 영화를 보아 나가면서 또 그런 상황을 그대로 쓰는 3인칭 현재형 소설을 쓴 거야. 보통 시나리오와 비교하자면 흠투성이지. 마냥 길기만 한 지문, 카메라에 대한 지시로 쓰인 상세한 정경 묘사…… 말하자면 로리 시네마랄수밖에 없는, 자신의 영화에 대한 소설을 쓴 거지! Kenzaburo, 자네는 이미 한번 시나리오를 썼어. 그 시나리오가 영화화된다면 어떤 것이 될지, 자네 자신에게는 보이겠지. 그것을 기억해내서 글을 써줬으면 하네. 프로 소설가로서 영화에 대한 소설을 써주었으면 좋겠네. 그 소설을 텍스트 삼아 사쿠라 씨가 자유롭게 영화를 촬영하는 거야. 그녀야말로 프로 영화인이니, 할 수 있는 일이야.

　그리고 Kenzaburo, 이 영화의 제작 방식에는, 지금까지 나도 생각지 못했지만 생각해보면 나한테는 너무나 절실한…… 이점이 있네. 까놓고 말하는데 내 전립선암이 재발되어서 이 영화까지 유산된다고 해도 말이지…… 그런 일은 있을 수 있지. 자네는 자네만 살아남아, 완성된 영화를 볼 수 있는 그런 건강에 대한 자신은 있는가?

　사쿠라 씨는 장수하겠지만, 나나 자네 두 사람의 협력자가 없어져서 실제 계획이 유산된다 해도, 자네가 써둔 소설로서의 시나리오를 읽게 된다면, 바로 그걸로 우리의 영화를 보는 것과 같은 기분이 들 수 있어. 거기다가 Kenzaburo의 소설을 통해 미래에 상당한 수의 사람들이, 사쿠라 씨의 그 영화를 보는 것과 같은 체험을 하겠지. 사쿠라 씨 자신도, 백 살까지 산다면, 자네의 소설을 읽음으로써 영화 속의 자신을 애틋하게 추억할 수 있을 테지……

히카리 군에게는 좋은 일이겠지만, 매일 자네가 그렇게까지 보행 연습에 열중하는 사실이 보여주듯이, 자네는 소설에서 멀어지고 있다고 치카시 씨가 말했네. 그러니 이 계획이 프로 베테랑 소설가의 생활을 되돌리는 계기가 되지 않을까? 사실 자네 Kenzaburo, 지금 내 이야기를 들으면서 상상력과 오른팔이 근질근질하는……자네가 질려 하는 내 언어 취향으로 표현하자면 말이지……그런 느낌을 받고 있는 거 아닌가?"

일단 말을 멈추고, 고모리는 내 오른팔을 바라보며 분위기를 몰아가더니 결심한 듯 말을 이었다. "자네는 사쿠라 씨가 자주 하는 말로 'It's only movies, but movies it is!'라는 말을 들은 적이 있나? '그래 봐야 야구, 그래도 야구'라는 말에 빗대어 한 말이지."

"그 말을 직접 들은 적은 없어. 하지만 아사가 말하기를 사쿠라 씨가 이메일에서 효과적으로 사용한다고 하더군. 그 얘기와 내 안에서 이어져 있는 얘긴데 우리 어머니가 돌아가셔서 장례식 때문에 고향에 갔을 때, 아사는 근처에 사는 분들의 애도 인사도 듣는 둥 마는 둥 하면서 나를 붙잡고, 어머니가 평생에 한 번 남들 앞에서 했던 '메이스케 어머니'의 혼령 연극 이야기를 듣고 받아적는 일을 계속하겠다는 결심을 표명하더군. 그것을 모아 사쿠라 씨가 영화로 만들 거라고…… 영화 장면을 여러 가지로 상상하면, 남은 인생은 외톨이 여생이지만, 용기가 불끈불끈 솟아난다고 했네……"

"그게 '영화의 힘'이지. 자네에게 한 방 먹였다고 요전에 내가 말했던 교토 호텔 건 말인데, 그 일만 동기가 되었다면, 그건 하룻밤의 일탈로 치부되고 말 일일세. 원체가 나는 삽입주의라서 말이지, 삽입도 못 하는 성애에 목숨을 거는 타입이 아니야.

그때 난 곧바로 대실책의 뒤처리에만 정신이 팔려, 자네에게 비열하다는 말을 들을 정도의 일을 해서 'M계획'을 지켰지만, 그쪽에선 그냥 손을 털더군. 그런데도 내 책임 문제를 묻는 재판도 있었고 사쿠라 씨도 고발당했지. 하긴 그녀는 입원 생활 중이었고 고통스러운 날들이 이어졌네…… 말하자면 이 30년 동안, 나는 그 사람 인력(引力)자장에서 빠져나온 적이 없고 종국에는 다시 그녀의 마지막 영화 제작을 위해 뛰어다니고 있지.

그래서 가만히 생각해보면 말이지, 이건 사쿠라 씨한테가 아니라, 그녀라는 모습을 한 '영화의 힘'에 조종당한 거라고 해야 하지 않을까? 그런데다 문득 정신을 차리고 보니, 나 역시 그녀가 늘 하는 말을 중얼거리고 있는 처지니 말이네.

'It's only movies, but movies it is!'"

3

나는 이렇게 해서, 고모리 다모쓰에 의해 사쿠라 씨의 영화 제작에 다시 관여하게 되었다. 이번에 고모리는, 전 세계 규모의 'M계획'이라느니, 일본의 대기업이 관여한다느니 하는 말은 하지 않았다. 소규모지만 견실한 방식으로 진행되고 있음이 느껴졌다. 그런 고모리와 협력하면서, 지역에 뿌리를 내리고 있는 이의 실력을 보여준 것이 아사였다. 그녀는 아낌없는 노력으로 일했다.

고모리는 7월 초, 일단 미국으로 돌아갔다. 그에 따라 일본 쪽의 구체적인 작업을 인계받은 아사가 시코쿠 숲에서 두 여성을 데리고 상경했다. 치카시는 아사와 그 일행을 집에 머물게 할 준비를 했지만, 아사만 뜻을 받아들이고, 젊은 일행들은 사쿠라 씨에게 부탁받은 일이 있다면서 큰 짐들과 함께 가마쿠라의 야나기 부인 집으로(버블 시기에 좋은 조건으로 2분의 1을 처분하여 그 돈으로 맨션을 세워 경영하는 데 성공했고, 경제가 침체되자, 팔았을 때 그대로 아직 개발되지 않은 토지를 되샀다고 하는) 보냈다. 아사 일행이 가지고 온 것은 수리를 마친 '메이스케 어머니'의 의상과 가발이었고, 어린 시절부터 나이 든 지금까지 변함없는 사이즈에 몸무게가 변하지 않은 야나기 부인에게 입혀보고 꼼꼼하게 수선하기 위해서라고 했다.

아사는 나와 치카시, 옆에서 FM을 듣고 있지만 손님의 이야기에도 주의를 기울이고 있는 히카리를 향해, 그녀가 사쿠라 씨의 새로운 영화 제작을 돕게 된 과정을 다시 한 번 이야기했다.

"나는 '미하엘 콜하스 영화'가 중지된 이후에도, 어머니의 연극 공연을 본 사람들이 하는 이야기를 받아적어왔어요. 어머니 자신은 끝까지 흥미를 나타내지 않았지만, 속마음은 그렇지 않다는 걸 읽어낼 때가 있었어요. 노벨상 수상 때, 마을까지 취재를 온 방송국 사람이 어머니에게 여러 가지를 물으면서 패전 직후에 연극을 했다고 하는데, 이기회에 다시 해보지 않겠느냐고, 하고 반은 놀리는 것 같은 질문을 했지요. 어머니는, '그것 좋겠네요, 시골 연극이지만 연극은 연극이니까요, 아주 재미있었지요!' 하고 대답해서 사람들을 웃게 했지요. 나는 어머니가 진심으로 대답한 거라고 느꼈어요. 그 후 사쿠라 씨의 이메일에 'It's only movies, but movies it is!'라고 쓰여 있는 것을 처음 보고, 어머니의 생각과 같다고 말했더니, '그럴지도 모르지, 여배우끼리, 통하는 것이 있는 거 아닐까?'라고 해서 이번에는 저를 웃게 했지요……

어머니가 돌아가셨을 때, 오빠가 보냈던 현금 든 등기우편이 하나도 개봉되지 않은 채 그 상하이에서 사온 가방에 들어 있었다는 것은 말했죠? 그 돈을 자유롭게 사용해도 좋다고 해서 가까이 사는 젊은이들과 극단을 만들었어요. '미하엘 콜하스 영화'의 시나리오를 받아서 가지고 있으니, 그것을 우리가 상연해봅시다, 패전 직후 연극 공연도 어머니 포함해서 여성 2인조로 했지 않았느냐고 했지요……

그 이전부터, 정기적으로 사쿠라 씨에게 청취 기록을 보내는 일이 시작되었는데, 아무리 그렇다 해도 연극 공연 얘기는 꺼낼 수 없었어요. 오빠한테도 말하지 않았지요. 그래도 사쿠라 씨의 이메일에 있던 말은 계속 내 머리에 있었던 것이죠.

난, 이번 영화가 아카데미상 한 개 부문 정도는 받았으면 해요…… 언니, 웃을 일은 아니지요? 오빠가 노벨상을 받을 거라고는 생각한 적도 없었거든요…… 수상식에서 사쿠라 씨가 이 말을 해주었으면 좋겠어요. 'It's only movies, but movies it is!'

'사야'의 활엽수림 단풍철에 맞추어 무대를 설치하고, 사쿠라 씨의 영화를 촬영할 겁니다…… 10월 후반부터 11월에 걸쳐서요. 오빠의 시나리오는 여름 안에 완성될 거라고 들었어요. 나와 함께하는 사람들이 맡은 것은, 무대에서의 연극을 보는, '사야' 전체를 채울 여자들의 역할이에요. 준비에 전력을 다하고 있어요.

말하자면 관객이 곧 엑스트라가 되는 셈인데 이전 시나리오에 있는, '메이스케 어머니'와 '환생한 메이스케' 이야기를 바탕으로 만들어진 연극을 촬영에 앞서 우리 극단이 상연해서 분위기를 돋울 거예요. 사쿠라 씨가 좀 빨리 들어와 현내 고등학교 여러 곳에서 영어 시 낭송과 새 영화에서 차용한 일인극을 해주기로 되어 있어요.

……그런 내용의 이메일을 주고받는 가운데 나온 이야기인데요. 사쿠라 씨는 연극=영화의 엔딩 곡을 계속 생각해왔지요. 그리고 처음에는, 내 청취록을 통해 어머니가 한 연극 공연에서 시골 가부키 음악이 사용되었다는 것을 알고 그 음악을 쓸 생각이었어요. 그런데 사쿠라 씨의 기억에 새겨져 있는 특별한 음악을, 옛날 거니 LP판을 찾아내서 연주자부터 모든 것을 일일이 복원해 사용할 생각을 하게 되었죠. 그 음악은 아직 소녀였던 자신의 연기가 처음 촬영되었던, 내용도 잘 기억나지 않는 영화 속 음악인데, 훗날 그 영화를 보고 충격이 컸다는…… 필름을 찾아온 고모리 씨에게, 왜 사쿠라 씨에게 보여주었냐면서 그 행위는 이 영화를 찍은 짓보다 더 비열하지 않느냐면서 Kenzaburo가 고모리 씨에게 덤벼들 정도였는데('그건 거꾸로인데' 하고 나는 속으로 생각했다) 그 영화 음악이 잊히지 않는다면서 사쿠라 씨는 다시 한 번 영화를 보는 것은 고통스러우니까 음악만 빼내서 달라고 고모리 씨에게 의뢰했지요.

그 테이프가 도착한 것을 다시 듣고, 옳은 선택이라고 생각했고, 무슨 곡인지도 알았는데요…… 연주자를 알아낼 수가 없었어요. 그런데다 NHK에서 방영한다는 결정까지 나서 방송국 담당자는 그럴 경우 원래의 LP연주자의 저작권 문제에 대해 걱정했지요. 그래서 금방, 히카리에게 부탁하자고 대답했어요. 사쿠라에게 다시 CD에 녹음해서 보내달라고 했어요. 오빠가 그 영화를 싫어하는 사정도 들은 바 있고, 내 나름대로 이해도 했지만, 음악만 쓰는 거니까 괜찮지 않아요? 어떠니 히카리? 들어봐줄래?"

히카리는 나와 치카시의 반응을 확인하려 했다. 야나기 부인의 저택에서 본 영화 내용, 고모리와의 충돌에 대해 나는 치카시에게 이야기했다. 그 후 30년이 지났고 그 일이 계기가 된 관계 두절에 대해서는 말하지 않은 채, 나는 고모리와의 교제를 다시 시작했고, 집에도 들였다. 같이 일까지 하려고 하고 있다. 그런 얘기를 말한 적은 없지만 치카시는 타협적인 화해를 자타 막론하고 인정하지 않는 성격이다. 나는 그 점이 신경쓰였다. 히카리와 나의 망설임을 알아채고,

"히카리 일이니까 말하는데요" 하고 치카시가 입을 열었다. "사쿠라 씨에게 고모리 씨는 오랫동안 헌신했고, 그렇기 때문에 이런 이야기가 나온 것이죠? 그렇다고 한다면……"

"나도 같은 생각이야" 하고 나는 말했다.

히카리는 기꺼이 받아들였다. 치카시도 함께 음악을 들었다. 나는 내 안에서 어전히 어둠에 씌어 있는 끔찍한 화면을 떨쳐낼 수 없지만, 피아노 소리의 섬세함에 매혹당했다. 부드럽고, 목가적이기도 한 구절과 함께, 말에 태운 '환생한 메이스케'와 숲 속 길을 '메이스케 어머니'가 걷는 모습의 영상이 떠오를 정도였다. 한순간 폭력적으로 비통한 무언가가 다가오는 것이 예고되는 것 같기도 했다. 나는 그것에

대해 잘 모르는 채로 이미 70대에 접어들었지만, 그것을 뛰어넘어, 어떤 신비한 존재로부터의 부름이, 또 그 존재를 부르는 소리가 많지 않은 음(音)으로 이루어진 노래하듯 단순한 선율을 통해서 들려오는 것처럼 느꼈다. 그러면서도 나는 저 작은 구멍을 억지로 벌리는 집게손가락의 위협에서 도망치지 못했던 것이다.

"베토벤의 작품 111번 피아노 소나타입니다. 연주는 프리드리히 굴다입니다" 하고 히카리는 부드러운 음성으로 말했다. "애석하게도, 모노입니다…… 1958년에 녹음한 것인데, 다른 작품과 함께 녹음된 CD가 있습니다. 아빠가 베를린에서 사온 염가판입니다!"

4

10월 1일, 사쿠라 씨와 고모리가 나리타에 도착했다. 시코쿠에서 온 아사 역시, 일행인 여성 두 사람을 데리고 와 있었다. 뉴욕발 직항편 탑승객이 세관에서 나오는 것을 기다리는 동안, 나는 아사의 극단에서 가장 젊은 여성이라는 아가씨를 어디선가 본 듯한 느낌이 들어 (전에도 느끼고 있었지만) 본인에게 이야기했다.

"당신을 기억하고 있다는 것이 아니라, 어머니라든가……"

"제 할머니가, 선생님과 동창이셨다고 합니다. 어린이 농업협동조합의 저금을 어른 농협에 전달할 때, 선생님과 함께 갔다고 했어요."

마을에 생긴 신제 중학교에서 조합장으로 뽑혔지만, 실제로 일하는 것은 혼자여서 난감할 때 그녀의 할머니가 도와주어서 개인적인 기억이 남아 있는 것이다.

그녀보다 연상인 또 한 여성은, '오쿠후쿠' 소동 때 '여자와 노인도 야오기야로 가라!'는 명령에 따라 파괴된 양조장집과 혈연 관계가 있다고 했다.

"오빠가 할머니에게 6척짜리 술통을 부술 때의 방식을 배운 것처럼, 이 아가씨의 어머니는⋯⋯내 동창생인데⋯⋯어떻게 대응하면 폭도들을 자극하지 않을지를 배웠다고 해요. 한눈에도 산골 지방의 오래된 가문 출신 같죠? 하지만 마음은 젊어서 젊은 쪽 아가씨를 데리고 오프브로드웨이로 사쿠라 씨 공연을 보러 갔어요."

"선생님이, 『체인질링』에 인용하고 계신, 윌레 소잉카*의 『죽음과 왕의 마부』였어요. 대 비극이 끝나자 곧바로 시장에 모여 있는 요루바족 여인들에게⋯⋯ 선생님은 '족장격인 여성의'라고 쓰셨는데, 이요라쟈가 말을 걸지요? '이제 죽어버린 이들의 일은 잊읍시다, 살아 있는 사람들의 일까지도. 당신들의 마음을, 아직 태어나지 않은 이들에게만 주도록 합시다'라고요. 그 이요라쟈의 연기를, 사쿠라 씨가 했습니다. 위엄 있는 영어로요. 우리 같은 사람들은 그 목소리에 튕겨져 날려갈 것 같았는데, 선생님의 요약을 읽었기 때문에 의미는 이해했습니다. 극장은 작았지만, 무대 전체가 시장이었고, 그곳을 메운 여인들이 추모곡을 부르면서 막이 내리는데 너무 굉장해서 우리는 모두 푹 빠져서 '사야'의 무대에 대해 이야기했습니다. '메이스케 어머니'의 혼령의 '넋두리'에 대해 외침으로 대답하는 우리의 합창을, 이처럼 눈물과 땀

---

* 1986년 노벨 문학상을 받은 나이지리아 극작가, 시인, 소설가(1934~).

을 흘리며 몸을 흔드는, 봉기 때 여자들이 한 '메이스케 어머니'에 대한 진혼곡으로 만들고 싶다고……

이요라쟈 역의 사쿠라 씨가 너무나 크고 압도적이어서, 아사 씨한테 이메일로 예고받았는데도 인사하러 가지도 못했습니다……"

세관에서 나온 사쿠라 씨는, 방금 전 이야기와는 반대로, 내 기억보다 훨씬 작은 체구였고, 마르지는 않았지만 나이 든 여성의 군살은 전혀 없었다. 변함없이 여유로우면서도 시원시원한 발걸음으로 나타났다. 여전히 통통한 얼굴에 우수에 젖은 듯한 커다란 눈이(해외에서 온 여배우 같아 보이는 선글라스는 쓰고 있지 않았다) 곧 나를 발견했다. 이어서 휠체어에 앉은, 여름에 만났을 때보다 여위어 왜소해진 고모리가 나타났다. 그는 피로한 기색이 완연했고 우리 중 누구에게도 인사하지 않았다. 깊숙이 모자를 눌러쓴 아이 같은 얼굴이 잿빛을 띠고 있었다. 운하를 따라 난 산책 코스에서 다시 만났을 때 했던 화장은, 이젠 하지 않는 듯했다. 아사에게 보낸 이메일에서, 고모리는 정기 검진에서 암이 재발했음을 암시했지만, 미국에서 병원으로 들어가면 더 이상 행동할 수 없게 되기 때문에, 도쿄에서 검사를 위한 입원을 하고 병원을 근거지 삼아 시코쿠에서의 단 한 번의 상연과 촬영을 기획하겠다고 말했다.

준비된 소형 버스 운전석 뒷자리의 의자 세 개가 침대로 마련되어 있었다. 그 자리에 고모리가 옮겨졌고, 같은 폭으로 고정해둔 뒷줄 의자 두 개 중 사쿠라 씨를 안쪽으로 앉게 하고 내가 앉았다. 통로를 사이에 두고 하나만 있는 의자에 아사가 앉았고, 시코쿠에서 온 아가씨들과, 그녀들과 면식이 있는 듯한 (고모리를 옮겨준) NHK 스태프들이, 뒷좌석에 모여 앉았다.

"최종 대본, 받았습니다. 저와 아사 씨의 희망사항이 잘 반영되어 있었습니다. 감사합니다" 하고 사쿠라 씨는 격식을 차린 인사를 했다.

또 다른 NHK 촬영반이, 사쿠라 씨의 행보를 도착 때부터 계속해서 비디오에 담고 있었다. 그 작업도 이미 시작되고 있었던 것이다. 이 특별 소형 버스도, 운전기사까지 포함해서 NHK가 제공했다. 그리고 야나기 부인의(고모리의 입원 준비 등, 처리해야 할 일이 많아 나리타에는 오지 않았다) 가마쿠라 저택으로 향했다. 나는 도쿄까지 같이 타고 가기로 했었다.

버스가 고속도로를 타자 곧바로 사쿠라 씨가 말했다.

"제 작품 목록을 만든 영화사 연구가가 해외에서 활약해온 일본인 여성사라는 NHK 기획에서 제가 잊어버렸던 영화까지 DVD로 만들어주었어요. 그중에 저와 치카시 씨의 오빠가 함께 나온 것도 있었어요. 콘래드 원작인 〈로드 짐〉으로 피터 오툴이 주연이었는데, 그가 귀여워했던……그리고 트러블의 원인이 된 부족장의 아들이 하나와 고로였어요. 저는 그의 어머니 역이었고요…… 모두 영어로 이야기했기 때문에, 촬영하는 동안, 하나와 씨가 일본인 줄은 몰랐어요…… 그런 일이 생기다니 치카시 씨에게는 정말 안된 일이었어요."

"치카시도, 히키리를 데리고 시코쿠로 갑니다. 히가리는 그렇다 치고, 연극 공연장은 남성 금지 구역이라 저는 갈 수 없습니다만, 촬영이 끝나고 한숨 돌리시고 나면, 야나기 부인과 함께 초대하고 싶다, 온난화 탓에 장미가 줄곧 피어 있으니까, 그러면서 치카시가 의기충천해 있습니다.

앞으로, '사야'에서의 촬영 대상이 되기도 하는 관객 수를 확보할 목적으로 사쿠라 씨가 봉사해주시게 된 시간이 엄청나게 많다고, 동년배인 치카시는 경탄하고 있더군요……"

통로 쪽으로 몸을 내밀고 아사가 우리 대화에 끼었다.

"고등학교에서 20분씩 사쿠라 씨가 해주실 일인극 말인데요, 교육위원회의 의견도 있었던 것 같은데, 교장 선생님이 대본을 보고 싶대요. 세 고등학교가 한꺼번에…… 결국, 어느 학교나 다, 강간, 윤간이라는 단어, 그리고 '좋았느냐'라는 대목에 나오는 대사의 응수를 삭제해달라고 요청해왔어요.

사쿠라 씨는 뉴욕 공연으로 바쁘셨기 때문에 오빠에게 상담했어요. 그런데 '금방 대사를 바꿀 수 있는 부분이 아닌데' 하면서 불쾌해했죠…… 우리도 같은 의견이고요. 그래서 내가 아이디어를 내서 2막 '넋두리'의 발췌 부분만, 고모리 씨가 번역한 영어판으로 바꿔서…… 그러니까 미국 대학에서 한 공연 스타일로 하면 어떻겠느냐고…… 1막 발췌 부분은 일본어로 하고, 2막은 영어로 하면 외국어 교육 면에서도 재미있지 않겠느냐고 그랬어요. 그랬더니 세 학교 모두 적극적으로 찬성했어요. 사쿠라 씨는 그렇게 해주실 텐데…… 그런데 어떻게 금방 그렇게 찬성한 걸까요?"

"내 번역, 아니 내 표현 스타일 자체가 품위가 있어서지요" 하고 고모리는 이날 처음으로 입을 열었다.

"뭐라고요? 품위가 있다고요!?" 하고 사쿠라 씨는 걸고 넘어갔지만, 긴 여행의 피로가 누적된 고모리는 상대하지 않았다.

NHK의 크루가 소형 버스 앞부분에 설치된 텔레비전으로, 제작 준비가 진행 중인 '사야'의 무대를 찍은 비디오를 재생시켰다. 아사가 해설을 했다.

"앞으로 한 달 반이면, '사야'를 둘러싼 활엽수림은 연노랑빛으로 시작해서, 짙고 붉게 물들어 단풍 경쟁을 시작할 거고, 사쿠라 씨가 앉은 위치 바로 뒤에서 커다란 옻나무들 가지가 펼쳐져 있는 형태가 될 겁니다.

30년 전, '미하엘 콜하스 영화' 계획이 중지되었을 때, 우리는 그냥 연기된 걸로 받아들였기 때문에, 그때까지 고모리 씨에게 부탁받고 이런저런 준비를 하던 '마을 모임'이…… 오빠가 음악가 친구들을 데리고 와서, 공연을 했을 때 만들어진 청년들의 모임인데…… 사야를 정비해두자고 했어요.

'사야'를 둘러싼 나무들은, 원래 활엽수림이었지만 그 활엽수림에 섞여 있던 회나무나 삼나무를 고로쇠나무나 산단풍으로, 혹은 옛날에 그 산에 많았던 왁스 원료가 되는 옻나무로 바꾸는 운동을 계속했습니다. 30년 동안 해왔으니 지금은 굉장하지요. 장소가 너무 으슥한 곳이어서 보러 오는 사람도 없지만, 우리의 자랑거리입니다."

"우리가 카메라를 설치할 위치는 지금 약도에 나타나 있습니다…… 정면과 좌우…… 세 대의 카메라 구도로, 500명의 관객이 있으면, 무대 앞에서 옆쪽까지 '사야'를 가득 메운 사진을 찍을 수 있습니다" 하고 카메라맨이 말했다.

"500명!" 두 명의 아가씨는 걱정스러운 얼굴로 웃었다.

우리는 각각 조용히 (사쿠라 씨가 침묵하자 그 몸 전체가 10퍼센트 정도 작아진 듯했는데 그래도 등줄기는 똑바로 목을 지탱하고 있었고, 그 옛날이 생각나는 체취를 풍기고 있었다) 저물어가는 가을 풍경을 바라보았다. 나리타를 벗어나 가끔씩 나타나는 전원 풍경에 눈이 이끌렸던 것처럼, 그녀는 바다 쪽으로 보이는 지방 도시의 한 구역에 노골적으로 현대풍인……혹은 탈현대풍인……고층 건물들이 숲을 이루고 있는 모습에, 여유로운 눈길을 주고 있었다.

그것을 의식하지 않은 채로 지켜보던 나를 향해,

"……Kenzaburo, '메이스케 어머니'의 혼령이 하는 '넋두리'에 나오는 대사인데요, 들으셨나요?" 하고 사쿠라 씨는 다시 말을 시작했다. "그 진위가 아직 결말이 나지 않았으니, 아사 씨는 당신한테는 아직 들려주지 않았는지도 모르지만요."

"아니요, 못 들었습니다."

"아사 씨의 극단 분이, 어떤 노인 분한테 부탁해서 녹음한 노래가 도착했어요. 아직 일고여덟 살 때 듣고 외운…… 음감이 이상하게 좋은 아이들이 있죠? 히카리도 그랬잖아요. '넋두리' 자체는 아무것도 기억하지 못하면서, '넋두리'의 시작 부분과 한가운데 부분 정도에 들어 있는데, 혼령을 연기하는 사람이 노래하고, 공연장 가득 모인 여성들이 합창한, 그 추임새 부분만 기억하고 있다가, 놀 때 불렀다네요……

아주 낮고 느린 리듬으로…… 추임새 부분만 해보자면 이래요.

하 엔야 코라야
돗코이 잔잔 코라야

216

의미는 모르겠어요. 아사 씨가 중학교 음악교사한테 물었더니……
재생 속도를 올려서 들으면 금방 알 수 있다고…… 〈북해 오봉 노래〉
의 추임새라고 했대요……

그러고 보면 분명히 들었던 기억이 있어요. 하지만 원래의 박자로
돌려놓고 들으면 역시 그냥 지나칠 수가 없어요. 아사 씨는 '자이' 할
머니들 중엔 녹록지 않은 할머니도 있으니, 우리를 한방 먹이려는 건지
도 모른다고 하더군요……"

"〈북해 오봉 노래〉라고요…… 나도 아는 그 민요가 얼마나 오래된
것인지는 모르지만, 가설을 하나 세울 수는 있어요. 내가 『M/T와 숲
의 이상한 이야기』에서, 할머니와 어머니한테 들은 구전 이야기들을
어린이용 소설로 전부 썼더니, 미야코의 어느 여교사에게서 편지가
왔어요. '메이스케'가 '인간은 3천 년에 한 번 피는 밀꽃이노니!'라고
노래했다는 것은 자기들 마을의 '산헤이 봉기'를 이끈 사람의 말이고
사료에도 그렇게 나와 있답니다. 그 미우라 메이스케는 자기 선조인
데, 시코쿠의 '메이스케'란 누구냐고요.

그래서 아직 건강하셨던 어머니에게 물었더니, 최초의 봉기에서 활
동했던 신사 주지가 추궁당할 것이 두려워서 마을을 떠나 동북 지방
의 봉기에 가담했는데 새 시대가 되고 나서 돌아온 다음 자랑 삼아 이
야기했다고 할머니가 말했다고 합니다. 자신들이 구전으로 기억해온
이야기는, '오쿠후쿠'라는 시골풍 영웅의 이름을 바꿔 부른 것을 포함
해, 신사 주지의 허풍이 더해졌던 것은 아닐까요? 이 신사 주지는 당
시의 봉기를 전부 하나로 간주하고, 어느 곳의 봉기든 자유롭게 참가
했던 독특한 인물이었는지도 모르지요.

그렇다고 한다면, 신사 주지가 훨씬 후에 곧잘 찾아갔던 모리오카나 그 근처의 연회 모임에서 들은 민요를, 자신의 허풍에 끼워넣는다는 것도 있을 수 있는 일이겠지요."

"그렇다고 한다면…… 이렇게 해도 될까요? 당신의 어머니가 '넋두리'를 노래했을 때 관객이기도 하고 연극의 참가자이기도 한 마을 합창단이 그 추임새를 합창했다는, 그 부분을 어떻게 해야 할지 요즘 좀 고민하고 있어요.

Kenzaburo의 대본에 있는 최초의 봉기 때 '메이스케'의 대사인데요 (이어서 사쿠라 씨는 남자의 목소리로 말했다), 교섭의 적은, 첫번째가 성 안의 관리들, 두번째는 우리의 대표다! 여러분은 증세(增稅), 신세(新稅)를 철회하겠다는 '면허'를 받아낼 때까지, 관리들에게는 '작은 동그라미' 깃발……아사 씨가 극단의 소도구 담당을 시켜, 그 小〇 깃발은 만들어두었는데요……을 들이밀고 대표에게는 '속지 마라, 속지 마라!'라는 구호를 계속 들이밀고 나아가지 않으면 안 돼! 달리 깃발로 보일 것 같은 것이 있으면 귀여운 자식의 옷소매라 할지라도 찢어버려라. 쓸데없는 말은 하지 마라. 小〇, 속지 마라, 그 밖에는 말이 필요 없다!

거기서 인용해서, '속지 마라, 속지 마라'로 할까 생각하기도 했어요. 그런데 지금은 이렇게 할까 생각 중입니다."

그리고 사쿠라 씨는 비통하다고도 용감하다고도 뭐라 표현할 수 없는 굵은 알토로 노래했다.

하 엔야 코라야

돗코이 잔잔 코라야

봉기에 나섭시다

우리들 여인들이여 봉기에 나섭시다

속지 마라, 속지 마라!

하 엔야 코라야

돗코이 잔잔 코라야

나는 눈을 감은 채, 내 살찐 어깨로, 노래하는 사람이 흔드는 여윈 어깨가 전달하는 날카로운 것을 충격과 함께 받아들였다. 어머니가 위엄 있는 의상에 큰 가발을 쓰고 '메이스케 어머니'의 넋이 되어 울부짖듯 분노에 신음하듯 노래를 계속하던 모습 전체가 기억 속에 온전히 되살아나 지금 나와 함께 있었다. 그러다가 전해오는 압력에 어깨를 맞춰, 나도 몸을 흔들고 있었다······

사쿠라 씨가 노래를 마치자, 차 뒷좌석에서 아가씨들과 비디오 크루의 담당자 모두가 박수를 쳤다. 고모리도 눈을 뜨고 납작한 임시변통의 침대에서 가느다란 목을 들고 가슴 위로 박수를 치며 가세했다. 사쿠라 씨는 일어서지는 않았지만, 등받이에 기대고 있던 상체를 한껏 들어올리며 정성을 다해 인사했다. 다음 순간, 박수를 치던 이들 모두가 갑자기 조용해졌다

침묵 속에서, 사쿠라 씨는 비로소 상체를 의자 쪽으로 되돌리면서 등받이 손잡이를 뒤로 잡아당겼다. 그녀의 얼굴부터 가슴은 의자 속으로 깊이 파묻혀 통로를 사이에 둔 건너편의 아사 쪽에서 보더라도 내 상체에 가려 보이지 않게 되었다. 신체를 의자 속으로 파묻기 직전

에, 나에게는 보이지 않았던 한 손 동작을 통해 사쿠라 씨는 차 안의 침묵을 지속시켰다. 그리고 곧 바로 앞 낮은 곳에서 고모리의 숨소리가 들려왔다.

잠시 후에 사쿠라 씨가 작은 목소리로, 나에게 말을 걸었다. 가슴을 두근거리며 나는 들었다.

"지금처럼 해서, 추임새를 마친 사람들이 조용해지게 만들지요. 아사 씨한테는 그 부분을 꼭 철저하게 해주도록 부탁할 겁니다. 그리고 두세 박자 지난 다음…… 히카리가 가르쳐준…… 베토벤의 마지막 피아노 소나타 2악장이 울려퍼지도록 합니다, 숲에 메아리칠 정도로 큰 소리로요. 무대의 '메이스케 어머니'와 '환생한 메이스케'를 비추는 조명은 범위를 좁혀, 두 사람을 둘러싼 여자들 무리의 주변 실루엣만 빛이 나요…… 그런 모두의 위쪽으로, 저 노래 같은 몇 소절이 울려퍼집니다.

야나기 부인의 저택에서 나는 침실의 한쪽 파티션으로 둘러쳐진 구석으로 도망쳐서, 침대에 쓰러져 떨고 있었어요. 어둡고 고통스럽고 아프고 두려워서…… 더 이상은 아무것도 들리지 않게 되었죠. 압력이 가슴과 머릿속에 팽팽하게 차올랐어요…… 나는 어떻게 되는 거지? 그때, 피아노 음악의 그 부분이 쏟아져 내려왔어요. 나는 아아 하고 소리를 낼 수가 있었지요…… 내 연극 공연에서는 아아 하는 소리를 단풍이 한창인 숲속에 울려퍼지게 하고 싶어요, 그 음악에 실어서요……"

5

연극 공연, 영화 촬영을 위해, 사쿠라와 야나기 부인이 시코쿠로 떠나기 전날, 다시 그녀들을 맞으러 온 아사와, NHK의 음악 담당자들을 포함하여, 우리 집에서 기술적인 진행 단계를 확인하는 최종 회의를 했다.

재생 장치 앞에서, 굴다의 CD뿐 아니라 엘피 피아노 소나타 앨범도 준비하여 기다리고 있던 히카리에게, 사쿠라 씨가 말을 걸었다.

"네 CD가 정말 얼마나 힘이 되었나 몰라!"

히카리는 예의바르게 그 말을 받아넘기면서 2악장 Arietta의 시작 부분 악보를 우리에게 보여주고, Adagio molto, semplice e cantabile라고 확인했다.

"이 녹음 속의 굴다는 그렇게 치니까요!"

"아주 완만하게, 소박하게…… 정도면 될까, 히카리, 그리고 노래하듯이, 그렇게 하라는 거지?" 하고 노인의 위엄과 잘 어우러진 유머를 섞어 야나기 부인이 말했다.

"그렇습니다. Arietta는 '작은 아리아'이니까요" 하고 히카리는 대답하며 재생을 시작했고, 나는 스톱워치를 눌렀다.

그러나 내가 시간을 잴 필요는 없었다. 일단 CD 음을 줄이더니,

"여기까지가 2분 반이지요"라고 히카리는 말했다.

사쿠라 씨는 끄덕였다. 거기에서 다시 한 번 처음으로 돌아가, 그 완만하고 간결하면서도, 소박한 반복을 포함해 노래하는 듯한 음악이 2분 울려퍼진 시점에서, 사쿠라 씨가 아아 하고 (바로 그때의) 목소리

를 냈다. 그 연출 계획을 알고 있었으면서도, 나는 뼛속까지 전율했다. 잘 억제되어 있지만 힘이 담긴 비명에, 큰 목소리에는 예민한 히카리도 꿈쩍도 하지 않았다. 음악은 이어졌고, 더 가벼운 ('환생한 메이스케'를 태운 말이 나아가는 움직임 같은) 템포가 되고 나서, 히카리는 완전히 소리를 줄이고,

"전부 해서 4분 반이었습니다" 하고 말했다.

NHK의 음악 담당자가 감동해 고개를 끄덕였고 앞서의 목소리를 내던 자세 그대로 있던 사쿠라 씨가 히카리에게 미소를 보냈다.

"여기서는 '메이스케 어머니'의 혼령을 향한 조명을 점차 약하게 합니다" 하고 아사가 말했다. "어두운 조명이 다시 밝아지고, 자연스럽게 앙코르로 이어진다는 순서지요. 그렇게 음악 테이프를 편집해주세요. 진짜 공연할 때 쓸 것과 무대 옆과 관객석 앞면에 있을 여자들 역할을 할 멤버들의 연습에 쓸 것까지 두 개 받을 수 있지요? 사쿠라 씨께는, 총 마무리를 부탁드립니다."

"게네프로*, 입니까?" 하고 히카리가 물었다.

"그래. 늦지 않도록, 히카리, 어머니와 함께 숲으로 와주렴" 하고 아사가 말했다. (내 이름이 들어 있지 않은 것을 재미있어 하는 것처럼, 히카리는 나를 바라보았다.)

그 말대로 초대받지 않은 나를 남겨두고 히카리와 치카시가 마쓰야마 공항으로 떠난 날, 나는 고모리가 입원한 병원으로 병문안을 갔다. 도내의 대학병원에 아직 남아 있었나 싶은, 목조 병동의 6인실에

---

* 오페라, 발레, 교향 악단 등의 공연에 앞서 하는 총연습. 독일어 Generalprobe의 준말.

서 입원 생활을 하고 있는 그를, 시나리오를 끝낸 후, 나는 여러 번 찾아갔다.

입원 초기에는, 고모리는 기운이 넘쳤다.

"'넋두리' 전체에서…… 큰 가발을 쓰고 가부키 의상을 입은 사쿠라오기 마거색은, 왕년의 관록을 보일 테지. 그녀가 데리고 있는, 갓소가발을 쓴 '환생한 메이스케'는, 60년 전에 자네가 연기한 역이지. 이번에는 내가 할 거네. 얼굴을 하얗게 칠한 어린애니까 말이야, 『미천한 사람 주드』를 생각나게 하지는 않을 걸세……

그 무렵엔, 화학 치료가 한 주기 끝나 있겠지. 나는 오로지 회복되기만 하면 돼. 그 정도 에너지는 있다고 생각해."

"에너지뿐 아니라, 여윈 자네는 마치 고마바의 어린 왕자 같으니까."

"그렇게 느끼지? 내 인생의 절정기는, 생각해보면 중학교에서 고등학교 때까지였어. 이 나이가 되도록 살아온 것은, 최전성기의 자신을 무대에서 재연하기 위해서였을까…… 그리고 그것은, 영화가 되어 남게 되지. 'It's only movies, but movies it is!'

만약 영화가 완성되지 않더라도 말이야…… 맬컴 로리의 기법으로 그 장면은 써주게나."

(나는 이미 그렇게 하고 있다는 것을 말하지 않았다.)

이런 이야기를 한참 하는 사이, 피곤해졌는지 지겨워졌는지 고모리도 말이 없어져버렸다. 병문안을 마쳐야 한다는 사인이다. 인사를 하고 일어서는 것을 보는 작은 얼굴 언저리(피부가 나이 든 것을 제외한다면 영락없는 미소년의 얼굴이다. 병실에서도 자주 수염을 깎는다고는 생각할 수 없으니, 체모가 적은 타입일 터이다), 가슴 언저리의 시트가 흩어진 것이 여느 때와 달랐다.

내가 베개 위치를 바로 고쳐주려고 하자, 고모리는 가느다란 목을 곧바로 움직여 협조했다. 이불 덮어주는 일이 끝나기를 기다렸다가, 고모리는 내 손을 가슴 위에서 잡았다. 마치 아이의 것인 듯한 손등을, 노년의 주름과 반점이 뒤덮고 있었다.

이날, 사쿠라 씨가 고등학교에서의 공연을 성공적으로 마쳤다고 보고하자, 고모리는 자신의 출연 이야기는 다시 하지 않았다.

"영화가 끝나는 부분에서, 지역 여자들이 선조들의 피란 무리나 농민 봉기 때처럼 대규모로 밀려들지…… 자네가 복사해준 이와나미 서점에서 나온 '일본사상대계'의 미우라 메이스케의 『폭로문』에 나오는 '사람들이 구름처럼' 몰려왔다는 묘사처럼 말이네. 근경(近景)은, 개미 한 마리 빠져나갈 틈새도 없고. 사쿠라 씨는 완벽하게 연출한 '넋두리'를 하면서, 추임새 노래를 시작하고 관객이 파도처럼 화답하게 되겠지……"

"자네는 엑스트라 수당과 교통비를 걱정한 모양이지만, 아사에 따르면 실비만 지급하는 자원봉사였다고 해. 전원을 농사짓는 아낙으로 보이게 한 의상도, 옷감 선택, 염색, 재봉, 다 잘되었던 거 같고. 중국에 주문했던 상하의 한 벌을 답례로 나눠주었는데 그것이 인기가 있었다더군. 아사는 2천 벌, 발주했다네……"

"반년 동안, 자네는 일만 한 셈인데, 텅 빈 구덩이에서 하늘을 올려다보는 기분 아닌가? 그 구덩이에서 뭘 읽고 있지?"

"자네가 준 'The Cinema of Malcolm Lowry'이지…… 그 시나리오는, 세부가 정말 잘 만들어져 있어, 물론 피츠제럴드가 자세히 써넣은 것에 따른 것이지만 말이네. 말하자면 소설의 전체 행을 영화 장면으로서 재해석하는 거지. 그 수법이 너무나 그럴듯해서 맬컴 로리의 대표작이라고 말하고 싶을 정도네. 그 책을 쓴 후 로리는 오랜 알코올 의존증 때문에 캐나다에서 고통을 받다가 영국으로 돌아갔는데, 역시 취한 상태로 사고 같은 자살을 했지…… 자네에게 받은 책 표지에 초점이 흐린 스냅을 확대한 사진이 있어. 최전성기의 '바다의 남자'가 저물어가는 햇살을 받고 있는 사진 같지…… 그 로리의 '마지막 작업'이었다고 해야 할지도 모르지."

"로리가 조금은 컨디션을 생각하고 몸 상태를 조절해둔 상황이었다고 한다면, 그건 영화 작업이었기 때문이겠지. 다름 아닌 '영화의 힘'이야.

나도 바로 그렇게 마치 갑자기 시간이 휑뎅그레 비어 있어서 아무것도 하지 않고 거기다 무언가를 기다리는 것도 아닌 시간이 오는 날을 향해서…… 이젠 시간이야 일찍이 그런 적이 없었을 만큼 많아. 앞으로 한 달 남았다고 의사가 말하지만, 한 달이란 어릴 때는 거의 영원에 가까운 시간 아니었나. 그래서 책을 읽네.

내가 지금, 무얼 읽느냐고? 아마존에 주문해서 받은 소겐선서 『포시집』. 초판이네. 매일 그걸 읽는 동안 대문호님이 추천하신 히나쓰 고노스케익 번역에 푹 빠져 있네. 시코쿠의 사쿠라 씨에게, 러브레터를 보냈어…… 거기에 B6 크기 카드가 있지?

그 몸짓의 부드러움과/우아함과 아름다움 이상의 미(美)는 세상의/한없는 찬사의 대상이리/사랑이란 — 그저 한 편의 영화일 뿐.

자네에게 새삼 말할 필요도 없지만, 히나쓰의 번역에는 그저 의무일
뿐이라고 되어 있지."

"원시는, 'And love —a simple duty'니까…… 좋은 패러디군."

"칭찬받아서 하는 말은 아니지만 나는 내 묘비명까지 히나쓰의 포
번역 패러디로 준비했다네. 사쿠라 씨와 나와…… 먼저 가는 것은 나
이지만, 별다른 차이도 없을 거야. 무한의 시간이 상대니까."

　　새벽녘 깊은 숲 한가운데
　　나무들 옆 무덤
　　내 사랑 내 신부의 생명
　　멀리 떠나간 옆에 살아남아 있는 내 운명이여

돌아오는 복잡한 지하철에서, 나는 고모리와 이야기한 책을 꺼냈다.
문 옆에 선 채 읽으려고 하자, 나와 나이 차가 별로 없어 보이는 신사
가 자리를 양보했다. 밑줄이 그어져 있고 사전에서 찾은 설명이 적혀
있기도 한 책의 맨 뒤 페이지를 나는 펼쳤다. 영화의 엔딩을 상세히
지시하는 맬컴 로리의 친필 원고다.

갑자기, 영화 시작 부분과 똑같이, 밤하늘과 빛나는 별들의 장면이
반복된다. 아니 다시 만들어진다. 그리고 두 종류의 음악이 흘러나온
다. 순식간에 높아지면서 불협화음을 발하는 외침 소리, 끔찍한 고통
을 노래하는 목소리. 그리고 이 영화의 모든 장면에서 그렇게 전개

되고, 또 해결에 이른 형태로, 아직 별이 스크린에 남아 있는 동안 궁지에 찬 하모니를 만들면서 앞으로 나아가는 음악.

비디오카메라는, 진한 빛깔의 단풍이 햇빛에 반짝이는 숲에 에워싸인 여인들 무리로 들어간다. 사쿠라 씨의 탄식과 분노의 '넋두리'는 고조되고, 추임새에 화답하는 사람들은 파도를 이루며 흔들린다. 그 목소리와 움직임의 정점에서, 침묵과 정지가 찾아온다. '작은 아리아'가 그 속을 가득 채우면서 사쿠라 씨의 외침 소리가 들리고 소리 없는 메아리로서의 별이 스크린에 반짝인다……

인생의 후반부에서 부르는 '문학' 찬가

치유의 이야기

『아름다운 애너벨 리 싸늘하게 죽다』(이하 『애너벨 리』)는 오에 겐자부로 등단 50주년을 기념하는 작품이다. 스물두 살에 소설을 쓰기 시작해 50년 동안 소설을 써온 작가가 자신의 기나긴 소설 인생을 정리하고자 했을 때 쓰고 싶었던 테마는 무엇이었을까.

『애너벨 리』는 우선은 어렸을 때 미국인 남성에게 성적 훼손을 당한 아름다운 소녀의 이야기로 보인다. 그리고 그 소녀 사쿠라의 고통과 치유의 과정이 에드거 앨런 포의 시 「애너벨 리」에 겹쳐져 박진감 있게 그려지고 있다.

그러나 이 소설은 그저 한 여성의 비애만 다루고 있는 것은 아니다.

사쿠라의 고통은 화자의 어머니가 겪은 고통, 할머니가 겪은 고통과 겹쳐지면서 여성 전반의 고통으로 그려지고 그런 의미에서 근대 이후 여성들이 겪어온 크고 작은 고통 전체에 대해 말하고 위무하는 소설이기도 하다.

주인공 사쿠라는 패전 후 일본을 점령한 미군 후견인의 보살핌을 받고 자랐고 아역배우로 활동하다가 후에 그 후견인과 결혼해 함께 미국으로 건너가 활동한 경력을 지닌 여성이다. 화자는 사쿠라를 어릴 때 고향 마을에서 사진으로 본 적이 있고 그녀에 관해 특별한 기억을 갖고 있다. 이후 작가가 된 화자를 어느 날, 영화제작자가 된 대학 동창생 고모리가 이 여배우와 함께 느닷없이 찾아와 시나리오를 써줄 것을 부탁한다. 그리고 이후 작가와 고모리, 그리고 사쿠라가 함께 시나리오 내용에 대해 논의하고 함께 써나가는 과정이 이야기의 중심축이다.

그런데 '나'는 처음 여배우를 만났을 때 사쿠라의 아름다운 눈을 보는 순간 "와타나베 교수가 세상을 떠난 후로 줄곧 사라지지 않던 슬픔의 증거랄 수 있는 왼쪽 가슴의 가벼운 통증이 사라져 있음을" 느낀다. 말하자면 화자는 사쿠라에 의해 아픔을 치유한 경험이 있다.

작가가 친하지도 않았던 옛 동창의 제의—시나리오 작업—에 착수하게 되는 것은 그 때문이다. 사쿠라의 등장은 은사의 죽음에 대한 충격으로 읽지도 쓰지도 못하고 있던 작가의 슬픔을 치유하여 '일'에 대한 의욕을 되찾아주었고 이후 이들의 영화 제작의 공동 작업이 전개된다.

그러나 정작 사쿠라는 자신도 모르는 어떤 고통에 짓눌려 있다. 그

때문에 늘 슬프고 무서운 꿈에 시달리고 있기도 하다. 그렇게 고통에 시달리면서도 사쿠라는 자신에게 주어진 영화에 정열적으로 몰두한다.

사쿠라는 영화의 주인공의 이미지를 설정하면서 동시에 자신 또한 새롭게 만들어나간다. 사쿠라에게는 자신이 '점령군의 성적 노예가 아니었다'는 확인이 필요했는데 그 계기를 작가의 어머니와 소설 속 여성에 대해 생각하는 일을 통해 찾는 것이다. 말하자면 사쿠라는 '가엾은 고아'가 아닌 강한 여성으로 자신을 이미지화하고 그 여성을 연기하는 일로 새로운 자신과 조우하게 되는 것이다.

결국 영화는 좌절되지만 30년 만에 나타난 사쿠라가 이제는 영화의 주인공 역할에 자신이 있다고 말하는 것은 자신에게 가해진 일을 이해하고 받아들였기 때문이다. 말하자면 사쿠라는 체험을 받아들이는 일로 인생을 받아들였고 그 받아들임 자체가 사쿠라를 치유한 것이다.

작가가 종반에서 사쿠라가 부르는 민요 소리에 전율하는 것은 사쿠라가 이제 자신은 물론 타자의 치유를 가능케 할 만큼의 힘을 가지게 되었기 때문이 아닐 수 없다. 아마도 작가는 그 순간 자신이 소설을 쓰지 못하던 '노년의 곤경'에서 벗어나 다시 소설을 쓰게 되리라는 것을 알았을 터이다. 말하자면 작가는 사쿠라를 통해 두 번 치유된 셈이다.

미완의 '봉기'

『애너벨 리』에는 1935년에 태어나 열 살에 일본의 패전을 맞고 소년기에 미군의 '점령'이라는 사태를 경험한 일본인 소년이 본 '전후'에 대한 고찰이 짙게 배어 있다. 말하자면 작가 오에가 살아온 '전후'에 대한 소설이라는 점에서도 오에는 이 작품에서 '50년'을 정리했다고 할 수 있다.

작가의 작품 제목이 아동 포르노 사진집에 무단으로 사용된 것을 알려주면서 에이전트가 '전후 일본에서 왜 봉기가 일어나지 않았을까요'라고 말하는 이유는 거기에 있다.

태평양 전쟁 당시, 일본인들은 연합군을 '영미귀축'으로 부르며 싸웠지만 패전하자 곧바로 순종했다. 마치 하룻밤에 10만 명이 사망한 도쿄대공습이나 원폭에 대한 기억이 사라지기라도 한 것처럼. 물론 일본 여성들이 미군에게 몸을 팔아야 했던 굴욕적인 상황에 대한 특별한 항거도 없었다.

에이전트의 말은 그러한 일본에 대한 수치감을 온전히 드러내고 있다. 그리고 그런 의미에서 이 소설은 일어나지 않았던 봉기로서의 작품이기도 하다. 오에가 100년 전의 봉기를 배경에 두면서 1960년의 안보 투쟁을 그린 『만엔 원년의 풋볼』에 대해 작품 속에서 자주 언급하는 이유 역시 바로 거기에 있다.

『애너벨 리』에서 '봉기'가 반복적으로 그려지는 것은 바로 그 때문이다. 말하자면 『애너벨 리』는 미완성의 영화에 대한 소설이자 '일어나지 않았던' 전후 봉기에 대한 소설이기도 한 것이다. 『애너벨 리』에서 저음부가 되어 소설을 지탱하는 작품이 오에 자신의 『싹 뜯고 아이 치기』인 이유 역시 거기에 있다. 이 작품은 다름 아닌 패전 직전의 이 야기이자 상처받은 아이들의 영혼을 그린 이야기이므로.

소녀와 '노년'

주목되는 부분은 소설 초반에 길거리에서 발작을 일으켜 쓰러진, 이제는 중년이 된 장애 아들 앞에서 그저 땅바닥에 쭈그리고 앉아 지 구가 '흔들리는' 느낌 속에 속수무책일 수밖에 없는 화자에 대한 묘사 다. 말하자면 이 소설은 젊은 시절의 사쿠라와 고모리의 이야기가 중 심축이 되고 있지만 기실 '지금 여기'의 인물, 일흔두 살의 노인으로 '노년의 곤경'에 처해 있는 노인들에 대해 쓴 '노인 소설'이기도 한 것 이다. 그리고 여기서의 '노년의 곤경'이란 그저 노인으로서의 약함을 말하지 않는다. 오에가 말하는 '노년의 곤경'이란, 인생에 대해 속속들 이 알아 더 이상은 방황이 없을 듯한 원숙한 시점에서 삶의 무게가 여 전히 무거워 때로 '흔들리는' 바로 그 순간이 아닐 수 없다.

그런 작가의 심경 토로는 어쩌면 '50주년' 기념이기에 가능한 것이 었으리라. 작가는 글쓰기를 50년 동안 계속해왔고 여전히 그의 소설 을 읽는 이들에게 용기를 주고 인생에 대한 통찰력을 심화시켜주겠지 만 그럼에도 불구하고 때로 삶이 여전히 그를 짓누르고 있음이 드러 나는, 그런 의미에서 한 소녀의 이야기 『애너벨 리』는 '노년 소설'이기 도 하다.

인생에서 '노년의 곤경'을 피할 수 없다고 한다면 어떻게 삶을 지탱해나갈 것인가. 오에는 그 대답을 사쿠라를 통해 보여준다.

작가가 보여주는 치유의 빛이 태양빛도 아니고 달빛도 아닌, 그저 별빛인 이유도 어쩌면 거기에 있다. 인생을 지탱해줄 빛을 주는 것은 작가에게는 밝은 날의 태양도 아니고 휘영청 밝은 달도 아니다. 그에게는 인생을 지탱해주는 것은 밝은 대낮의 태양이 아니라 암흑과 절망의 길고 긴 밤을 견디게 해주는 별인 것이다. 작가에게는 그러한 별만이 희망이며 인생이다.

'문학' 찬가

『애너벨 리』는 오로지 소설 쓰기만으로 인생을 살아낸 한 작가가 '문학'에 바치는 오마주이기도 하다. 소설 속 말을 빌린다면 '영화 소설' 아닌 '문학 소설'인 것이다.

『애너벨 리』에서의 시나리오 작업은, 작가가 늘 쓰고 싶어했던 자신의 고향 마을 이야기로 재구성되면서 공동 작업으로 진행된다.

그런 의미에서 소설 첫머리에서 작가가 아들에게 "주제보다는 새로운 형식을 발견하면 쓸 생각이야"라고 하는 말은 의미심장하다. 작가가 이 작품을 자신의 마지막 작품이 될지도 모른다고 생각하며 썼던 것을—오에는 "정기 건강 진단에서 주의를 들은 바도 있어 이 작품이 마지막 작업이 되는 경우를 감안해서 짧은 작품으로 했다"(『신초新潮』 2008년 1월호에 게재된 「별들과 해저 조류의 흐름」)고 말한다—

참고한다면 『애너벨 리』는 바로 그 '새로운 형식'에 의거해 쓴 소설이
될 터이다.

50년 동안 소설을 써온 작가가 발견한 '새로운 형식'이란 어떤 것이
었을까. 물론 작품은 그것이 이른바 '영화 소설'—실제 시나리오가 아
니라 영화를 만드는 과정을 쓴 소설—이라고 말하고 있다. 그러나 보
다 주목해야 할 것은 그 '영화 소설'을 통해 시도되고 있는 공동 작업
으로서의 글쓰기가 아닐 수 없다.

영화는 작가의 고향 마을에 전해오는 구전을 살리는 형태를 띠고
있고, 이 과정에서 시나리오를 쓰는 공동 작업에 함께하는 것은 작가
의 어머니이자, 어머니가 주인공이 되어 공연한 그 연극에 함께 출연
했던 어린 소년으로서의 작가 자신이기도 하다. 작가는 구전의 내용
을 알고 있지만 구전에 대한 사쿠라의 해석에 영향을 받고 사쿠라는
작가의 고향에 사는 여인들—작가의 여동생, 작가의 어머니와 할머
니 등—의 이야기에 영향을 받으면서 주인공 상을 만들어간다.

그렇게 하나의 이야기를 화자와 청자가 함께 구성해가는 것은 다름
아닌 전근대의 방식이다. 이야기는 '구전'으로 전해오면서 수많은 사
람들의 해석과 상상력에 의해 변형되고 완성되었으며 수많은 다른 버
전을 만들어냈다.

그러나 근대 이후, 사람들은 인간의 '내면'에 대해 쓰는 '작가'를 만
들어냈고 그렇게 '쓰는 일'을 하나의 직업으로 존재하도록 만들었다.
가라타니 고진에 따르면 '내면'의 '고백'이야말로 근대 문학의 중심이
되었고 이후 사람들은 오로지 '혼자' 작품을 써왔던 것이다.

그러나 『애너벨 리』에서는 작품은 더 이상 작가만의 것이 아니다.

원전과 일본판 구전에 대한 해석과 상상력, 그리고 대화에 의해 영화 시나리오 〈미하엘 콜하스의 운명〉 일본판은 만들어진다. 말하자면 작가가 지향하는 '새로운 형식'이란 '소설'이라는 근대의 형식을 넘어서려 한 것이었다. 그리고 그 '새로운 형식'에 의거해 『애너벨 리』는 집필되었다.

문학과 치유

뿐만 아니라 어쩌면 영화 제작 과정이 모두에게 하나의 치유 과정이 되고 있다는 것이 오에가 발견한 '새로운 형식'일 수 있다. 말하자면 『애너벨 리』는 위무하는 예술로서의 문학과 영화에 대해 쓴 소설이기도 한 것이다.

작가가 시나리오에 참여하는 일을 고모리가 'engager'하는 것으로 표현한 것도 그것을 말한다. 말하자면 작가는 '문체'를 다듬는 일로 '앙가제'한 것이며 소설의 '리얼리티'를 구체화함으로써 자신의 인생을 문학으로 만들면서 동시에 문학을 현실과 인생으로 만들어나간다.

그런 오에에게 인생과 문학은 어쩌면 구분 불가능한 것일 수도 있다. 물론 이는 현실과 허구가 섞여 있다는 레벨의 이야기가 아니다. 글쓰기 자체-문학 자체가 그의 인생일 수 있는 것이다.

50년 동안 소설을 써온 오에의 인생이 문학 인생 그 자체라고 한다면 오에에게 문학이 그저 인생을 '옮겨'놓은 것일 수는 없다.

그래서 오에의 '50주년 기념' 소설은 눈에 띄게 '문학'에 대한 오마주이기를 지향한다. 구체적으로 자신을 키운 문학 작품들을 불러내면서 마치 소가 풀을 씹고 또 씹는 것처럼 다시 한 번 음미하고 소화하고 흡수하여 마치 실을 자아내듯 새롭게 읽어내는 것이다. 고모리가 말한 '사랑이란 그저 한 편의 영화일 뿐'에 빗대 말한다면 작가에게는 '인생이란 그저 한 편의 문학'인 것이다.

작품 첫머리에서 고모리가 30년 만에 작가를 만나 말하는 첫마디 "are you here?"는 인생이란 결국 '지금 여기'가 아닌 그저 '아직 여기'일 뿐이라는 인식을 말한다. 작가에게 인생이란 결국 늘 다른 형태로 어린 시절의 근원적 경험 주위를 맴도는 것일 뿐이다.

그래서 다시 오에는 말한다. "고마바 캠퍼스 시대로부터 오십 수년 지나, 이제 이중으로 도착지가 확실치 않은 여행을 떠나려 하는데, 그렇게 이끈 것이 바로 이 시구(엘리엇의 「황무지」)에 지나지 않는다는 사실을 인정하자 결국 인생이란 이렇게 단순하면서도 집요한 사이클을 말하는 것이었나, 싶어 망연자실하게 된다."(앞의 글 「별들과 해저 조류의 흐름」)

박유하

1935년 1월 31일 일본 에히메 현에 있는 오세무라에서 태어남. 산들로 둘
러싸인 골짜기 마을인 오세무라는 이후 오에의 정신세계 형성에
큰 영향을 미치게 된다.

1941년 오세 소학교 입학. 같은 해에 태평양 전쟁 발발.

1945년 일본의 패전. 오에는 10세, 초등학교 5학년의 나이로 패전 경험을
하게 된다.

1947년 오세 중학교 입학. 이 해에 일본을 점령한 연합군이 주도해 만들
어진 반군국주의, 반제국주의적 신헌법이 시행되었고 이에 기반
한 이른바 '전후 민주주의'가 지배적 사상이 된다. 오에는 이 사상
에 큰 영향을 받고 자란 세대로 스스로를 '전후 민주주의자'로 칭
하게 된다.

1950년 에히메 현 고등학교에 입학했지만 집단 괴롭힘 때문에 다음해 마
쓰야마히가시 고등학교로 전학. 이 학교 재학 중에 오에에게 커다
란 영향을 끼치게 되는 이타미 주조와 친구가 된다.

1954년 도쿄대학 교양학부에 입학. 교양학부 교지에 「화산(火山)」을 게
재, 이초나미키상을 수상. 이 무렵부터 카뮈, 포크너, 사르트르, 아
베 고보 등을 탐독한다.

1956년 문학부 불문학과를 선택, 평생의 은사 와타나베 가즈오를 만나 사
사한다. 희곡 「짐승들의 목소리(獣たちの声)」가 창작 희곡 콩쿠르
에 당선. 같은 해에 미군이 관리하던 다치가와 기지 확장 반대 데
모에 참여한다.

1957년 〈도쿄대학신문〉의 사츠키사이상에 당선된 단편 「이상한 작업(奇

妙な仕事)」을 평론가 히라노 겐이 주목.『문학계文学界』에 「죽은
자의 오만(死者の奢り)」으로 등단. 이 작품은 곧바로 제38회 아쿠
타가와상 후보작으로 추천된다.

1958년 첫 장편소설『싹 뜯고 아이 치기(芽むしり仔うち)』출간. 「사육(飼
育)」으로 아쿠타가와상을 수상, 1956년에 수상한 이시하라 신타
로에 이어 두번째 최연소 수상자가 되었다. 단편집『보기 전에 뛰
어라(見るまえに跳べ)』출간.

1959년 도쿄대 졸업. 논문은 「사르트르 소설에서의 이미지에 대해(サルト
ル小説におけるイメージについて)」. 같은 해에 장편『우리들의
시대(われらの時代)』발간. 이 작품부터 성을 테마로 한 이야기를
적극적으로 다루게 된다. 장편『밤이여 천천히 걸어라(夜よゆるや
かに歩め)』출간.

1960년 시인 다니가와 슌타로 등이 중심이 된 젊은 문화인 모임 '젊은 일
본의 모임'과 일미안전보장조약에 반대하는 '안보 비판의 모임'에
참여. 장편『청년의 오명(青年の汚名)』출간. 친구 이타미 주조의
여동생인 이타미 유카리와 결혼.

1961년 당시 사회당 당수였던 아사누마 이네지로를 한 우익 소년이 암살
한 사건을 바탕으로 「세븐틴(セヴンティーン)」과 「정치 소년 죽
다(政治少年死す)」를 발표, 우익 단체로부터 협박을 받았다.

1962년 장편『늦게 온 청년(遅れてきた青年)』출간.

1963년 중편집『비명(叫び声)』, 단편집『성적 인간(性的人間)』출간. 장남
히카리가 장애를 갖고 탄생. 이후 히로시마를 방문하고 전환기를
맞게 된다.

1964년 장편『일상생활의 모험(日常生活の冒険)』출간. 지적 장애를 갖고
태어난 아이와의 공존을 결심하기까지의 젊은 아버지의 심리를
그린 소설『개인적 체험(個人的な体験)』으로 신초샤 문학상 수상.
히로시마를 여러 차례에 걸쳐 방문하며『히로시마 노트(ヒロシマ

ノート)』연재 시작. 이 무렵부터 지적 장애를 가진 아이와의 생활과 히로시마의 원폭 체험이 오에 소설의 주요 테마가 된다.

1965년 오키나와 방문.『히로시마 노트』출간. 평론집『엄숙한 줄타기(厳肅な綱渡り)』출간.

1967년 훗날 노벨상 수상작이 되는『만엔 원년의 풋볼(万延元年のフットボール)』출간. 다니자키 준이치로상 수상. 1860년에 시코쿠의 골짜기 마을에서 일어난 민중 봉기와 그로부터 100년 후인 1960년의 안보 투쟁을 배경으로 공동체의 폭력에 상처받은 영혼에 관한 이야기를 난해하면서도 시적인 필치로 써냈다. 장녀 탄생.

1968년 오스트레일리아, 미국 여행. 평론집『지속되는 의지(持続する志)』출간.

1969년 『우리의 광기 속에서 살아남을 길을 말하라(われらの狂気を生き延びる道を教えよ)』출간. 차남 탄생.

1970년 르포에세이집『오키나와 노트(沖縄ノート)』, 평론집『망가지는 존재로서의 인간(壊れものとしての人間)』, 평론집『핵시대의 상상력(核時代の想像力)』출간. 아시아 아프리카 작가회의에 참석하기 위해 아시아 여행.

1971년 히로시마 원폭병원장과의 대담집『원폭 후의 인간』출간.『오키나와 경험(沖縄経験)』을 공동 창간.

1972년 중편『몸소 나의 눈물을 닦아주실 날(みずから我が涙をぬぐいたまう日)』, 평론집『고래가 사멸하는 날(鯨の死滅する日)』출간. 이 무렵부터 1970년의 미시마 유키오의 할복자살 사건을 비판하며 천황제 문제에 관해 쓰기 시작.

1973년 장편『홍수는 나의 영혼에 이르러(洪水はわが魂に及び)』로 노마 문예상 수상. 천황제 문제를 비판적으로 다루었다. 작가론『동시대로서의 전후(同時代としての戦後)』출간. 소련 여행.

1975년 『상황으로(状況へ)』『문학 노트(文学ノート)』출간.

1976년 멕시코 국립대학 콜레히오 데 멕시코의 객원교수로 체재. 평론
『언어에 의해(言葉によって)』, 천황제와 핵문제를 고찰한 소설
『핀치 러너 조서(ピンチランナー調書)』출간.

1978년 평론『소설의 방법(小說の方法)』『표현하는 자─상황·문학(表現
する者─状況·文学)』출간.

1979년 소설『동시대게임(同時代ゲーム)』출간. 지방, 국가, 우주의 역사
를 쓰는 주인공을 '파괴하는 사람'으로 내세워 인간의 영혼에 대
해 썼다.

1980년 문학시평집『방법을 읽다(方法を読む)』,『현대 전기집(現代伝奇
集』출간.

1982년 단편 연작집『레인트리를 듣는 여자들(「雨の木」(レイン·ツ
リー) を聴く女たち)』출간. 이 작품으로 다음해에 제34회 요미
우리 문학상을 수상. 평론집『핵의 큰불과 인간의 목소리(核の大
火と「人間」の声)』출간. 오다 미노루 등이 중심이 된 '핵전쟁의
위기를 호소하는 문인들의 성명'에 발기인으로 참여.

1983년 윌리엄 블레이크의 시를 배경에 두고 아들 히카리와의 생활에 대
해 쓴『새로운 사람이여 눈을 떠라(新しい人よ眼ざめよ)』출간.
이 작품으로 오사라기 지로상 수상.

1984년 단편집『어떻게 나무를 죽일 것인가(いかに木を殺すか)』,『일본
현대의 휴머니스트 와타나베 가즈오를 읽다(日本現代のユマニス
ト渡辺一夫を読む)』출간.

1985년 단편집『하마에게 물리다(河馬に嚙まれる)』,『삶의 방식의 정
의─다시 상황으로(生き方の定義─再び状況へ)』,『소설의 음모,
지의 즐거움(小説のたくらみ, 知の楽しみ)』

1986년 『M/T와 근원의 숲 이야기(M/Tと森のフシギの物語)』출간.『하
마에게 물리다』로 가와바타 야스나리상 수상.

1987년 단테의 신곡을 주저음으로 한『그리운 시간에 보내는 편지(懐かし

い年への手紙)』출간. 모스크바 원탁회의에 출석.

1988년　장편『킬프의 군단(キルプの軍団)』, 평론『새로운 문학을 위해(新しい文学のために)』, 평론『마지막 소설(最後の小説)』출간.

1989년　『인생의 친척(人生の親戚)』출간. 이 작품으로 이토 세이 문학상, 유러팔리아상 수상.

1990년　핵문제와 인류 구원의 주제를 다룬『치료탑(治療塔)』, 장애아 오빠와 여동생의 일상을 그린『조용한 생활(静かな生活)』출간.

1991년　『치료탑 혹성(治療塔惑星)』,『히로시마의 생명의 나무(ヒロシマの生命の木)』출간.

1992년　『내가 정말 젊었을 때(僕が本当に若かった頃)』,『인생의 습관(人生の習慣)』출간.

1993년　『우리의 광기 속에서 살아남을 길을 말하라』로 몬데로상 수상. 『구세주가 맞을 때까지―불타오르는 초록빛나무 제1부(「救い主」が殴られるまで―燃えあがる緑の木 第一部)』,『새해 인사(新年の挨拶)』출간.

1994년　『흔들리다(蕊れ動く―燃えあがる掛の木 第二部)』출간. 각 분야에서 국제적으로 공헌한 이에게 수여하는 아사히상 수상. 같은 해 10월에 가와바타 야스나리에 이어 두번째로 노벨 문학상 수상. 12월 스웨덴 스톡홀름에서 열린 시상식에서 가와바타의 〈아름다운 일본의 나(美しい日本の私)〉를 의식한 〈애매한 일본의 나(あいまいな日本の私)〉라는 제목으로 기념 강연. 일본 정부가 문화훈장과 문화공로자상을 수여하기로 결정했으나 '전후 민주주의자로서 자신은 민주주의 이상의 권위와 가치를 인정하지 않는다'며 거부. 『소설의 경험(小説の経験)』출간.

1995년　『위대한 날에―불타오르는 초록빛나무 제3부(大いなる日に―燃えあがる緑の木 第三部)』출간. 독일 작가 귄터 그라스와 주고받은 서신을 '전후에 대한 물음'이라는 제목으로 아사히 신문에 발

표. 프랑스의 핵실험에 항의해 예정되었던 문학 행사 참여를 취소.

1996년 『'나'로부터의 편지(私からの手紙)』, 『느슨한 인연(ゆるやかな 絆)』출간. 프린스턴 대학에 반년 동안 체재.

1999년 『공중제비(宙返り)』로 집필 재개.

2000년 친구 이타미 주조의 자살로 충격을 받음. 소설『체인질링(取り替え子)』출간.

2002년 『걱정스러운 얼굴을 한 아이(憂い顔の童子)』, 아동 도서『200년의 아이(二百年の子供)』출간.

2003년 이라크 전쟁으로 자위대가 이라크에 파견되자 일본을 비판.

2004년 가토 슈이치, 쓰루미 슌스케 등 일본 전후를 대표하는 지식인과 함께 전쟁을 못하도록 규정하고 있는 헌법 9조를 개정하려는 움직임에 반대하는 '9조의 모임'에 참여, 이후 적극적으로 지방에서의 강연회 등을 행하고 있다.

2005년 미시마 유키오와 일본의 전후 문제를 다룬 작품『안녕, 나의 책이여!(さようなら, 私の本よ!)』출간.

2006년 오에 겐자부로상 설립. 작가 자신이 우수작을 뽑아 수여. 선출된 작품은 영어, 프랑스어 등으로 번역되고 있다.

2007년 등단 50주년 기념작『아름다운 애너벨 리 싸늘하게 죽다(臈たしアナベル・リイ総毛立ちつ身まかりつ)』출간.

2008년 『헌법 9조, 내일을 바꾼다(憲法九条, あしたを変える―小田実の志を受けついで―)』출간.

2009년 『익사水死』『명탄 가토 슈이치 추도(冥誕 加藤周一追悼)』출간.

2012년 「'영토 문제'의 악순환을 멈추자('領土問題'の悪循環を止めよう)」라는 제목으로 진보파 지식인, 문화인 1300명과 공동성명 발표. 『정의집(定義集)』출간.

2013년 『만년양식집(晩年様式集イン・レイト・スタイル)』출간.

2023년 3월 3일 88세를 일기로 별세.

문학동네 세계문학전집 발간에 부쳐

세계문학은 국민문학 혹은 지역문학을 떠나 존재하는 문학이 아니지만 그것들의 총합도 아니다. 세계문학이라는 용어에는 그 나름의 언어와 전통을 갖고 있는 국민문학이나 지역문학의 존재를 인정하면서 그것을 넘어서는 문학의 보편적 질서에 대한 관념이 새겨져 있다. 그 용어를 처음 고안한 19세기 유럽인들은 유럽 문학을 중심으로 그 질서를 구축했지만 풍부한 국민문학의 전통을 가지고 있는 현대의 문학 강국들은 나름의 방식으로 세계문학을 이해하면서 정전(正典)의 목록을 작성하고 또 수정한다.

한국에서도 세계문학 관념은 우리 사회와 문화의 변화 속에서 거듭 수정돼왔다. 어느 시기에는 제국 일본의 교양주의를 반영한 세계문학 관념이, 어느 시기에는 제3세계 민족주의에 동조한 세계문학 관념이 출현했고, 그러한 관념을 실천한 전집물이 출판됐다. 21세기 한국에 새로운 세계문학전집이 필요하다는 것은 명백하다. 우리의 지성과 감성의 기준에 부합하는 세계문학을 다시 구상할 때가 되었다.

문학동네 세계문학전집은 범세계적으로 통용되는 고전에 대한 상식을 존중하면서도 지난 반세기 동안 해외 주요 언어권에서 창작과 연구의 진전에 따라 일어난 정전의 변동을 고려하여 편성되었다. 그래서 불멸의 명작은 물론 동시대 세계의 중요한 정치·문화적 실천에 영감을 준 새로운 작품들을 두루 포함시켰다.

창립 이후 지금까지 한국문학 및 번역문학 출판에서 가장 전문적이고 생산적인 그룹을 대표해온 문학동네가 그간 축적한 문학 출판 경험을 바탕으로 새로운 세계문학전집을 펴낸다. 인류가 무지와 몽매의 어둠 속을 방황하면서도 끝내 길을 잃지 않은 것은 세계문학사의 하늘에 떠 있는 빛나는 별들이 길잡이가 되어주었기 때문이다. 우리가 자부심과 사명감 속에서 그리게 될 이 새로운 별자리가 독자들의 관심과 애정에 힘입어 우리 모두의 뿌듯한 자산이 되기를 소망한다.

문학동네 세계문학전집 편집위원
민은경, 박유하, 변현태, 송병선, 이재룡, 홍길표, 남진우, 황종연

세계문학전집 008

아름다운 애너벨 리 싸늘하게 죽다

1판 1쇄 2009년 12월 3일
1판 9쇄 2023년 3월 30일

지은이 오에 겐자부로 | 옮긴이 박유하
책임편집 이미영 이은현 오동규 | 독자모니터 서윤이
디자인 랄랄라디자인 송윤형 최미영 | 저작권 박지영 형소진 오서영
마케팅 정민호 이숙재 박치우 한민아 이민경 박지영 안남영 김수현 정경주
브랜딩 함유지 함근아 김희숙 박민재 박진희 정승민
제작 강신은 김동욱 임현식 | 제작처 영신사

펴낸곳 (주)문학동네 | 펴낸이 김소영
출판등록 1993년 10월 22일 제2003-000045호
주소 10881 경기도 파주시 회동길 210
전자우편 editor@munhak.com | 대표전화 031)955-8888 | 팩스 031)955-8855
문의전화 031)955-3578(마케팅), 031)955-1916(편집)
문학동네카페 http://cafe.naver.com/mhdn
인스타그램 @munhakdongne | 트위터 @munhakdongne
북클럽문학동네 http://bookclubmunhak.com

ISBN 978-89-546-0909-8 04830
    978-89-546-0901-2 (세트)

www.munhak.com

● 문학동네 세계문학전집은 계속 출간됩니다